folio junior

Jeanne DuPrau

LE PEUPLE D'EN HAUT

Traduit de l'anglais
par Julien Ramel

FOLIO JUNIOR/**GALLIMARD** JEUNESSE

L'obscurité ne peut pas chasser l'obscurité ;
Seule la lumière peut faire cela.
La haine ne peut pas chasser la haine ;
Seul l'amour peut faire cela.
La haine décuple la haine, la violence décuple la violence,
Et l'intolérance se nourrit de l'intolérance
Pour créer un implacable tourbillon de destruction.*

Martin Luther King
Strenght to Love
(L'amour est plus fort), 1963

Traduction de Julien Ramel

Le Message

Chers habitants d'Ember,

Nous avons réussi à descendre la rivière en partant des Galeries Souterraines et nous avons découvert un passage qui mène ailleurs. Cet ailleurs est vert et immense. La lumière vient du ciel. Vous devez vous fier aux consignes de ce message et suivre la rivière. Prenez de la nourriture avec vous. Venez aussi vite que possible.

Lina Mayfleet et Doon Harrow

PREMIÈRE PARTIE :
L'ARRIVÉE

I
Ce que vit Torren

Le jour où les gens d'ailleurs sont arrivés, Torren était au bout du champ planté de choux. La guérisseuse, Mme Hester, l'avait envoyé ramasser quelques beaux choux pour la soupe du soir et, comme à son habitude, il en profitait pour s'amuser un peu. Indifférent aux dangers dont on le menaçait : il allait tomber ou se faire trancher le crâne par une des énormes pales qui tournaient sans fin au sommet de l'engin, il entreprit de gravir l'éolienne.

Celle-ci était carrée. Chacun de ses côtés était fait de planches clouées les unes au-dessus des autres, comme les barreaux d'une échelle. Torren escalada le côté arrière, celui qui faisait face aux collines et tournait le dos au village, de manière à ce que le petit groupe de gens qui binaient les rangs de choux non loin de là ne puisse le voir. Arrivé au sommet, il se retourna et s'assit sur la petite plate-forme située juste derrière l'immense hélice qui tournait lentement sous une paresseuse brise d'été. Il avait emporté quelques poignées de petits cailloux avec lui. Pour s'entraîner au tir. Les poules qui picoraient entre les rangs de choux étaient une de ses cibles favorites. L'idée de lancer quelques projectiles sur le chapeau des paysans lui traversa également l'esprit. Il s'apprêtait à sortir un caillou de sa poche, quand une vision soudaine arrêta son geste.

Au-delà du champ de choux il y avait un autre champ où poussaient de jeunes plants de tomates, du maïs et des courges. Plus loin, s'élevait une petite colline couverte d'une herbe au vert profond et, à cette époque de l'année, de centaines de fleurs de moutarde. Une chose étrange était soudain apparue au sommet de la colline. Quelque chose de sombre.

Dans un premier temps, Torren ne distingua que des points noirs – une seconde, il pensa même qu'il s'agissait d'un chevreuil, ou de plusieurs, au pelage noir et non fauve comme d'habitude. Mais la forme n'était pas celle d'un chevreuil, la façon de se mouvoir non plus. Très vite il comprit que c'étaient des gens. Dispersés au début, puis de plus en plus nombreux. Ils arrivaient de l'autre versant de la colline. Une fois au sommet, ils s'arrêtaient, attendant on ne savait trop quoi. Bientôt, ils furent si nombreux qu'ils formèrent une longue ligne sombre sur la crête, comme une rangée de silhouettes noires se détachant dans l'azur. « Ils sont au moins cent, pensa-t-il, peut-être même davantage. »

De toute sa vie, Torren n'avait jamais vu plus de trois ou quatre personnes arriver en même temps au bourg. Ceux qui venaient d'ailleurs étaient rarement plus nombreux. Le plus souvent, il s'agissait d'errants, traînant avec eux tout un barda récupéré dans les villes des temps anciens, qu'ils essayaient de vendre au hasard de leur périple. Rien à voir avec ce rassemblement au sommet de la colline. Terrifié par ce qu'il voyait, Torren n'osait pas faire le moindre mouvement. Puis, tout à coup, son cœur se mit à battre si fort qu'il quitta précipitamment son perchoir, descendant si vite de l'éolienne qu'il s'écorcha les mains sur les planches.

– Ils arrivent ! hurla-t-il en passant en trombe devant les ouvriers du champ, qui, ahuris, le regardèrent foncer vers le village et ses maisons sombres regroupées au-delà du champ.

Il bifurqua dans un petit chemin de terre, ses pieds soulevant de petits nuages de poussière. Arrivé devant chez lui, il poussa le portail et traversa la cour à toute vitesse. La porte de la maison était ouverte, il s'y engouffra en hurlant :

– Tante Hester ! Ils arrivent ! Sur la colline ! Tante Hester ! Ils arrivent !

Il trouva sa tante dans la cuisine. Il l'attrapa par la taille, s'agrippa à ses jambes sans cesser de crier :

– Viens voir ! Il y a des gens sur la colline !

Son cri était si strident et si affolé que sa tante en laissa tomber sa cuillère dans la marmite de soupe qu'elle était en train de préparer et se précipita à sa suite. Ameutés par les hurlements de Torren, d'autres villageois étaient aussi sortis de chez eux et scrutaient la colline.

Les inconnus descendaient vers eux. Par dizaines. Il en venait de plus en plus. Comme une marée.

Les villageois se rassemblèrent dans les rues.

– Allez chercher Mary Waters ! cria quelqu'un avant de poursuivre, où sont Ben et Wilmer ? Trouvez-les et dites-leur de rappliquer en vitesse.

Torren avait moins peur maintenant qu'il était entouré des siens.

– Je les ai vus le premier, lança-t-il à Hattie Carranza qui venait d'arriver à ses côtés. C'est moi le premier qui ai annoncé la nouvelle.

– C'est vrai ? demanda Hattie.

– On ne les laissera pas nous faire du mal, ajouta Torren. S'ils essayaient, on leur ferait quelque chose de pire. Pas vrai ?

Elle se contenta de lui jeter un coup d'œil en fronçant légèrement les sourcils et sans lui répondre.

Les trois chefs du village, les conseillers municipaux Mary Waters, Ben Barlow et Wilmer Dent, s'étaient joints à la foule et menaient maintenant l'assemblée à travers le champ de choux, Torren sur leurs talons. Les étrangers approchaient et il ne voulait rien rater de ce qu'ils allaient dire. A première vue, ces gens avaient vraiment une sale allure. Ils étaient habillés n'importe comment. Des manteaux et des pulls… En plein été… Enfin, plutôt des restes de pardessus et de chandails, des guenilles rapiécées, effilochées, décolorées et crasseuses. Chacun d'eux portait un sac, ou plutôt un baluchon, fabriqué, semblait-il, avec de vieilles nappes ou de vieilles couvertures maintenues ensemble par une corde qu'ils avaient passée autour de leur cou. Ils marchaient lentement, d'un pas mal assuré, nombre d'entre eux titubant et trébuchant à la première motte de terre, en obligeant d'autres à les soutenir.

Au milieu du champ, là où l'odeur des choux nouveaux, de la terre fraîche et de la fiente de poulet était la plus forte, les premiers étrangers rencontrèrent les chefs du village. Mary Waters fit un pas en avant. Les villageois se pressèrent en rangs serrés derrière elle. Torren, handicapé par sa petite taille, se faufila entre eux pour mieux voir. Il regardait ces gens en guenilles. Mais où était leur chef ? Face à Mary se tenaient une fille et un garçon à peine plus âgés que lui. A leurs côtés, un homme chauve et une femme au regard perçant qui portait un très jeune enfant. Peut-être que c'était elle leur chef ?

Pourtant, lorsque Mary s'avança vers eux en demandant « Qui êtes-vous ? », c'est le jeune garçon qui répondit. Il parlait d'une voix claire et puissante. Torren était impressionné. Il ne s'attendait pas à ça de la part d'un jeune garçon à l'allure aussi minable.

– Nous venons de la ville d'Ember, répondit le garçon. Nous sommes partis car notre ville était mourante. Nous avons besoin d'aide.

Mary, Ben et Wilmer se regardèrent, dubitatifs. Mary fut la première à réagir.

– La cité d'Ember ? Ça se trouve où ? Nous n'en avons jamais entendu parler, dit-elle en fronçant les sourcils.

Le garçon se retourna en indiquant la direction d'où ils venaient, l'est.

– C'est par là, répondit-il. Sous la terre.

Les villageois froncèrent les sourcils.

– Dis-nous la vérité, lança Ben. Ne nous raconte pas d'histoires.

Cette fois ce fut la fille qui répondit. Elle avait une longue tignasse pleine de nœuds où des herbes s'étaient prises.

– C'est la vérité, dit-elle. Notre cité était enterrée. Nous nous en sommes rendu compte seulement quand nous en sommes sortis.

Ben, sceptique, ronchonna et croisa ses bras sur sa poitrine.

– Qui est le responsable ? lança-t-il en regardant l'homme chauve. C'est vous ?

Celui-ci secoua la tête et fit un geste en direction des deux enfants.

– Ils sont aussi responsables que n'importe qui d'autre. Le maire de notre ville n'est plus des nôtres. Quant à ces jeunes gens, ils disent vrai. Nous arrivons effectivement d'une ville construite sous la terre.

Tout autour de lui, les autres acquiescèrent en hochant la tête. Un murmure approbateur parcoura la foule.

– Oui, c'est la vérité, dirent les gens.

– Mon nom est Doon Harrow, poursuivit le jeune garçon. Et voilà Lina Mayfleet. C'est nous qui avons trouvé le moyen de sortir d'Ember.

« Il ne se prend pas pour n'importe qui, pensa Torren, décelant une pointe d'orgueil dans la voix du jeune garçon. Pourtant il ressemble à rien. »

Il avait les cheveux hirsutes et portait une vieille veste aux coutures déchirées et aux poignets crasseux. Mais, sous ses sourcils noirs, son regard laissait deviner une profonde assurance.

– Nous avons faim et soif, poursuivit le garçon. Êtes-vous prêts à nous aider ?

Mary, Ben et Wilmer restèrent silencieux quelques instants puis Mary prit les deux autres par le bras et les entraîna à part. Ils chuchotèrent un moment, levant de temps à autre les yeux sur la foule, qu'ils fixaient en fronçant les sourcils avant de reprendre leur messe basse.

En attendant ce qu'ils allaient dire, Torren observait ces gens qui prétendaient sortir des entrailles de la terre.

Peut-être que c'était vrai. Ils avaient vraiment l'air de sortir d'un terrier. La majorité d'entre eux était pâle et famélique, comme les champignons qu'on voit lorsqu'on soulève une planche restée longtemps dans l'herbe, blancs et faibles, comme tout ce qui tente de pousser dans l'obscurité. Ils se serraient les uns contre les autres, l'air effrayé. Et puis ils semblaient exténués. Nombre d'entre eux s'étaient spontanément assis par terre, certains avaient même posé leur tête sur les genoux de leur voisin.

Les trois conseillers municipaux se tournèrent vers la foule.

– Combien êtes-vous ? demanda Mary Waters.

– Environ quatre cents, répondit le garçon, Doon.

Les sombres sourcils de Mary se soulevèrent.

« Quatre cents ! » se répéta intérieurement Torren. Alors que dans tout le bourg, il n'y avait que trois cent vingt-deux personnes... Il regardait cette horde d'inconnus. Elle remplissait la moitié du champ de choux et il en arrivait encore du haut de la colline, comme une colonie de fourmis.

La fille avec la tignasse en bataille fit un pas en avant et leva la main, comme si elle était à l'école.

– Excusez-moi, madame le maire !

Torren étouffa un petit rire moqueur. Madame le maire ! Personne n'appelait Mary Waters comme ça. On disait simplement Mary.

– Madame le maire, ma petite sœur est malade, poursuivit la jeune fille en désignant la jeune enfant que la femme au regard de braise tenait dans ses bras.

Effectivement, elle semblait mal en point. Ses yeux étaient mi-clos et sa bouche grande ouverte.

– D'autres parmi nous sont également malades, ou blessés. Lotty Hoover a trébuché et s'est tordu la cheville, Nammy Proggs est à bout de forces après cette longue marche. Elle a presque quatre-vingts ans. Est-ce qu'il y a un docteur dans votre ville ? Est-ce qu'il y a un endroit prévu pour les malades, un endroit où ils pourront se reposer et être soignés ?

Mary se tourna à nouveau vers Ben et Wilmer et ils se concertèrent à voix basse. Torren ne saisissait que quelques mots : « trop nombreux... », « un peu d'humanité... », « ...peut-être une partie... ». Ben passa sa main dans sa barbe et se renfrogna. Wilmer jeta un coup d'œil à l'enfant malade. Ils poursuivirent un moment leur conciliabule puis se regardèrent tous trois en hochant la tête.

– Bien. Soulevez-moi, déclara Mary.

Ben et Wilmer se penchèrent et attrapèrent Mary par les jambes. Accompagnant leur geste d'un grognement, ils la soulevèrent dans les airs pour qu'elle domine la foule. Elle leva les bras au ciel et cria, d'une voix qui semblait venir du plus profond de sa poitrine :

– Peuple d'Ember ! Soyez le bienvenu ! Nous ferons tout ce qui est en notre pouvoir pour vous aider. Suivez-nous !

Ben et Wilmer la reposèrent sur le sol et tous les trois firent demi-tour, traversant le champ de choux en direction de la route qui menait au village. Emmenée par le garçon et la fille, la foule des pauvres hères leur emboîta le pas.

Torren se précipita en tête du cortège et descendit le chemin à toutes jambes. Arrivé devant chez lui, il s'installa sur le petit muret qui entourait sa maison pour regarder passer le peuple de dessous la terre. Ils étaient étonnamment silencieux. Pourquoi est-ce qu'ils ne parlaient pas entre eux ? Ils semblaient trop fatigués pour parler. Ou trop stupides. Ils regardaient partout autour d'eux avec un air ahuri, les yeux écarquillés, la bouche ouverte, comme s'ils n'avaient jamais vu une maison de leur vie, ou un arbre, ou une poule. D'ailleurs, les poules semblaient les terroriser. Ils eurent un mouvement de recul accompagné de petits cris d'effroi quand ils les virent. Il fallut un bon moment pour que toute la colonne de réfugiés passe devant la maison de Torren. A la fin, il sauta de son muret et suivit le défilé, sachant pertinemment où l'on emmenait ces gens. Au centre du bourg, sur la grand-place bordée par la rivière, là où ils pourraient se désaltérer. Mais après ça ? Qu'allait-il se passer ? Qu'allaient-ils manger ? Où allaient-ils dormir ? N'importe où, mais pas dans ma chambre, conclua-t-il fermement.

2
Sortis des profondeurs

Cela faisait déjà quelques jours que les anciens habitants de la ville d'Ember avaient émergé dans le nouveau monde. Les premiers arrivés furent Lina Mayfleet et Doon Harrow, qui avaient emmené avec eux Poppy, la petite sœur de Lina. Juchés sur une corniche, tout en haut de l'immense faille qui abritait leur cité, ils avaient lancé un message dans l'espoir que quelqu'un le trouverait et conduirait tout le monde dehors. Ensuite, ils avaient attendu. Ils avaient exploré les merveilles qui les entouraient puis, à mesure que les heures s'écoulaient, ils avaient commencé à s'inquiéter, craignant que leur message se soit perdu et de se retrouver seuls dans ce nouveau monde pour toujours.

Mais, le lendemain, à la fin de l'après-midi, Doon avait poussé un cri.

– Regarde, ils arrivent !

Lina avait alors attrapé Poppy par le bras et, ensemble, ils avaient couru vers l'entrée de la grotte. Qui était-ce ? Lesquels de leurs compagnons allaient arriver les premiers ? C'est une femme qui émergea la première de l'obscurité, puis deux hommes, suivis de trois enfants. Tous plissaient des yeux, aveuglés par la lumière.

– Bonjour ! Bonjour ! criait Lina en se précipitant vers le sommet de la colline.

En s'approchant, elle les reconnut, il s'agissait de la famille qui tenait le marché aux légumes de la rue de la Turquoise. Elle ne connaissait aucun d'eux personnellement – elle avait oublié jusqu'à leurs noms – et pourtant, elle était si heureuse de les voir que des larmes coulaient sur ses joues. Elle les prit dans ses bras l'un après l'autre en pleurant de joie.

– Vous êtes là ! Regardez, n'est-ce pas merveilleux ? Oh je suis si contente de vous voir. Les autres arrivent ?

Les nouveaux arrivants étaient trop essoufflés et trop surpris par ce qu'ils voyaient pour pouvoir répondre, mais cela importait peu car il suffisait à Lina d'ouvrir les yeux pour comprendre.

Ils émergeaient des entrailles de la terre par petits groupes, se protégeant les yeux du plat de la main, débarquant par grappes à intervalles réguliers, titubant dans une lumière mille fois plus puissante que celle qu'ils avaient connue. Ils faisaient quelques pas, jetaient des regards subjugués alentour puis s'arrêtaient, laissant tomber leurs sacs et leurs balluchons, se contentant de cligner des yeux et de plisser les paupières. Pour Lina et Doon, qui se sentaient déjà partie intégrante de ce nouveau monde, les réfugiés d'Ember semblaient bizarres, presque incongrus dans ce décor baigné de lumière, au milieu de cette herbe verte et sous ce ciel bleu. Ils étaient si ternes et si pitoyables dans leurs lourds vêtements grisâtres ! Leurs paletots et leurs pulls avaient la couleur de la pierre, de la poussière ou de l'eau saumâtre, comme s'ils portaient sur eux les ténèbres de la cité de l'ombre.

Soudain, Doon se précipita.

– Papa ! Papa, cria-t-il en courant vers un nouveau groupe.

Emporté par son élan, il se jeta sur son père qui, déjà troublé par ce qu'il découvrait, tomba à la renverse. Finalement, il s'assit par terre et explosa dans une suite de cris où se mêlaient les rires et les larmes.

– Tu es là, haletait-il, le souffle court. Je n'étais pas sûr… Je ne savais pas…

Il en arriva durant tout l'après-midi. Lizzie Bosco, ainsi que d'autres élèves de dernière année, accompagnés de Clary Laine, la préposée aux serres, et du docteur qui avait soigné la grand-mère de Lina. Il y avait aussi Sadge Merrall, celui qui avait tenté une incursion dans les Terres Inconnues. Vint ensuite Mme Murdo et son inimitable démarche saccadée de sergent recruteur, qu'elle abandonna avec un petit cri de joie au profit d'une belle foulée dès qu'elle aperçut Lina lancée à sa rencontre. Il arrivait des gens que Lina reconnaissait sans pour autant se souvenir de leur nom, le cordonnier de la rue du Corps-de-Garde, ou la petite femme au visage poupin qui habitait place des Quatre-Chemins ou encore ce grand garçon aux cheveux bruns et aux yeux clairs qui brillaient comme du métal.

Comment s'appelait-il déjà ? Elle essaya de se rappeler, mais abandonna rapidement car cela avait peu d'importance. Ces gens venaient tous du même endroit qu'elle, ensemble, il formait le peuple d'Ember. Tous étaient fatigués, tous étaient assoiffés. Lina leur montra le petit ruisseau. Ils s'aspergèrent le visage d'eau fraîche et remplirent leurs bouteilles.

– Où est le maire ? demanda Lina à Mme Murdo.

Pour toute réponse, celle-ci secoua la tête avant d'ajouter un énigmatique :

– Pas avec nous.

Certains anciens semblaient terrifiés de se retrouver dans un endroit si vaste. Ils se sentaient perdus au milieu de ce paysage qui s'étendait à l'infini. Après avoir contemplé nerveusement autour d'eux, ils s'asseyaient dans l'herbe et courbaient le dos, la tête entre les genoux. A l'inverse, les enfants, fous de joie, batifolaient, touchant tout ce qui se présentait à eux, humant l'air et pataugeant gaiement dans le ruisseau.

En fin de journée, quatre cent dix-sept personnes étaient arrivées. Doon tenait les comptes. Alors que la lumière déclinait lentement dans le ciel, ils partagèrent la nourriture qu'ils avaient apportée avec eux puis, utilisant leurs manteaux comme couvertures et leurs balluchons comme oreillers, ils s'allongèrent sur le sol rugueux chauffé par le soleil et s'endormirent.

Le matin suivant, ils se préparèrent à partir. Lina et Doon, dès qu'ils étaient arrivés, avaient repéré une étroite ligne grise qui serpentait au loin comme si un trait de crayon avait été tracé sur le sol de la campagne.

Ils imaginèrent qu'il pouvait s'agir d'une route. Ne disposant d'aucun autre indice, ils décidèrent de marcher dans cette direction. Tout le monde ramassa son balluchon et se dirigea vers cette longue bande sinueuse qui zébrait les collines.

C'est en chemin que Mme Murdo raconta l'évacuation d'Ember à Lina et Doon. Tous trois marchaient côte à côte, Mme Murdo tenant Poppy dans ses bras. Le père de Doon était légèrement en retrait. Il devait parfois forcer le pas pour entendre ce que Mme Murdo disait.

– C'est moi qui ai trouvé votre lettre, déclara-t-elle. Elle est tombée à mes pieds. Le lendemain de la Grande Chorale. Je rentrais du marché, malade d'inquiétude à cause de ta disparition et de celle de Poppy. C'est alors que j'ai trouvé votre message.

Elle marqua une pause et regarda le ciel. Lina remarqua qu'elle faisait de gros efforts pour retenir ses larmes.

Mme Murdo se ressaisit et poursuivit.

– Je pensais qu'il était préférable de prévenir le maire en priorité. Je n'étais pas certaine de pouvoir lui faire confiance, mais c'était lui qui pouvait le plus facilement organiser l'évacuation. Je lui ai donc montré le mot que vous aviez écrit, puis j'ai attendu que la tour de l'horloge sonne pour indiquer qu'une réunion publique allait se tenir.

Mme Murdo fit une nouvelle pause pour reprendre son souffle. Ils montaient une colline et le sol était irrégulier, couvert de mottes de terre. Une marche difficile pour des gens de la ville qui ne connaissaient que les trottoirs.

– La réunion a eu lieu ? demanda Lina.

– Non, répondit Mme Murdo en passant sa main sur sa jupe pour en retirer les plantes qui s'y étaient accrochées.

D'un geste prompt, elle fit passer Poppy sur son autre bras.

– Miséricorde, poursuivit-elle. Qu'est-ce qu'il fait chaud !

Elle s'arrêta un instant, le souffle court.

– Donc il n'y a pas eu de réunion ? souffla Lina impatiente de connaître la suite.

Mme Murdo se remit en marche.

– Il ne se passa rien du tout. L'horloge ne sonna point. Les gardes restèrent invisibles. Aucune réunion ne semblait prévue. Rien. Mais la lumière s'est remise à vaciller. Je me suis dit qu'il n'y avait pas de temps à perdre. Je suis descendue dans les Galeries Souterraines et j'ai montré votre message à Lister Munk. Nous avons suivi vos instructions et nous avons rapidement trouvé le rocher marqué d'un E. Il y avait déjà des gens sur place.

– Mais comment ont-ils pu ? interrompit Doon. Puisqu'ils n'avaient pas les instructions… Qui était-ce ?

– Le maire, répliqua Mme Murdo avec une grimace de dégoût. Accompagné de quatre de ses gardes. Looper, le garçon qui était souvent avec ton amie, Lizzie, était là aussi. Ils avaient avec eux d'énormes sacs bourrés à craquer. Ils les avaient empilés au bord de la rivière et étaient en train de les charger sur des barques. Le maire hurlait pour les faire travailler plus vite. Lister a crié :

– Qu'est-ce que vous faites ?

Mais nous n'avions pas besoin d'attendre la réponse pour comprendre. Ils voulaient juste partir les premiers. Le maire avait pris les devants pour assurer sa fuite, ainsi que celle de ses amis, et l'évacuation de leur butin.

Mme Murdo se tut. Elle marchait péniblement. D'un revers de main, elle essuya la sueur qui perlait sur son front puis jeta un regard réprobateur en direction du ciel. Poppy pleurnicha.

– Laissez-moi porter la petite un moment, Mme Murdo, proposa le père de Doon.

– Volontiers, répondit-elle en lui tendant l'enfant qui gigotait dans tous les sens.

Ils reprirent leur marche. Lina se tut un instant, mais, rapidement, n'y tenant plus, elle demanda :

– Que s'est-il passé ensuite ?

– C'était terrible, répondit Mme Murdo. Tout s'est passé très vite. Deux des gardes se sont redressés à notre arrivée. Ils ont perdu l'équilibre et sont tombés à l'eau. Ils ont alors tenté de s'accrocher aux bateaux surchargés, mais ceux-ci se sont renversés. Tout leur chargement est tombé dans la rivière. Looper et les autres gardes se sont penchés pour leur porter secours, mais, en essayant de les attraper, ils ont été happés par le courant. Au milieu de tout ça, le maire, pris de panique, a sauté dans le seul bateau qui semblait stable, mais dès qu'il y a posé le pied, la barque a chaviré et lui aussi est tombé à l'eau.

Mme Murdo frissonna avant de poursuivre.

– Il criait. Mes enfants, c'était affreux. Un cri terrible. Il a rebondi à la surface de l'eau comme un bouchon géant, puis il a coulé à pic. En quelques secondes ses gardes et lui ont été balayés par les flots. Ils ont tous disparu.

Un long silence suivit. Ils descendaient la colline, sans dire un mot. Au bout de quelques minutes, Mme Murdo reprit.

– Lister et moi sommes alors remontés en ville. Nous avons demandé au gardien du Temps de faire retentir le signal d'une mobilisation générale et nous avons tenté d'expliquer aux gens ce qu'il fallait faire. Mais à peine les avait-on informés qu'une issue à l'extérieur d'Ember avait été découverte dans les Galeries Souterraines qu'ils se sont tous mis à hurler et à courir dans tous les sens.

Ce fut une pagaille indescriptible. Les gens étaient trop pressés pour poser la moindre question. Ils se répandirent dans les rues par centaines et se dirigèrent tous ensemble vers l'entrée des Galeries Souterraines. Ils étaient si nombreux qu'il y eut une énorme bousculade. Dans la cohue générale, certains furent piétinés et écrasés.

– Oh ! s'écria Lina. Quelle horreur !

Il s'agissait de gens qu'elle connaissait. C'était affreux de penser qu'il avait pu leur arriver malheur.

– L'horreur ! C'est le mot, ajouta Mme Murdo avant de jeter un regard sombre au paysage alentour, ne révélant aucune trace de vie. La foule était incontrôlable.

Les gens se sont tous rués dans l'escalier en même temps. Bien sûr, certains ont perdu l'équilibre et ont dégringolé, emportés par leur élan, les autres les ont piétinés. Ensuite, quand ils ont compris qu'ils devraient prendre place dans ces petites coquilles de noix embarcations de fortune et voguer ainsi sur l'eau de la rivière, ils étaient si terrifiés qu'ils ont tourné les talons et tenté de rebrousser chemin. D'autres, au contraire, étaient si pressés de quitter la ville qu'ils ont pris d'assaut les bateaux et les ont fait chavirer. Ils sont tombés à l'eau et ont tous été emportés.

Elle leva un regard triste vers Lina.

– J'ai vu tout ce qui s'est passé, dit-elle. Jamais je ne pourrai oublier.

Lina jeta un œil derrière elle en direction des citoyens d'Ember qui avançaient péniblement à flanc de colline. Ceux-là avaient réussi à s'en tirer.

– A votre avis, combien d'entre eux ont-ils péri ? demanda-t-elle à Mme Murdo.

– Je ne sais pas… Trop, répondit-elle en secouant la tête.

– Et est-ce que la lumière s'est éteinte pour toujours maintenant ?

– Ça aussi je l'ignore. Mais si elle est encore allumée, cela ne durera pas longtemps.

En dépit de la chaleur, Lina frissonna. Elle échangea un regard avec Doon. Ils pensaient à la même chose. Elle en était convaincue. Leur cité était perdue dans l'obscurité et quiconque s'y trouvait encore était perdu également.

Plus tard dans la journée, les réfugiés d'Ember atteignirent la route qu'ils avaient aperçue dans le lointain. Elle avait beau être couverte de nids-de-poule et jonchée d'herbes folles, elle était plus facilement praticable que les prés. Elle longeait un ruisseau d'eau vive qui coulait sur de gros rochers ronds et lisses. Partout où ils portaient le regard, ils n'apercevaient que de grandes étendues d'herbe. Ils partagèrent la nourriture qu'ils avaient emportée, mais ce n'était pas grand-chose. Rapidement, certains furent affaiblis par la faim. D'autres s'évanouissaient à cause de la chaleur, difficile à supporter par des gens habitués à la constante fraîcheur de la cité de l'ombre. Poppy pleurait quand on essayait de la mettre debout. Son visage était rouge et brûlant.

La nuit tomba de façon étrange, graduellement, si différemment de la soudaine extinction des feux qui marquait quotidiennement la fin du jour à Ember. Les voyageurs s'allongèrent sur le sol et s'endormirent. Ils marchèrent le jour suivant. Et aussi le jour d'après. Il ne leur restait plus rien à manger. Ils avançaient de plus en plus lentement, s'arrêtant souvent pour se reposer. Poppy était épuisée et avait le regard éteint.

Le jour suivant, après une éprouvante matinée de marche, ils grimpèrent péniblement une nouvelle colline. Arrivés au sommet, ils découvrirent quelque chose qui fit verser des larmes de joie à quelques-uns : des champs. Au pied de la colline s'étendait une vaste vallée cultivée, au-delà de laquelle, là où le ruisseau qu'ils avaient suivi se jetait dans une rivière, se dressait une série de constructions arrondies couleur terre. L'endroit était habité.

Comme tous les autres, Lina était heureuse. Mais cela ne ressemblait pas du tout à la cité qu'elle avait imaginée, celle qu'elle dessinait sans cesse quand elle était à Ember, celle qu'elle espérait trouver dans ce nouveau monde. Les immeubles de sa ville à elle étaient hauts et majestueux, vibrants de lumière. Cette ville existait sûrement, ailleurs, pensa-t-elle en entamant la descente de la colline. Elle la trouverait. Peut-être pas aujourd'hui, mais un jour.

3
La traversée du village

La femme qui les avait accueillis conduisit ensuite les gens d'Ember à l'intérieur du bourg. Ils descendirent une rue poussiéreuse bordée de constructions qui semblaient faites de la même terre un peu rouge que celle qui collait à leurs semelles. Les maisons, d'allure grossière, possédaient des murs épais et irréguliers, aux angles arrondis. Lina remarqua des fissures dans les façades et même des endroits éboulés. Il manquait des rebords de fenêtre et certains pas-de-porte n'étaient plus qu'un tas de terre.

Les maisons étaient séparées par des passages, des allées et même parfois par des jardinets. Il paraissait évident que personne n'avait dessiné cet endroit, en tout cas pas de la manière dont les Bâtisseurs d'Ember avaient conçu leur cité. Cette ville avait dû grandir morceau par morceau, chacun s'ajoutant au précédent. Sans plan d'ensemble. En outre, la végétation était omniprésente. Les plantes poussaient partout. Si à Ember, les seules plantes se trouvaient dans les serres – à part l'humus et quelques champignons qui poussaient sur les décharges et parfois dans les cuisines ou les salles de bains, ici, fleurs et légumes s'épanouissaient n'importe où. Les plantes colonisaient la rue, grimpaient aux façades, enjambaient les clôtures, s'épanouissaient sur certains toits. Pas une fissure, fût-elle dans un escalier, qui n'abritât une plante. On en voyait déborder de gros pots, installés sur des rebords de fenêtres.

Il y avait aussi des animaux. Des animaux ahurissants. Énormes et terrifiants. Dans un endroit clôturé à la lisière du village, Lina aperçut quatre bêtes marron, plus hautes qu'elle, avec des têtes carrées et un pompon au bout de leur longue queue. Plus loin, attaché à un piquet devant une maison, se trouvait une créature aux yeux jaunes avec des pointes au sommet du crâne. Quand Lina passa devant la bestiole, celle-ci se mit soudain à hurler.

– Bêêêê !

Lina eut une telle frayeur, qu'elle détala à toutes jambes.

Elle se retourna et marcha quelques instants à contre-courant à la recherche de Doon, qui s'était laissé distancer. Elle le trouva penché sur de petites fleurs jaunes qui poussaient aux pieds d'un mur.

– Regarde ça, lui lança-t-il, quand elle fut arrivée à sa hauteur. Il y a une araignée là-dedans qui est exactement du même jaune que la fleur.

Et c'était vrai. Il n'y avait que Doon pour remarquer des choses pareilles. Pourtant, Lina n'hésita pas à l'arracher à ses observations. Le tirant par la manche de sa veste, elle ordonna :

– Viens. Reste avec nous et, joignant le geste à la parole, elle hâta le pas pour rejoindre la tête du cortège où se trouvait le père de Doon, Mme Murdo et Poppy.

Ces quatre personnes – Poppy et Mme Murdo, Doon et son père – faisaient partie de sa famille maintenant et elle tenait à les avoir près d'elle. Certes, seule Poppy était de son sang. Mais Mme Murdo était comme une mère. Elle les avait recueillies dans sa propre maison, Poppy et elle, quand leur grand-mère était morte. Et elle les aurait sans aucun doute gardées auprès d'elle s'ils n'avaient pas tous dû quitter la ville. Quant au père de Doon, il faisait partie de sa famille parce qu'il était le père de Doon. Et puis il y avait Doon lui-même, son fidèle partenaire. Ensemble, ils avaient cherché et trouvé une isssue et le moyen de quitter Ember. Ils étaient liés à jamais.

Ils continuèrent à marcher, descendant une rue, en montant une autre. Virant ou empruntant d'étroits passages. Partout les gens les observaient. Certains se penchaient à la fenêtre, d'autres étaient assis sur le rebord d'un toit, leurs jambes se balançant dans le vide, d'autres enfin s'immobilisaient au beau milieu de leur activité, s'appuyant sur leur pelle ou sur leur balai. Ces gens étaient plus grands et d'une carnation plus sombre. Étaient-ils bienveillants et amicaux ? Lina n'aurait su le dire. Seuls quelques enfants les saluaient de la main en riant sottement.

Au bout d'un moment, les réfugiés émergèrent d'une ruelle et se retrouvèrent dans un vaste espace ouvert de tous côtés. L'équivalent de ce qu'à Ember on appelait la place des Pas-Perdus, pensa Lina. Un endroit dégagé, au centre de la ville, où les gens pouvaient se rassembler. A la différence de la place des Pas-Perdus, celle-ci n'était pas carrée, mais en demi-cercle. Et pavée de briques brunes, donc très poussiéreuse.

– Comment s'appelle cette place ? demanda Lina à Mary Waters, qui marchait juste devant elle.

– La grand-place, répondit Mary.

La grand-place. Lina connaissait bien la Grand-rue – il y en avait une à Ember – mais elle ignorait qu'on pouvait parler d'une grand-place. C'était la première expression qu'il lui était donné de découvrir dans ce nouveau monde.

La grand-place était bordée par une rivière. En vis-à-vis, se trouvait un alignement d'échoppes aux toits de chaume ainsi que quelques baraques basses devant lesquelles avaient été installés des bacs remplis de vêtements défraîchis, de chaussures à épaisses semelles noires, de bougies, de balais, de pots de miel et de confiture plus un tas d'autres choses que Lina n'aurait pu identifier.

Un bâtiment plus grand occupait l'autre extrémité de l'esplanade. Il possédait un large escalier en façade, qui menait à une double porte ainsi qu'une tour dont les fenêtres dominaient la grand-place. A côté de la tour se trouvait une plante fantastique, d'une espèce inconnue, constituée d'un énorme mât, plus haut que l'immeuble situé à côté d'elle, et d'où partaient des branches qui pendaient élégamment vers le sol, comme des bras alanguis et duveteux.

– Qu'est-ce que c'est que ça ? demanda Lina à une femme qui les observait sur la grand-place.

La femme sembla surprise par la question.

– C'est notre mairie, répondit-elle.

– Non, je voulais parler de la grande plante juste à côté.

– La grande plante ? Le pin ?

– Le pin ! répéta Lina consciencieusement. Vous savez, c'est le premier que je vois.

Son deuxième mot : le pin.

La femme lui lança un regard dubitatif. Lina la remercia et se remit en route.

– Venez par ici, s'il vous plaît, ordonna Mary qui tentait tant bien que mal de mettre un peu d'ordre dans cette foule indisciplinée. Il y a assez d'eau ici pour tout le monde. Servez-vous à la rivière ou à la fontaine, dit-elle en pointant le centre de la grand-place, occupé par un petit bassin entouré d'un muret.

L'eau jaillissait au milieu du bassin en un bouillonnement saccadé et ininterrompu. Dès que l'eau semblait vouloir se calmer, le jet reprenait de plus belle, éclaboussant le muret.

Les gens d'Ember se précipitaient. Des dizaines d'entre eux couraient au bord de la rivière puis s'accroupissaient pour s'asperger le visage d'eau. D'autres se ruèrent en nombre sur la fontaine. Les enfants tapaient la surface de l'eau pour s'éclabousser, puis passèrent au-dessus du muret pour tenter d'atteindre le courant jaillissant au centre. Certains enfants sautaient carrément dans le bassin et devaient être tirés par leurs parents. Ceux qui étaient loin derrière poussaient pour se frayer un chemin. Mais ceux qui étaient aux premières loges n'étaient pas prêts à céder leur place. Tout à coup, il y eut des cris et une bousculade. Il y avait plein d'eau par terre. Lina glissa dans une flaque et tomba. Quelqu'un trébucha sur elle et tomba aussi.

– S'il vous plaît, hurla Mary dont la puissante voix sourde parvenait à dominer le brouhaha général.

– Calmez-vous, hurla une voix d'homme.

Pendant qu'elle tentait de se relever, Lina entendit aussi d'autres voix, celles des villageois qui s'étaient rassemblés aux abords de la grand-place.

– Reviens, Tommy, ne t'approche pas d'eux, disait l'une d'elles.

– D'où avez-vous dit qu'ils venaient ? De dessous la terre ?

– Maman, est-ce que ces gens sont comme nous ou d'une autre sorte ?

« Bien sûr qu'on est comme vous, pensa Lina. Non ? Y a-t-il plusieurs sortes d'hommes ? » Elle finit par se relever et essora l'ourlet de son pull, gorgé d'eau. Elle remarqua Mme Murdo, de l'autre côté de la place, et se dirigea vers elle.

Le tumulte finit par se calmer. Les gens d'Ember, une fois leur soif étanchée, lançaient des regards étonnés autour d'eux. On pouvait lire dans leurs yeux un mélange de curiosité, de crainte et de fascination. Ils restaient immobiles, la tête légèrement penchée sur le côté, fixant les imposantes plantes qui s'élevaient dans les airs ainsi que les créatures pépiantes qui voltigeaient autour. Ils se penchaient pour toucher les fleurs aux couleurs vives et jetaient des regards interrogateurs vers les fenêtres et dans l'entrebâillement des portes. Les enfants coururent jusqu'aux rives herbeuses de la rivière, retirèrent leurs chaussures et leurs chaussettes et trempèrent leurs pieds dans l'eau. Les anciens, épuisés par leur longue marche, s'allongèrent derrière des buissons et s'endormirent.

Les trois chefs du village passèrent parmi leurs concitoyens. Ils parlaient à chacun à voix basse quelques minutes puis faisaient des signes de la tête et passaient à quelqu'un d'autre. Lina voyait bien que ces villageois regardaient les nouveaux arrivants avec inquiétude. Ils semblaient ne pas savoir quoi leur dire. Lina comprenait parfaitement. Qu'aurait fait le maire d'Ember, par exemple, si, soudainement, quatre cents personnes étaient arrivées des Terres Inconnues ?

Le ciel commençait à s'assombrir. Quelques villageois appelèrent les réfugiés.

– Venez par ici ! Rappelez vos enfants ! S'il vous plaît, asseyez-vous !

Ils se tenaient à la lisière de la foule, les bras écartés et poussaient légèrement les gens jusqu'à ce que, finalement, les quatre cents personnes se rassemblent sur la grand-place, face au grand escalier de la mairie où les trois chefs du village avaient pris place.

Mary Waters leva les bras en l'air et resta un moment ainsi, sans parler. Lina la trouva impressionnante car, bien que petite, il émanait d'elle une sorte de force. La façon qu'elle avait de se tenir, les pieds légèrement écartés, le dos droit, donnait l'impression qu'elle était littéralement plantée dans le sol. Il y avait des mèches grises dans sa chevelure brune, mais son visage aux pommettes saillantes était lisse.

Petit à petit, le silence se fit et les gens se tournèrent vers elle.

– Soyez les bienvenus ! Mon nom est Mary Waters. Lui, c'est Ben Barlow, dit-elle en désignant un des deux hommes qui se tenaient à ses côtés.

C'était un petit homme sec et noueux avec une épaisse barbe grise sous le menton. Elle était si dense qu'on ne voyait pas son cou. Il avait deux rides entre les sourcils, faisant comme un onze sur son front.

– Et voici Wilmer Dent, poursuivit-elle en désignant l'autre homme, grand et maigre, avec une fine chevelure couleur rouille, qui lança un sourire hésitant à la foule en agitant vaguement les doigts en signe de bienvenue. Nous sommes les trois conseillers municipaux de ce village, qui s'appelle Sparks. Trois cent vingt-deux personnes y vivent. J'ai cru comprendre que vous venez d'une ville qui se trouve à trois jours de marche d'ici. Je dois avouer que ceci est… une surprise pour nous. Nous n'avons jamais entendu parler d'une colonie post-Grand Malheur dans les environs. Encore moins d'une ville.

– Post-Grand Malheur ? C'est quoi ? murmura Lina à l'oreille de Doon.

– Je ne sais pas, répondit-il.

Mary Waters se racla bruyamment la gorge puis inspira profondément.

– Nous ferons de notre mieux pour vous accueillir ce soir. Demain nous parlerons de… de vos projets. Quelques familles acceptent d'héberger chez elles certains d'entre vous. Prioritairement ceux qui ont de jeunes enfants ou des vieillards et des malades avec eux. Les autres, vous dormirez ici, sur la grand-place. Ceux qui sont hébergés partageront le repas de leurs hôtes, aux autres, on distribuera du pain et des fruits.

Une salve d'applaudissements explosa parmi les réfugiés.

– Merci ! crièrent plusieurs d'entre eux. Merci beaucoup !

– C'est quoi du pain ? murmura Lina à l'adresse de Doon qui, pour toute réponse, haussa les épaules.

– Que tous ceux qui ont besoin d'un abri pour la nuit veuillent bien se lever, dit Mary de sa voix de stentor. Comme je l'ai déjà dit, priorité à ceux qui ont des enfants, des vieillards ou des malades avec eux.

Un bruissement traversa la foule pendant que les premiers se levaient.

– Lève-toi papa.

– Vas-y, Willa.

– Non, je vais bien, toi vas-y.

– Dites à Arno d'y aller, il s'est tordu la cheville.

A cause de Poppy, Lina et Mme Murdo se levèrent. Doon resta assis. Tout comme son père.

L'éclatante boule jaune qui illuminait le ciel commençait à baisser. Les ombres s'allongeaient. La nuit tombait. A mesure que l'obscurité s'abattait sur le village, l'humeur de Lina s'assombrissait elle aussi.

La chambre verte et bleue dans laquelle elle s'était installée chez Mme Murdo lui revint en mémoire. Comme elle était jolie cette chambre et comme elle avait été heureuse de pouvoir y habiter ! Soudain, elle eut le mal du pays. A cet instant précis, elle aurait été heureuse de pouvoir manger une soupe de navets et de se glisser dans son lit, Poppy à ses côtés, pendant que Mme Murdo aurait rangé le salon, avant que la tour de l'horloge ne sonne neuf heures, le moment de l'extinction des feux. Elle avait conscience que cet endroit – le village de Sparks – était vivant, alors qu'Ember était morte. Elle n'aurait pas voulu retourner dans la ville souterraine même si elle l'avait pu, mais à l'instant présent, alors que l'air fraîchissait, que la brise effleurait son visage et qu'un lit étranger dans une maison inconnue l'attendait, elle mourait d'envie de retrouver un environnement familier.

Mary Waters appelait des noms. A chaque appel, quelqu'un se levait et annonçait combien de personnes son foyer pouvait accueillir.

– Leah Parsons !

Une grande femme vêtue d'une robe noire s'avança.

– Deux personnes, répondit-elle.

Mary Waters désigna un couple de personnes âgées au premier rang de la foule de réfugiés. Ils prirent leurs sacs et emboîtèrent le pas à la femme en noir.

– Randolph Bonito !

Dans la seconde, un homme imposant au visage cramoisi répondit :

– Cinq.

La famille Candrick, avec leurs trois jeunes enfants, partit avec lui.

– Evers Mills.

– Quatre.

– Lanny McMorris.

– Deux.

– Jane Garcia.

– Trois.

Cela dura un long moment. Le ciel était de plus en plus sombre et l'air de plus en plus frais. Lina frissonna. Elle dénoua le pull accroché à sa taille et l'enfila. « Lumière et chaleur doivent aller ensemble ici, pensa-t-elle. Chaud le jour, quand l'éclatante lumière brillait dans le ciel, et froid la nuit, quand elle n'y était plus. A Ember, la lumière ne produisait pas la moindre chaleur. Et la température était toujours la même. »

Au bord de la grand-place, quelqu'un portait une torche et allumait les lanternes qui pendaient des avant-toits. Celles-ci s'illuminèrent d'un jaune profond, parfois rouge.

Mary s'adressa à Mme Murdo.

– Vous, madame. Votre enfant semble gravement malade. Vous passerez la nuit chez notre médecin.

Elle fit un signe à une grande et belle femme âgée qui se tenait non loin de là. Elle avait une épaisse chevelure grise qui s'arrêtait juste sous l'oreille, portait un pantalon large d'un bleu délavé et une chemise blanc cassé particulièrement froissée qu'en outre elle avait mal boutonnée si bien qu'un pan était plus haut que l'autre.

– Je vous présente notre guérisseuse, Mme Hester Crane. Elle va vous conduire, dit Mary en se tournant vers la vieille femme.

Lina se leva et se tourna vers Doon.

– Ça va aller ? lui demanda-t-elle.

Elle était anxieuse d'être séparée de Doon et de son père.

– Nous serons bien, répondit Doon.

– Ne t'inquiète pas, ajouta son père qui étendait une couverture sur le sol.

La guérisseuse se pencha sur Poppy, qui somnolait dans les bras de Mme Murdo et posa une longue main noueuse aux veines bleues saillantes sur le front de la petite. Elle tira ensuite sur la paupière inférieure de l'enfant.

– Hum ! soupira-t-elle avant d'ajouter. Venez, je vais voir ce que je peux faire pour elle.

Lina lança un regard inquiet à Doon.

– On se voit demain matin, lui lança-t-il d'un ton rassurant. T'inquiète ! On sera bien ici.

– Suivez-moi, ordonna la guérisseuse avant de se raviser. Oh, attendez.

Elle jeta un regard circulaire sur la place qui s'était en partie vidée, et héla :

– Torren !

Lina entendit un bruit de pas et vit un garçon sortir de l'ombre en courant.

– Nous rentrons à la maison, dit la guérisseuse. Ces gens vont passer la nuit avec nous.

Le garçon était plus jeune que Lina. Il possédait un

étrange visage allongé, au front immense, comme si quelqu'un l'avait pris entre ses mains et avait serré très fort. Un visage illuminé par deux points bleus et surmonté par une touffe désordonnée de cheveux châtains.

Il regardait Lina du coin de l'œil, sans prononcer le moindre mot. La guérisseuse ouvrit le chemin, sur la route qui longeait la rivière. Elle marchait à grandes enjambées, les mains dans les poches, la tête penchée en avant, comme si elle cherchait quelque chose au sol.

Lina, collée à Mme Murdo qui portait toujours Poppy endormie dans ses bras, suivait. Le vent frais du soir s'immisçait dans les mailles de son pull et un insecte voltigeait près de son oreille, faisant comme une longue plainte aiguë. Le mal du pays et la nostalgie l'envahirent à tel point qu'elle dut croiser fermement les bras sur sa poitrine et serrer les dents pour ne rien laisser paraître.

4
La maison de la guérisseuse

Le ciel était maintenant d'un bleu très foncé, presque noir, sauf sur un côté, où une fine bande cramoisie continuait de rougeoyer. Dans le village, les fenêtres s'allumaient une à une. Une lumière jaune dansait derrière les carreaux.

Ils marchèrent encore et encore. Chaque fois qu'ils arrivaient devant une porte, des escaliers ou un portail, Lina espérait qu'il s'agissait de la maison. Quand elle était à Ember, où elle occupait le poste de messager, elle courait sans fin. Courir était même sa plus grande joie. Mais ce soir, le simple fait de marcher lui était pénible. Elle se sentait tellement fatiguée qu'elle avait l'impression d'avoir des briques à la place des pieds. Cela n'empêchait pas la guérisseuse de continuer son chemin, accompagnée du garçon qui, par instants, prenait de l'avance et à d'autres restait en arrière pour observer Lina, Mme Murdo et Poppy. Ils atteignirent finalement la limite du village. Légèrement à l'écart se trouvait une maison au toit très bas. A l'exception de la faible lueur que produisaient les derniers éclats du ciel qui se reflétaient dans ses deux fenêtres, elle était plongée dans l'obscurité. La construction était blottie contre une immense plante qui ressemblait à un champignon géant.

– Un pin ? demanda Lina hésitante.

– Non, répondit la guérisseuse. Un chêne.

Lina comprit alors que toutes les grandes plantes n'étaient pas de la même espèce.

Un sentier menait à une porte en bois, que la guérisseuse ouvrit. Ils débouchèrent ainsi dans une petite cour, au sol inégal, pavé de briques et couvert de feuilles mortes. Sur les trois côtés, elle était bordée par une aile de la maison qui avait la forme d'un U aux coins carrés. Le toit dépassait de la façade et formait une longue terrasse. Malgré la faible lumière, Lina pouvait néanmoins voir que la cour était pleine de plantes, certaines poussant directement dans le sol, d'autres dans des pots de différentes tailles. Des plantes grimpantes étaient accrochées aux colonnes de la terrasse et couraient le long du toit.

– Venez à l'intérieur, les invita Mme Hester en les précédant jusqu'à la porte qui se trouvait au milieu de l'aile centrale.

Le garçon et elle entrèrent. Lina s'arrêta sur le pas de la porte, bientôt rejointe par Mme Murdo qui portait toujours Poppy dans ses bras. Immobiles, elles jetèrent des regards inquiets dans l'obscurité. Une étouffante odeur de champignons et d'humus emplissait la pièce.

La maîtresse de maison disparut un moment. Elle revint avec une chandelle, avec laquelle elle en alluma d'autres. Deux, trois, quatre, jusqu'à ce qu'une lumière vacillante éclairât convenablement l'endroit, dont les angles restaient plongés dans l'obscurité.

– Entrez, entrez, dit impatiemment la guérisseuse.

Lina s'avança. Elle sentit le sable crisser sous la semelle de ses chaussures et le picotement de la poussière dans ses narines. Elle se trouvait dans une longue pièce basse de plafond et en désordre : des vêtements jetés sur les dossiers des fauteuils, une chaussure perdue sur un canapé défoncé, une assiette avec des restes de nourriture oubliés sur un rebord de fenêtre. A un bout de la pièce se trouvaient deux portes, fermées toutes les deux. Au fond, un escalier disparaissait dans une ouverture sombre pratiqué au plafond. De l'autre côté de la pièce, dans un coin, une porte ouverte, sûrement celle de la cuisine, se dit Lina. A côté de la porte, dans le mur, il y avait une sorte de niche, encadrée par des pierres, contenant des bouts de bois et des bouts de papier froissé.

La guérisseuse se pencha devant ce renfoncement et approcha sa chandelle du papier et des bouts de bois. Rapidement une flamme s'éleva. La plus grande que Lina ait jamais vue, comme une furieuse main orange montant dans les airs comme si elle voulait happer quelque chose. Son cœur se mit à cogner dans sa poitrine.

Elle recula d'un pas et heurta Mme Murdo. Toutes deux fixèrent le feu, immobiles. La main de Mme Murdo se posa sur l'épaule de Lina.

– Que se passe-t-il ? demanda Mme Hester quand elle se fut retournée.

Lina restait muette. Les yeux fixés sur les flammes qui montaient de plus en plus haut en crépitant.

Mme Murdo tenta de répondre :

– C'est, euh… C'est…

Elle inclina la tête en direction de l'âtre où la première flamme avait grossi et lançait maintenant de puissants éclairs orange.

– Oh, dit la guérisseuse. C'est le feu ? Vous n'êtes pas habituées au feu ?

Mme Murdo réussit à faire un petit sourire, comme pour s'excuser. Lina restait pétrifiée.

– Il va rester dans la cheminée, ajouta la guérisseuse. Il n'y a aucun danger.

A Ember, on n'avait jamais vu un feu qui soit sans danger. En effet, les feux ne s'allumaient que lorsque des fils électriques dénudés se touchaient ou quand un torchon tombait sur une plaque de cuisinière électrique. Le seul feu inoffensif que Lina connaissait était la petite flamme d'une bougie. Cette flambée-là l'effrayait.

Les flammes se reflétaient sur la vitre. Les fenêtres étaient creusées dans un renfoncement si profond qu'il y avait à leur base un rebord suffisamment large pour pouvoir s'y asseoir. Ce dont ne se priva pas le jeune garçon, Torren, qui, d'un bond, se posa sur un de ces rebords balançant ses pieds contre le meuble qui se trouvait juste en dessous.

– Peur du feu, marmonna-t-il à voix basse sur un ton dédaigneux.

– Mettez-vous à l'aise. Vous pouvez vous asseoir là si

vous voulez, dit la guérisseuse en montrant des chaises de l'autre côté de la pièce.

Elles étaient loin du feu. Lina et Mme Murdo s'y assirent. Poppy émergea un instant de sa torpeur, émit une faible plainte puis s'effondra à nouveau sur les genoux de Mme Murdo.

– De toute façon, c'est certainement le dernier feu de cheminée de la saison, ajouta la guérisseuse. Les nuits seront bientôt beaucoup plus douces. Nous n'aurons plus besoin de chauffage.

Un grincement, suivi d'un bruit de pas rapides, se fit entendre au-dehors. Quelqu'un frappa à la porte. Lina agrippa la main de Mme Murdo.

La guérisseuse, nullement surprise, soupira et alla répondre.

– Ah c'est toi, William, dit-elle sur un ton un peu las. De quoi as-tu besoin ?

– Un peu de cette pommade, répondit une voix d'homme. Tout de suite. Ma femme s'est coupé la main. Et ça saigne drôlement.

– Entre, entre. Je vais t'en chercher, dit la guérisseuse avant de disparaître dans une pièce où on l'entendit bruyamment fourrager pendant que l'homme restait timidement dans l'embrasure de la porte, jetant des regards du coin de l'œil à Lina et à Mme Murdo.

La guérisseuse émergea finalement de la pièce, un pot de pommade à la main. Elle le tendit à l'homme qui décampa aussitôt.

Moins de dix minutes plus tard, on frappa à nouveau. Cette fois, c'était une jeune femme qui voulait un médicament à l'écorce de saule pour sa sœur qui avait un affreux mal de tête. Une fois encore, Mme Hester disparut dans l'autre pièce où on l'entendit tout retourner avant de réapparaître avec une petite fiole qu'elle donna à la jeune femme, qui disparut aussi rapidement qu'elle était venue.

– Êtes-vous la seule guérisseuse du village ? demanda Mme Murdo.

– Absolument, répondit Mme Hester en soupirant. Et, comme vous pouvez le voir, c'est sans fin.

Soudain elle s'arrêta, l'air inquiète.

– Est-ce que j'ai donné le bon pot à William ? Oui, oui, celui qui se trouvait sur la troisième étagère. C'est bien ça.

Elle soupira encore. Visiblement éreintée.

– Bien. Maintenant occupons-nous de votre petite fille. Mettez-la ici, dit-elle en tapant le dossier du canapé adossé au mur.

Elle ramassa ensuite une couverture de laine tricotée à la main qui était tombée par terre, la secoua et la tendit à Mme Murdo.

– Enveloppez-la là-dedans. Je vais lui donner un remède.

Poppy accepta d'avaler deux cuillerées de médicament, un liquide rougeâtre que la guérisseuse avait puisé dans un bocal de verre, mais recracha la troisième en pleurnichant. Lina avait mal au cœur de voir Poppy si mal en point. En temps normal, la petite était une boule d'énergie, vive et curieuse de tout. On ne savait jamais ce qu'elle allait faire. Mâchouiller un document important, se mettre en tête d'explorer un endroit bizarre ou encore vous fausser compagnie au moment où on s'y attendait le moins. Là, elle était faible et pâle, comme une pauvre petite plante qui aurait manqué d'eau.

Mme Murdo l'allongea sur le lit. Lina s'assit près d'elle et passa sa main dans ses cheveux. Rapidement, la petite s'endormit. La guérisseuse disparut dans la cuisine. Torren grimpa les escaliers et s'enfuit dans la chambre du haut.

Lina sentit tout à coup le poids d'une immense fatigue s'abattre sur elle. La maison en désordre, le garçon hostile, le feu... tout cela était étrange et perturbant. Et puis Poppy était gravement malade et cela l'inquiétait tellement qu'elle se sentait presque un peu malade elle aussi. Elle s'assit à côté de Mme Murdo et posa sa tête sur ses genoux. Elle perçut encore vaguement des bruits de vaisselle et de découpe dans la cuisine puis sombra dans un étrange rêve où ombre et lumière se mélangeaient.

– A table ! hurla Torren.

Lina se réveilla en sursaut et se mit debout d'un coup, droite comme un i, ce qui provoqua l'hilarité du jeune garçon.

– Déjà entendu parler de nourriture ? dit-il en se moquant. Déjà utilisé le verbe manger ?

Ils prirent tous place autour de la table, à l'exception de Poppy. La guérisseuse servit à la louche quelque chose qu'elle avait apporté dans un grand saladier. Lina n'était pas certaine de savoir ce que c'était. Des pommes de terre froides, pensa-t-elle, mais aussi autre chose. Elle mangea de bon cœur car elle avait très faim. Mais dès qu'elle eut mangé, elle se sentit à nouveau si fatiguée qu'elle pouvait à peine bouger.

– Très bon, félicita Mme Murdo. Merci beaucoup.

– De rien, répondit la guérisseuse. De rien...

Elle fit mine de se lever, puis se rassit, visiblement embarrassée.

– Peut-être voulez-vous lire ? Ou marcher un peu ?

– Nous sommes un peu fatiguées, répondit Mme Murdo. Il serait sûrement préférable que nous nous couchions.

Le visage de Mme Hester s'éclaira.

– Vous couchez ? Mais certainement, dit-elle en se levant. Voyons... Où allons-nous vous installer ? s'interrogea-t-elle en jetant un regard circulaire à la pièce comme si un lit supplémentaire pouvait soudainement surgir de la pagaille environnante. Au grenier, j'imagine.

– Non ! cria Torren. C'est ma chambre !

– Mais c'est le seul endroit où il y a deux lits, répondit Mme Hester en se faufilant à travers le bazar qui encombrait la pièce.

Munie de sa chandelle, elle parvint à se frayer un chemin jusqu'à l'escalier.

– Ils vont toucher à mes affaires ! Et à celles de Caspar, objecta Torren.

– Ne sois pas idiot, l'interrompit la guérisseuse en montant l'escalier.

– Et moi ? Où je vais dormir ? gémit Torren.

– Dans la salle de soins, répondit la guérisseuse.

Des larmes mouillèrent les yeux de Torren, mais la guérisseuse ne les remarqua point et disparut au grenier où retentit bientôt une série de cognements, de frottements et de grattements.

– Montez, dit-elle après quelques minutes de remue-ménage.

Lina gravit les escaliers, suivie de Mme Murdo, portant Poppy. A la lueur de la bougie, Lina distingua deux lits sous un plafond mansardé. Il y avait un coffre au bout de chaque lit. Des vêtements étaient suspendus à des crochets et une série de boîtes étaient soigneusement rangées sur le rebord de l'unique fenêtre.

– Deux lits… Mais vous êtes trois, déclara la guérisseuse en fronçant les sourcils. On pourrait peut-être… Installer la petite…

– Ne vous inquiétez pas, l'interrompit Lina. Elle va dormir avec moi.

Quelques instants plus tard, elle était sous les couvertures, Poppy lovée au creux de ses bras.

– Bonne nuit, dit Mme Murdo depuis l'autre lit avant de souffler la bougie.

La chambre devint sombre, mais pas autant que celles que Lina avait connues à Ember. Le rectangle grisâtre de la fenêtre était toujours visible à cause des lumières du ciel, le cercle argenté et les têtes d'épingle scintillantes. Comment les appelle-t-on ? se demanda Lina. Et qui est Caspar ? Et comment la guérisseuse peut-elle faire un si énorme et terrible feu dans sa maison ?

Ici tout était inversé par rapport à ce qu'elle avait connu. Là-bas c'était sombre et froid, ici c'était lumineux et chaud. Ember aimait l'ordre, cet endroit le désordre. A Ember, tout était familier. Ici tout était inconnu. Vais-je apprendre à apprécier tout ça ? se demanda-t-elle. Est-ce qu'un jour je me sentirai chez moi ici ? Elle serra Poppy dans ses bras et écouta le faible souffle de sa respiration un long moment avant de s'endormir.

Le premier conseil municipal

Lina dormait depuis un bon moment quand les trois conseillers du village se réunirent dans la salle de la tour, à la mairie. Ils étaient assis autour d'une table d'où ils pouvaient voir la grand-place. Mary avait les mains fermement croisées devant elle. Ben était renfrogné. Ses épais sourcils gris se rejoignaient presque, ce qui avait pour effet de creuser encore un peu plus les deux rides verticales de son front. Wilmer tirait nerveusement sur le lobe de son oreille, ses yeux passant successivement de Mary à Ben et de Ben à Mary.

– Ils ne peuvent pas rester ici, déclara Mary. Ils sont trop nombreux. Où s'installeraient-ils ? Et comment ferions-nous pour les nourrir ?

– D'accord, ajouta Wilmer, mais où peuvent-ils aller ?

Un long silence suivit. Personne ne pouvait répondre à cette question. Autour du village de Sparks, l'immense désert des Espaces Vides s'étendait sur des kilomètres dans toutes les directions.

– Ils pourraient peut-être monter jusqu'à Pine Gap, lança Wilmer sans conviction.

Mary ronchonna et secoua la tête.

– Ne sois pas ridicule. C'est à au moins deux semaines de marche. Comment ces gens pourraient-ils aller si loin ? Comment transporteraient-ils leur nourriture ? Et où la trouveraient-ils, à moins que nous ne vidions toutes nos réserves pour eux ?

Wilmer acquiesça en silence, sachant qu'elle avait raison. Les habitants de Sparks ne connaissaient que trois autres colonies et ils avaient appris des errants que ces endroits étaient plus petits et plus pauvres que Sparks. Leurs habitants ne seraient sûrement pas disposés à voir débarquer autant de gens et de bouches supplémentaires à nourrir.

Tous trois regardèrent par la fenêtre, fixant en silence la grand-place éclairée par le clair de lune et pleine de ces gens bizarres, qui disaient arriver d'une ville souterraine. Quatre cents personnes. Sans nourriture, sans biens et sans endroit où aller.

– Ce que j'ai du mal à comprendre, déclara finalement Ben, c'est pourquoi ce malheur nous est arrivé à nous…

Il marqua une pause, regarda en l'air sur sa gauche et fronça les sourcils. Il faisait cela régulièrement, c'était son tic, comme s'il avait besoin d'une pause et d'un froncement de sourcils pour rassembler ses pensées. Mary et Wilmer y étaient accoutumés, aussi attendaient-ils sagement que la pause soit terminée.

– Nous ne méritons pas cela, ajouta Ben au bout de quelques secondes. Après avoir trimé comme nous l'avons fait, saison après saison. Et juste quand nous commencions à émerger un peu, après toutes ces années... disons... difficiles. Même si le mot est faible.

Les autres acquiescèrent, repensant à ces années de malheur. Ils se souvinrent de ces rudes hivers au cours desquels les gens grelottaient sous des tentes et mangeaient des racines et des fruits secs tout ratatinés, des années de sécheresse et des années de catastrophes.

Le fléau des vers à tomates ou d'autres de ce genre qui régulièrement avaient ravagé leurs cultures, obligeant les gens à ne manger que des pommes de terre et des choux pendant des mois. Il y avait eu des moments où il fallait travailler si dur pour survivre que certains se tuèrent à la tâche au sens propre. Personne ne souhaitait revivre ça.

– Alors, que fait-on ? demanda Mary. S'ils ne peuvent ni rester ni partir, quelle est la solution ?

Les autres demeurèrent silencieux.

– Eh bien, il y a toujours le Pionnier, dit Wilmer. Cela peut toujours être une solution temporaire.

– Exact, renchérit Ben.

– Bonne idée, ajouta Mary.

Un large sourire illumina le visage de Wilmer.

– Que pensez-vous de ça ? poursuivit Mary. On les installe au Pionnier en leur laissant de l'eau et de la nourriture, on a quelques réserves dans nos greniers. En échange, ils travaillent. Ils nous aident aux champs, dans les travaux de construction, bref, partout où il y a quelque chose à faire. On leur apprendra comment s'y prendre car d'après ce que j'ai vu, ils ne connaissent rien à rien puis, au bout d'un certain temps, quand ils seront requinqués et qu'ils auront appris à se débrouiller, ils pourront partir et fonder leur propre ville où bon leur semblera.

– Il faudra qu'on les surveille de près si on les laisse rester ici, ajouta Ben. Ils sont bizarres. Nous ignorons de quoi ils sont capables.

– Pour ma part, ils me paraissent plutôt normaux, dit Mary. Si on met de côté cette histoire de vie dans une grotte.

– Tu as cru à cette histoire ? demanda Ben.

Mary haussa les épaules avant d'ajouter :

– L'important c'est de savoir si on leur permet de rester ?

– Combien de temps devra-t-on les garder ? demanda Wilmer. Je veux dire, à votre avis, combien de temps il leur faudra pour être prêts à partir ?

– Je ne sais pas. Peut-être six mois ? Voyons... Nous sommes actuellement fin fleurissant, Mary commença à compter les mois sur ses doigts : brillant, brûlant, roussissant, fructuant, tombant, frissonnant. Disons qu'ils pourraient passer l'été et l'automne avec nous et partir à la fin de frissonnant.

– Cela voudrait dire qu'ils se retrouveraient tout seuls pour l'hiver, fit remarquer Wilmer.

– Exact, poursuivit Ben. Suggères-tu que nous devrions les héberger encore plus longtemps ? Qu'on se saigne littéralement pour eux ?

Plus personne ne dit mot, réfléchissant au problème. Finalement Mary rompit le silence :

– La question est : doit-on les autoriser à rester six mois et leur apprendre tout ce que nous savons

Personne n'appréciait vraiment cette idée. Ils pensaient à la nourriture qu'il faudrait donner aux réfugiés – ce qui impliquait moins de denrées pour leur propre peuple – ainsi qu'à la peine qu'ils devraient se donner pour apprendre à ces gens toutes les techniques indispensables à leur autonomie. Chacun d'eux, Mary, Wilmer, et surtout Ben, espérait secrètement que ces hommes des cavernes se volatiliseraient dans l'atmosphère.

Mais cela n'allait certainement pas se produire, et les dirigeants de Sparks savaient que, pour avoir bonne conscience, ils devaient trouver une solution, prendre la bonne décision et se montrer sages et dignes, ouverts d'esprit et généreux. Bref, se comporter en conseillers responsables, à l'inverse des dirigeants d'autrefois, dont les terribles erreurs avaient conduit au Grand Malheur.

Conscients de l'enjeu, les trois chefs votèrent :

Mary vota oui. Le peuple de la caverne devait rester.

Ben vota oui aussi, mais à contrecœur.

Wilmer vota oui, par instinct grégaire.

La question était tranchée. Ils leur donneraient un endroit où s'installer et les aideraient à s'acclimater pendant six mois. Ensuite, il faudrait bien que ces étrangers se débrouillent tout seuls.

Mary, Ben et Wilmer se serrèrent la main pour sceller leur accord. Mais personne n'osa formuler tout haut la question qui les taraudait secrètement : même après six mois, les gens d'Ember auraient bien du mal à établir leur propre ville. Les fondateurs de Sparks possédaient de bonnes connaissances en construction et en agronomie. Malgré cela il leur avait fallu plus de deux ans pour seulement construire quelques abris rudimentaires et débarrasser les champs de leurs rochers. Ils savaient comment élever des animaux et comment prendre soin des sols, ce qui n'empêchait pas leur bétail de succomber parfois aux maladies ou à la faim, les années de mauvaise récolte. Ils avaient appris à se prémunir contre les aléas du climat, les loups et les bandits, pourtant, chacun de ces fléaux continuait à leur faire subir de lourdes pertes.

Dans leur for intérieur, les conseillers municipaux savaient que dans ces immensités pratiquement sans âme qui vive, où rodaient des milliers de dangers dont les gens d'Ember ignoraient tout, ils ne seraient jamais capables de survivre par eux-mêmes.

5
Le Pioneer Palace

Le matin suivant, des aboyeurs sillonnèrent les rues du village appelant les habitants de Sparks à préparer les vieilles couvertures, les oreillers, les serviettes et tous les vêtements dont ils n'avaient plus l'utilité. Ils devaient les entasser dans la rue, devant leur maison. Dans l'entrepôt, des gens collectaient de la nourriture – des choses qui n'avaient pas besoin d'être cuites comme des pommes de l'automne précédent, des abricots secs, du pain et de gros morceaux de fromage. Doon, qui s'était levé aux premières lueurs du jour contemplait ces préparatifs avec excitation.

Aux alentours de midi, une longue caravane sortit du village en direction du sud. Elle était composée d'étranges véhicules que les villageois appelaient pick-up, plateaux et parfois simplement caisses. Ces engins étaient faits de métal rouillé et possédaient quatre épaisses roues noires. Sur le devant, ils avaient un appendice qui ressemblait à une boîte métallique avec un couvercle arrondi derrière laquelle se trouvait une autre boîte, plus haute, munie de deux sièges où les conducteurs prenaient place. L'arrière était plat. Et c'est là que tout était chargé. Devant chaque pick-up étaient attachées deux grosses bêtes puissantes, aux arrêtes carrées. De loin les animaux les plus énormes que Doon ait jamais vus. Ils faisaient des bruits de soufflet avec leur nez et poussaient parfois de sourds gémissements.

– Qu'est-ce que c'est ? demanda Doon à la personne qui marchait à ses côtés.

– Des bœufs, répondit l'homme. C'est presque comme des vaches. Tu sais, celles qui font le lait.

A Doon, qui n'avait jamais connu autre chose que le lait en poudre emballé dans une boîte en carton, le mot vache ne disait absolument rien. Mais il n'en souffla mot à son interlocuteur, se contentant de hocher la tête.

– Et que signifie le mot « pick-up », demanda-t-il, laissant de côté les autres termes comme « caisse » qui était facile à comprendre.

L'homme parut surpris par sa question.

– Ben… Heu… Ça veut juste dire pick-up, répondit-il décontenancé. Tu sais, ce que les gens avaient l'habitude de conduire dans les temps anciens. Il y en a des milliers un peu partout. Des pick-up, des berlines, des camions. Avant, ils marchaient tout seuls, sans bœufs, parce qu'il y avait un moteur là-dedans, dit-il en cognant sur l'avant du véhicule. Il suffisait de verser dedans un truc appelé « sence » et ça faisait tourner les roues. Mais maintenant, comme on n'a plus de sence, on enlève les moteurs. Pour alléger. Comme ça c'est plus facile à tracter.

Doon ne demanda pas d'explications supplémentaires à propos de cette mystérieuse « sence ». Il ne voulait pas montrer l'étendue de son ignorance. Il prit même la précaution de poser ses questions à d'autres personnes, glanant ainsi les informations une à une.

Son père et lui marchèrent un moment ensemble, à côté d'un pick-up. Doon espérait que Lina viendrait avec eux mais quand la caravane démarra, elle n'était toujours pas arrivée. Mais peu importe, elle les retrouverait sans peine et les rejoindrait plus tard.

Le père de Doon avait encore des courbatures à cause de la longue marche des jours précédents. Son fils prit donc rapidement une large avance, incapable qu'il était de ralentir le pas avec la joyeuse énergie qui l'animait. L'air matinal était parfumé. Il l'humait par grandes bouffées. Au-dessus de sa tête, le ciel, mille fois plus vaste que le sombre couvercle qui recouvrait Ember, était d'un bleu clair intense et autour de lui, la terre verte et dorée semblait s'étendre à l'infini. Doon n'arrêtait pas de se demander où se trouvait le bord. Arrivé en tête de la procession, il posa la question à Wilmer, qui trottait nonchalamment, les bras ballants.

– Le bord ? sursauta Wilmer en baisant les yeux sur Doon.

– Oui. Je veux dire, si je me tenais tout là-bas, au loin – il pointa l'horizon, là où le ciel semblait rejoindre la terre – est-ce que je me trouverais au bord de cette terre ? Et que verrais-je de l'autre côté du bord ?

– Il n'y a pas de bord, objecta Wilmer en regardant Doon avec un mélange d'incrédulité et de colère.

La terre est ronde. Une immense boule ronde. Admettons que tu avances sans jamais t'arrêter tu repasserais forcément par ton point de départ.

Doon s'immobilisa, le souffle coupé. C'était difficile à se représenter, presque incompréhensible. Il balaya donc cette idée saugrenue, persuadé que Wilmer se moquait de lui et le prenait pour un idiot. Mais le visage de Wilmer était parfaitement impassible. Pas la moindre lueur espiègle dans son œil. Il disait sûrement la vérité.

« Ce monde recèle un million de mystères », pensa Doon. L'instant d'après, il se persuada qu'il allait tous les percer, qu'il apprendrait tout sur tout. Au cours de cette seule matinée, il avait appris les mots soleil, arbre, vent, étoile et oiseau. Sans compter ceux qu'il avait appris la veille : chien, poulet, chèvre et pain.

Il ne s'était jamais senti aussi bien de sa vie, presque aussi grand que la terre qui l'entourait et presque aussi vif que l'air qu'il respirait. Ici, pas de travail pénible dans des tunnels humides et froids, pas de fuite éperdue dans des rues sombres pour échapper aux poursuites des gardes. Maintenant, le vaste monde s'offrait à lui et il était libre comme l'air. En plus, il se sentait fort, plus fort que jamais, car, aux côtés de Lina, il avait accompli quelque chose de formidable : sauver son peuple, prisonnier d'une ville en perdition. Durant toute sa vie, on lui serait, ainsi qu'à Lina, reconnaissant pour cet exploit. Il contempla ce nouveau monde, plein de vie et de beauté et il se sentit fier d'y avoir conduit son peuple.

La route avait dépassé les dernières maisons du village depuis un moment et elle longeait maintenant la rivière, large et calme, bordée de hautes herbes courbées. Les pick-up avançaient en brinquebalant. Leurs roues soulevant des nuages de poussière. Une immense rumeur parcourait la foule, alimentée sans fin par les exclamations des habitants d'Ember qui s'émerveillaient de chaque nouveauté.

– Regarde ! Il y a quelque chose de blanc qui flotte dans le ciel !

– Tu as vu ce petit animal avec une longue queue ?

– Vous sentez ça ? L'air bouge !

Les enfants couraient dans tous les sens, jouant à celui qui serait cap' de toucher l'énorme ventre d'un bœuf, d'arracher des fleurs dans un des ronciers qui bordaient la route ou de sauter à l'arrière d'un pick-up, pour faire un petit tour avant d'être chassé par le conducteur.

Le soleil brillait pour tout le monde. Les gens d'Ember adoraient cette étrange sensation de chaleur sur le sommet de leur crâne. Ils mettaient souvent les mains sur leur tête pour toucher leurs cheveux tout chauds.

La route montait une petite colline et contournait un bosquet d'arbres.

– Nous y sommes ! cria Wilmer en écartant fièrement les bras. Le Pioneer Palace !

Au sommet de la colline se dressait la plus grande bâtisse que Doon ait jamais vue. Il comportait trois étages et était tout en longueur avec une aile perpendiculaire à chaque bout. Trois rangées de fenêtres zébraient la façade. Au centre du bâtiment, surplombant une longue étendue herbeuse, qui descendait en pente douce jusqu'à la rivière, se trouvait ce qui, auparavant, avait dû être la monumentale entrée de ce bâtiment : un large escalier, une façade à colonnades et une immense porte à double battant. Doon trouva l'ensemble très délabré. Les murs étaient grisâtres et tachés et la plupart des fenêtres étaient cassées. On aurait dit une grosse boîte un peu sale et pleine de trous. Par endroits, le toit s'était affaissé et de l'herbe poussait jusque sur les marches de l'escalier. Doon remarqua également qu'à un bout, un arbre était tombé sur l'immeuble et s'était fiché dans la façade.

Ben Barlow traversa à grandes enjambées l'immense pelouse envahie de mauvaises herbes et monta l'escalier. Wilmer l'imita. Arrivé au sommet, il s'appuya contre une colonne tandis que Ben attendait que la foule des réfugiés se rassemble face à lui. Doon se faufila dans la foule à la recherche de son père. Quand il l'eut trouvé, il s'immobilisa à ses côtés.

Ben leva les deux mains puis éleva la voix :

– Votre attention s'il vous plaît !

Le silence se fit.

– Soyez les bienvenus dans votre nouvelle demeure, au Pioneer Palace, qu'entre nous on appelle simplement le Pionnier, déclara-t-il sous les applaudissements et les vivats de la foule.

Ben fronça les sourcils et leva à nouveau les bras, mains ouvertes. Les acclamations cessèrent.

– Ce refuge n'est que temporaire. Nous sommes en effet dans l'incapacité de vous garder ici, à Sparks, de manière permanente. Cela mettrait en péril notre communauté. Nos ressources ne sont pas inépuisables Si vous restiez, cela causerait des manques au sein de notre village et, par là même, un ressentiment à votre égard.

Ben se racla la gorge, fronça les sourcils puis regarda en l'air, sur le côté, avant de poursuivre.

– Nous avons décidé que vous pouviez rester ici six mois, c'est-à-dire pendant l'été et l'automne. Jusqu'à la fin du mois de frissonnant. A l'issue de cette période, grâce aux enseignements que nous vous aurons prodigués, vous partirez dans les Espaces Vides et fonderez votre propre ville.

Les gens d'Ember se regardèrent interloqués. Fonder leur propre ville ? Certains, pleins d'impatience, souriaient à cette idée, les autres étaient sceptiques. La ville d'Ember avait été construite pour eux. Ils n'avaient eu qu'à entretenir et à réparer les bâtiments qui vieillissaient et s'abîmaient. Ils n'avaient jamais rien construit de toutes pièces. Intérieurement, Doon était persuadé qu'ils en auraient les capacités. « Je suis sûr que nous pourrions apprendre », se dit-il.

Ben reprit son discours :

– Le Pionnier possède soixante-quinze chambres, une grande salle à manger, une salle de bal, des bureaux et un hall de réception. Il y a suffisamment de place pour tout le monde.

Un murmure d'excitation parcourut la foule. Doon

commença à faire des opérations de calcul mental. Quatre cent dix-sept personnes pour soixante-quinze chambres, cela faisait cinq à six personnes par chambre. Ça semblait beaucoup, mais peut-être que les chambres étaient grandes. Et puis il y avait la salle à manger et la salle de bal, dont il ignorait l'utilité mais qui, pensa-t-il, pourraient peut-être accueillir une dizaine, voire une vingtaine, de personnes.

– Bien sûr, le bâtiment ne possède plus tout le confort, poursuivit Ben. Ici il n'y a pas de pompes à eau comme au village, mais la rivière n'est pas loin, juste au pied de la pelouse, et l'eau est propre. La rivière vous fournira l'eau potable, l'eau pour la toilette et la lessive. Les latrines seront installées dehors. Vous les creuserez demain, une fois que vous aurez organisé les équipes de travail. Aujourd'hui vous n'avez qu'à vous installer dans vos chambres.

Il se tut un instant et se renfrogna. Les deux lignes entre ses sourcils se creusèrent.

– Il reste peu de meubles, dit-il. Peut-être que certaines chambres possèdent encore des lits, mais je pense que, depuis le temps, nous avons pratiquement tout pris. Vous dormirez par terre.

– Dormir par terre ! s'exclama une voix derrière Doon. Le ton était partagé entre la colère outragée et le rire incrédule.

Doon se retourna pour voir qui avait parlé. Au milieu de la foule, il remarqua un grand garçon, très jeune, qui semblait juché sur quelque chose, peut-être un caillou ou une souche, si bien qu'il dépassait tout le monde d'une bonne tête. Il était beau, les traits dessinés au couteau, la mâchoire aiguë et les épaules larges et droites. Ses cheveux bruns étaient lisses et coiffés en arrière ce qui accentuait l'air impeccable et net de son visage. Ses yeux brillaient d'un éclat si pâle qu'on eût dit deux morceaux de ciel.

Doon le reconnut, bien qu'il ne puisse se rappeler son nom, Mick, Trick, Track, ou quelque chose comme ça.

– Oui. Par terre, acquiesça Ben. Mais nous vous donnerons autant de couvertures que nous pourrons.

La voix du jeune garçon, puissante et claire, s'éleva à nouveau au-dessus de la foule.

– Une autre question monsieur : et la nourriture ?

La question ricocha dans l'assemblée :

– Oui, la nourriture. Que va-t-on manger ?

Ben haussa la voix.

– S'il vous plaît ! hurla-t-il. Écoutez-moi.

Tous les visages se tournèrent à nouveau vers lui. Doon remarqua que les yeux de Ben étaient fixés sur le jeune homme à la voix sonore. Son regard était celui du professeur qui s'adresse à une classe dissipée.

– Pour la nourriture, nous allons nous organiser de la façon suivante. Chacun d'entre vous sera assigné à une maison du village. Chaque foyer de Sparks recevra quatre ou cinq personnes. A midi vous vous y rendrez pour votre repas principal.

Une fois de plus, il se tut et se renfrogna en fronçant les sourcils et en regardant de côté avant de reprendre :

– Quant au petit déjeuner et au dîner, votre famille

d'accueil vous donnera de la nourriture à emporter. Vous en mangerez un peu le soir et vous garderez le reste pour le matin suivant. Nous serons aussi généreux que possible, mais vous devez garder à l'esprit que nous ne disposons pas d'énormes quantités de nourriture. Votre arrivée sous-entend que tout le monde devra se serrer la ceinture, ajouta-t-il en jetant un regard circulaire à la foule.

Il se renfrogna, fronça les sourcils à nouveau, regarda de côté, puis reprit sa respiration et enchaîna :
– Est-ce que c'est clair pour tout le monde ? D'autres questions ?

Personne ne dit mot pendant un moment puis le jeune homme intervint :

– Non, Monsieur. Allez-y, on vous suit.

Ben ouvrit la voie dans le hall de réception du Pionnier. Doon et son père restaient serrés l'un contre l'autre. Ils marchaient avec précaution car l'endroit n'était éclairé que par la porte ouverte derrière eux et par un trou dans l'immense dôme vitré obscurci par la crasse trois étages au-dessus de leurs têtes. Le sol était jonché de gravats et de poussières que le vent avait poussées à l'intérieur au fil des ans.

– Cet endroit a sérieusement besoin d'entretien, murmura Doon à son père.

– C'est sûr, répondit-il en retirant une toile d'araignée de son visage. Mais nous avons déjà de la chance d'être ici. On pourrait dormir dehors.

Ben les conduisit dans un couloir sur la gauche jusqu'à une vaste pièce aux hautes fenêtres. Des rais de soleil où dansait la poussière tombaient à l'oblique sur le carrelage cassé du sol.

– Ça c'était la salle à manger, déclara Ben.

Doon n'y vit que quelques chaises renversées et cassées. Il manquait au moins un pied à chacune d'elles.

Derrière la salle à manger se trouvait une pièce encore plus grande, avec une estrade à un bout, un haut plafond et un sol en bois latté.

– La salle de bal, déclara Ben. Dans les temps anciens, avant le Grand Malheur, les musiciens s'asseyaient là, sur la scène pendant que les gens dansaient ici.

Des lambeaux de tissu d'un vieux rose passé, qui avaient dû un jour être des rideaux, pendaient encore aux immenses fenêtres.

– Ça sent le moisi ici.

C'était encore le jeune homme. Sa voix claire et perçante couvrait celle des autres, même s'il ne parlait pas beaucoup plus fort qu'eux.

– Ça me rappelle la maison.

Les gens éclatèrent de rire car c'était vrai. L'odeur de moisi régnait partout dans la cité souterraine d'Ember. Il y avait au moins quelque chose de familier dans cet endroit.

Doon se souvint soudain du nom de ce grand échalas qui n'arrêtait pas de parler. C'était Tick. Tick Hassler. Il était cariste à Ember. Il tirait des carrioles chargées de différents produits des serres jusqu'aux magasins puis chargées de détritus des magasins à la décharge. Doon ne le connaissait pas à l'époque, mais il se souvenait d'avoir souvent croisé sa longue silhouette penchée en avant devant un chariot rempli à ras bord et son visage tordu par l'effort. C'est lui qui allait toujours le plus vite.

Ben les conduisit ensuite dans les escaliers, jusqu'aux étages supérieurs. De longs couloirs sombres, bordés par des rangées de portes, s'étiraient sur toute la longueur du bâtiment. Certaines portes étaient ouvertes. En passant, Doon jetait un œil à l'intérieur. Toutes les chambres se ressemblaient : des fenêtres du même côté, un vieux tapis taché et passé et quelques lampes cassées gisant dans les coins. Quelques rares chambres possédaient des lits et d'autres, encore plus rares, quelques meubles : des commodes éventrées dont les tiroirs pendaient de guingois, des tables basses, une chaise ou deux. Il pénétra dans certaines d'entre elles et remarqua qu'elles étaient également équipées de salle de bains avec des lavabos tachés de rouille et des baignoires où des araignées avaient élu domicile.

Durant quelques heures, les couloirs et les escaliers fourmillèrent de gens qui s'interpellaient pour savoir quelle chambre choisir et avec qui la partager. Les gens se mettaient ensemble, en choisissaient une, puis changeaient d'avis et se remettaient en quête. Des cris retentissaient dans les couloirs.

– Jake ! Viens voir celle-là !

– Non celle-là est mieux. Il y a une chaise.

– Maman ! Où es-tu ?

– Cette chambre est pleine ! Allez ailleurs !

De temps en temps, Doon entendait la voix retentissante de Tick qui se demandait quelle chambre il allait prendre et avec qui il choisirait de la partager.

Tout le monde finit enfin par être casé. Doon et son père avaient choisi une chambre au second, la 215. Deux autres personnes étaient avec eux. Edward Pocket, une vieille connaissance de Doon puisqu'il était le bibliothécaire d'Ember. Dans un sens c'était presque un ami. Il était vieux et grognon, mais il aimait bien Doon, qu'il avait vu souvent pousser la porte de la bibliothèque. L'autre était Sadge Merrall, l'homme qui avait tenté de s'aventurer dans les Terres Inconnues, qui s'étendaient au-delà d'Ember. Longtemps après cette douloureuse expérience, il était encore envahi par la terreur, divaguait sur la place des Pas-Perdus et accostait les gens avec ses histoires de monstres et d'apocalypse. Il allait mieux maintenant. Il avait même réussi à surmonter sa peur pour embarquer dans un des bateaux qui avaient emmené les habitants d'Ember dans le nouveau monde. Mais il restait fragile. Peureux et tremblant, presque tout dans cet environnement inconnu l'effrayait. Il refusait par exemple catégoriquement d'approcher de la fenêtre.

– Quelque chose pourrait arriver, disait-il la voix tremblante. J'ai vu des trucs voler.

Quoi qu'il en soit, tous quatre se mirent au travail et commencèrent à nettoyer la chambre. Elle était pleine de toiles d'araignée et deux des trois fenêtres étaient cassées. Le tapis qui couvrait le sol était jonché de feuilles mortes et d'éclats de verre. Il y avait aussi une commode à trois tiroirs, un fauteuil capitonné défoncé et deux tables basses avec des lampes.

Ils enlevèrent leurs chaussettes et les utilisèrent pour balayer les toiles d'araignée. Ensuite ils ramassèrent les feuilles mortes et le verre brisé et jetèrent le tout par la fenêtre. Ils déposèrent les lampes dans le couloir (elles étaient parfaitement inutiles puisqu'il n'y avait pas d'électricité) et alignèrent la commode et les tables basses au milieu de la pièce afin de créer une sorte de mur de séparation. Il y avait suffisamment de place pour que Doon et son père étendent leurs couvertures d'un côté et que Sadge en fasse autant de l'autre car Edward Pocket, aidé par sa très petite taille, avait décidé d'élire domicile dans un grand placard, muni d'une porte coulissante. Il avait déclaré que ça ne lui faisait rien d'être un peu à l'étroit si, en contrepartie, il pouvait profiter d'un peu d'intimité.

Cette nuit-là, Doon dormit peu. Il demeura longtemps allongé sur ses couvertures pliées, à contempler le ciel nocturne à travers la fenêtre. Sa pensée courait en tous sens. Tant de choses à faire, tant de choses à apprendre ! Il se sentit soudain plus mûr, plus adulte et plus fort, même s'il n'avait quitté Ember que depuis une semaine. La découverte de ce nouveau monde avait suffi à faire de lui un être neuf. Aucun doute qu'à l'avenir, le changement allait encore s'accélérer. « Peut-être même qu'il pourrait devenir l'ami de Tick, pensa-t-il en se remémorant la voix perçante qui avait couvert toutes les autres au cours de cette journée. »

6
Drame au réveil

La première matinée dans la maison de la guérisseuse ne se passa pas au mieux pour Lina. Poppy, tout comme Mme Murdo, dormait encore quand elle s'était réveillée. Aussi s'était-elle levée en faisant le moins de bruit possible, enfilant en silence ses vêtements de la veille, toujours pleins de chardons et d'épines, puis elle avait descendu l'escalier sur la pointe des pieds. En bas, elle trouva la guérisseuse debout à côté de la table, vêtue de ce qui, dans une vie antérieure, avait dû être une chemise de nuit et qui aujourd'hui ressemblait plutôt à un sac marron, rapiécé de partout et qui lui arrivait aux genoux. Ses cheveux étaient hérissés sur l'arrière de son crâne. Elle feuilletait un gros livre posé sur la table.

– Oh, dit-elle en apercevant Lina. Tu es levée. J'étais en train de chercher... J'essayais de trouver... Bon, j'imagine qu'il est temps de faire le petit déjeuner.

Lina trouvait que la cuisine du docteur était un vrai bazar. A Ember, les gens accordaient une grande importance à leurs cuisines. On n'y trouvait que le strict nécessaire : des étagères, une cuisinière électrique et un réfrigérateur. Celle de la guérisseuse était, à l'inverse, encombrée de quantité d'objets. Deux longs plans de travail en bois couraient le long des murs. Ils étaient jonchés d'un mélange de plats, de pots, de cruches, de grosses cuillers, de couteaux, de pelles à tarte, de bouteilles et de bocaux pleins de ce qui ressemblait à des petits cailloux, de la poudre brune ou encore des petites dents blanches. Il y avait aussi des corbeilles remplies de légumes que Lina n'avait jamais vus auparavant. Dans un coin de la pièce, elle remarqua une grosse boîte métallique noire et bombée. Elle en conclut qu'il devait s'agir d'un buffet puisqu'elle possédait une porte sur le devant.

– Voyons si nous avons des œufs ce matin, déclara MmeHester. Ce serait un bon début.

Au même instant, Torren fit irruption dans la cuisine.

– Des œufs ? J'en veux !

Des œufs ? Lina ne savait pas ce que c'était. Sans poser de question, elle emboîta le pas à la guérisseuse et à Torren qui passèrent une porte donnant sur une version à ciel ouvert des serres d'Ember, sauf qu'ici les plantes étaient beaucoup plus grandes et plus exubérantes que dans la cité de l'ombre. Elles s'emmêlaient, s'enroulaient et se hissaient vers le ciel avec une incroyable énergie. Lina en reconnut quelques-unes : des plants de haricots qui grimpaient le long de tuteurs, des plants de tomate qui s'accrochaient à de petites tours de bois, des betteraves et des choux frisés qui jaillissaient de la terre comme autant de fontaines vertes.

Au milieu des rangs de légumes se trouvaient quelques-unes de ces petites créatures dodues et plumées qu'elle avait vues, au moment où elle était entrée dans le bourg, se dandiner sur leurs deux pattes et piquer le sol avec une chose pointue qui dépassait de leur tête.

– Comment s'appellent ces bêtes ? demanda Lina.

– Des poules, répondit la guérisseuse. On va inspecter leurs nids et voir si elles ne nous ont pas laissé quelque chose, ajouta-t-elle en se penchant pour passer la porte d'une cabane en bois qui se trouvait au fond du jardin.

Elle en ressortit quelques instants plus tard, des toiles d'araignée dans les cheveux et une boule blanche à la main. La boule n'était pas parfaitement ronde. Au contraire, c'était comme si on l'avait étirée à ses extrémités.

– Juste un aujourd'hui, dit-elle.

– Je le veux ! hurla Torren.

– Non, trancha sèchement la guérisseuse. Toi tu as déjà mangé beaucoup d'œufs, celui-ci est pour notre invitée.

Elle tendit alors l'œuf à Lina qui s'en saisit délicatement. Son contact était doux et chaud. Elle n'avait aucune idée de ce que cela pouvait être. Au toucher cela ressemblait plus à une pierre qu'à de la nourriture. Était-ce une espèce géante de haricots blancs ? Ou un fruit avec une peau dure et blanche ?

– Merci, dit-elle sur un ton hésitant.

– Tu vois ! Elle n'en veut même pas... Elle ne sait même pas ce que c'est ! s'écria Torren en poussant violemment Lina qui, sous le choc, chancela d'un côté.

– Arrête ! hurla Lina. Tu m'as presque fait tomber.

– Torren ! cria Mme Hester en levant la main.

Mais celui-ci l'ignora.

– Je vais le refaire, oui, dit-il en passant immédiatement des paroles aux actes et en poussant à nouveau Lina, encore plus violemment que la première fois.

Elle vacilla en arrière et se rattrapa juste à temps pour ne pas tomber dans le parterre de choux. Furieuse, elle leva le bras et lui lança l'œuf. Elle le toucha à l'épaule. Mais au lieu de rebondir comme elle pensait qu'il le ferait, l'œuf éclata laissant échapper une matière jaune et visqueuse sur la chemise de Torren.

– Regarde ce que tu as fait ! hurla-t-il. Maintenant il est fichu.

Il baissa la tête comme s'il allait se jeter sur Lina, mais la guérisseuse l'attrapa par le bras.

– Arrête tout de suite, lui dit-elle sur un ton qui ne souffrait pas la discussion.

Lina était honteuse. Dégoûtée aussi. Comment les gens pouvaient-ils manger cette glue jaunâtre ? Elle était contente de ne pas y avoir été obligée. Cela ne l'empêchait pas de se sentir un peu idiote.

– Je suis désolée d'avoir massacré l'œuf, dit-elle. Je ne savais pas ce que c'était.

– Tu as aussi massacré ma chemise, cria Torren qui se débattait sous la poigne de Mme Hester.

– Mais tu m'as poussée, se défendit Lina en regardant Torren.

– Eh oui, dit la guérisseuse d'un ton las. C'est comme ça que les choses se passent, n'est-ce pas ? Quelqu'un pousse et l'autre répond. Et très vite tout se gâte.

– Tout ? demanda Lina. Sa chemise ne peut-elle pas être nettoyée ?

– Si, bien sûr, répondit la guérisseuse. Ce n'est pas ce que je voulais dire… Ça ne fait rien.

Elle lâcha Torren puis ajouta :

– On prendra du pain et des abricots pour le petit déjeuner.

Mme Murdo était descendue. Elle avait laissé Poppy, toujours endormie, dans son lit. Ils prirent le petit déjeuner tous ensemble. Lina mangea cinq abricots. Elle les adorait, autant pour leur goût que pour leur peau, orange et légèrement rosée, aussi veloutée que la joue d'un bébé. Elle apprécia également le pain, grillé et craquant ainsi que la confiture, d'un violet aussi intense que son goût était sucré. Mme Murdo n'arrêtait pas de répéter :

– Ça, par exemple ! C'est délicieux.

Et elle posait toutes sortes de questions : de quoi est fait le pain, à quoi ressemble une mûre ou encore pourquoi les abricots ont un morceau de bois oblong au milieu. La guérisseuse semblait un peu décontenancée par toutes ces questions, mais elle fit de son mieux pour y apporter des réponses et expliquer le pourquoi du comment. Elle était gentille, conclut

Lina, mais un peu distraite. Son esprit semblait ailleurs. Elle ne remarquait pas, par exemple, que Torren fourrait tous ses noyaux d'abricots dans sa poche. Ou peut-être qu'elle s'en moquait.

Quand le petit déjeuner fut terminé, le jeune garçon grimpa au grenier et en redescendit avec un gros sac plein à craquer.

– Ça ce sont mes affaires, dit-il à haute voix. Je veux que personne n'y touche.

Il s'agenouilla devant le meuble de rangement qui se trouvait sous le rebord de fenêtre et fourra le sac à l'intérieur.

– Caspar me les a données. Celui qui touche aura de gros problèmes.

« Quel garçon désagréable, pensa Lina. Comment Mme Hester, elle qui est si gentille, peut-elle avoir un fils aussi méchant ? »

Lina avait d'abord pensé qu'elle retournerait à la grand-place juste après le petit déjeuner pour y retrouver Doon. Mais elle avait changé d'avis quand elle était montée réveiller sa petite sœur. Poppy semblait si mal que Lina, très inquiète, avait décidé de ne pas la quitter. Elle l'avait descendue et, durant toute la matinée, la petite était restée allongée sur le canapé où elle avait dormi par intermittence, gémissant parfois, anormalement immobile le plus souvent, la bouche ouverte, le souffle bruyant et court. Lina et Mme Murdo avaient pris place de chaque côté de l'enfant. Elles posaient des tissus froids sur son front et essayaient de lui faire avaler l'eau et les remèdes que la guérisseuse apportait régulièrement.

– Je ne comprends pas pourquoi elle a autant de fièvre, déclara-t-elle alors. Tout ce que je peux faire, c'est tenter de la faire baisser.

Après l'éreintante marche des jours précédents, Lina n'était pas mécontente de rester un peu assise. Elle s'était installée dans un coin du canapé, les jambes allongées devant elle, et observait la guérisseuse qui s'affairait en brassant beaucoup d'air. Elle semblait avoir mille choses à faire et ne pas trop savoir par laquelle commencer. Par moments, elle s'immobilisait, le regard perdu au plafond, et se murmurait à elle-même : « Voyons. D'abord je dois vérifier que… » et elle filait consulter son énorme livre, qu'elle feuilletait sans cesse. Au bout de quelques secondes, elle abandonnait le livre et fonçait dans la cuisine pour attraper sur une étagère une bouteille remplie d'un liquide connu d'elle seule ou un bocal plein d'une mystérieuse poudre, puis en versait quelques mesures dans un récipient. Parfois encore, elle se précipitait au jardin et en revenait avec une brassée d'oignons ou une gerbe de tiges ou de feuilles sèches. Il était difficile de comprendre ce qu'elle faisait et même de savoir si elle faisait vraiment quelque chose. A intervalles réguliers, elle s'approchait de Poppy, lui administrait une cuillerée de médicament ou posait un linge humide et froid sur son front.

– Quel est donc cet énorme livre ? lui demanda Lina.

– Oh ! répondit la guérisseuse, qui avait toujours un léger sursaut quand on lui adressait la parole, c'est un livre de médecine. Malheureusement, une grande partie de ce qui y est écrit ne nous est plus d'aucune utilité. Elle ramassa le livre qu'elle avait laissé tomber sur le sol et en feuilleta rapidement les pages. Par exemple, tu cherches « infection » et ça dit : « prescrivez des antibiotiques ». Mais c'est quoi des antibiotiques ? Ou alors tu regardes à « fièvre » et là ça te dit : « traitez à l'aspirine ». L'aspirine est une sorte de calmant de la douleur… Je crois. Enfin, quoi que ce soit, on n'en a pas.

– A Ember, on avait de l'aspirine, déclara Mme Murdo, une pointe de fierté dans la voix. Bien que, sur la fin, il ne devait plus en rester beaucoup.

– Ah bon… dit la guérisseuse. Nous, tout ce que nous avons ce sont des plantes. Des herbes, des racines, des champignons, ce genre de choses. J'ai un ou deux livres anciens qui indiquent lesquelles il faut utiliser. Parfois ça marche et parfois non.

Elle passa une main dans ses cheveux courts et drus, ce qui eut pour effet de les dresser sur un côté de sa tête.

– Il y a tant de choses à connaître… Et tant de choses à faire, dit-elle d'une voix mourante.

– J'imagine que votre fils vous apporte une aide précieuse, déclara Mme Murdo.

– Mon fils ?

– Oui. Torren.

– Ah, répondit la guérisseuse. Ce n'est pas mon fils.

– Ah bon ? s'étonna Lina.

– Non, non. Torren – et Caspar, son frère aîné – sont

les enfants de ma sœur. Ils vivent avec moi depuis que leurs parents sont morts, lors d'une avalanche... Il y a des années. Ils étaient partis dans les montagnes pour ramasser de la glace.

– Et Torren n'a pas d'autre famille ? s'enquit Mme Murdo.

– Il a bien un oncle, mais il ne voulait pas s'embêter à élever des enfants. Alors il a proposé de me construire cette maison si j'acceptais de les prendre.

Elle haussa les épaules avant d'ajouter :

– C'est ce que j'ai fait.

– Qu'est-ce qu'une avalanche ? demanda Lina. Et les montagnes ? C'est quoi au juste ?

– Lina ! l'interrompit Mme Murdo. Ce n'est pas poli de poser trop de questions.

– Laissez, dit Mme Hester. C'est de ma faute, j'avais oublié que vous ne connaissiez pas toutes ces choses. Vous avez vraiment vécu sous terre ?

– Oui, répondit Lina.

– Mais pourquoi diable construire une ville sous terre ? s'interrogea la guérisseuse en se grattant les sourcils.

Lina répondit qu'elle l'ignorait. Tout ce qu'elle savait, elle le tenait du carnet que Doon et elle avaient trouvé quand ils avaient fui la ville souterraine. C'était le journal d'un des premiers habitants. Il racontait que cinquante couples, venus du monde extérieur, devaient chacun élever deux bébés dans la cité de l'ombre.

– Ils pensaient qu'ils couraient un grand danger, ajouta Lina. Ils ont construit Ember pour que ces gens soient à l'abri.

– Alors ça remonte à si loin, déclara la guérisseuse. Avant le Grand Malheur.

– Je ne sais pas, dit Lina. J'imagine. De quel malheur voulez-vous parler ?

– De celui qui a bien failli exterminer la race humaine, répondit Mme Hester. Je vous en parlerai plus longuement un de ces jours. Pour l'heure, je dois aller examiner Burt Webb. Son doigt est infecté.

– Puis-je vous poser une dernière question ? demanda Lina.

La guérisseuse hocha la tête.

– Pourquoi cet endroit s'appelle Sparks ?

– Ah, répondit Mme Hester avec un léger sourire. Ce sont les gens du Dernier Convoi, nos vingt-deux fondateurs, qui lui ont donné ce nom. Ils faisaient partie des rares survivants du Grand Malheur. Au début, ils ont trouvé leur nourriture en faisant le tour des anciennes villes à bord de pick-up ou de breaks, ceux qui avaient encore un peu de ce truc qui fabrique de l'énergie et qu'on appelle « sence ».

Pick-up ? Breaks ? s'interrogea Lina. Sence ? Mais elle ne voulait pas l'interrompre, aussi ne posa-t-elle aucune question.

– Quand la nourriture et la sence ont commencé à manquer, poursuivit la guérisseuse, ils décidèrent qu'il était temps de commencer une nouvelle vie, ailleurs. Ils réussirent à mettre la main sur un dernier camion qui avait encore du carburant. Ils le remplirent de provisions, de la nourriture en boîte ou en sachets, des outils, des vêtements et des couvertures, des graines, bref tout ce qu'ils pouvaient trouver d'utile. Ensuite ils prirent la route vers l'est, à travers les Terres Vides, en suivant la rivière. Arrivés ici, le camion est tombé en panne. Ils ont ouvert le capot et une grosse gerbe d'étincelles est sortie du moteur. Ils décidèrent de s'installer à cet endroit et ils l'appelèrent Sparks*.

La guérisseuse se leva, cherchant du regard sa trousse de secours.

– Le nom est resté car il possède un sens plus général qui convient bien à notre situation. L'étincelle symbolise un début, tout comme notre village, qui est au commencement de son histoire. Tout comme l'étincelle est la première manifestation d'un feu.

– Mais les feux sont effroyables, coupa Lina.

– Effroyables ou merveilleux, répondit la guérisseuse qui avait enfin trouvé son sac derrière une chaise et qui se dirigeait maintenant vers la porte. Ils peuvent être les deux.

Lina ne se rendit jamais sur la grand-place ce jour-là. Elle pensait que Doon ne s'inquiéterait pas, sachant très bien que Poppy était malade. Il comprendrait sûrement qu'elle était restée auprès d'elle. Sa décision était prise.

Elle irait le voir le lendemain et attendrait ce moment pour découvrir ce qui était arrivé au gens d'Ember.

* Étincelles en anglais.

En fin d'après-midi, Lina sortit et s'assit sur un banc branlant dans le jardin du docteur, attendant de voir si quelqu'un allait préparer le dîner. Ça semblait improbable. La guérisseuse avait été appelée pour une rage de dents et Mme Murdo était dans le grenier, aux côtés de Poppy, qui s'était mise à pleurer une heure auparavant et ne s'était toujours pas arrêtée.

Une porte s'ouvrit. Torren apparut. Il s'approcha d'un pas nonchalant et s'arrêta devant Lina.

– Ta sœur va sûrement mourir, dit-il.

Lina se redressa d'un coup.

– Non. Elle ne va pas mourir.

Torren haussa les épaules.

– Moi, je crois que si. On dirait qu'elle a la peste, ajouta-t-il en s'asseyant sur une chaise de bois d'où il pouvait regarder Lina droit dans les yeux.

Il portait une sorte de tricot de corps blanc. On aurait dit un sac dans lequel on aurait fait des trous pour le cou et les bras. Ses frêles jambes sortaient d'un short flottant fait du même tissu. Il avait coiffé ses cheveux en brosse. C'était comme s'il avait une touffe d'herbe sur le sommet du crâne, ce qui allongeait encore son visage étroit.

– Je ne sais pas de quoi tu parles, déclara Lina.

– Tu ne connais pas les Trois Plaies ? demanda Torren sur un ton exagérément surpris. Et les Quatre Guerres ? Tu n'as jamais entendu parler du Grand Malheur ?

– Si, répondit Lina. Mais je ne sais pas ce qui s'est vraiment passé. Je ne connais rien de la vie ici.

– Dans ce cas, je vais te raconter. Tu ne peux pas continuer à être aussi ignorante.

Elle ne répondit rien. Elle n'aimait pas l'attitude arrogante de ce garçon, mais, en même temps, elle voulait bien être mise au courant. Elle le laisserait raconter son histoire sans insister.

– C'était il y a très longtemps, dit-il sur un ton posé et doctoral. A l'époque, il y avait des millions de gens sur la terre. C'était tous des génies. Ils pouvaient faire voyager leurs voix de l'autre côté du globe et ils pouvaient voir des gens qui se trouvaient à des kilomètres d'eux. Ils pouvaient même voler.

Il marqua une pause. Non seulement pour accentuer son effet, mais aussi pour avoir le loisir d'observer la stupeur qui, en dépit de tous les efforts de Lina, se lisait sur son visage. « Il est sûrement en train de me raconter des bobards », pensa-t-elle en hochant la tête.

– Ils pouvaient faire descendre la musique des airs et disposaient de milliers de routes parfaitement lisses grâce auxquelles ils pouvaient aller n'importe où, très rapidement. Ils avaient même des images qui bougent.

Il s'interrompit à nouveau, prit quelques noyaux d'abricots dans sa poche et se mit à les triturer négligemment dans le creux de la main.

Très bien. Ah, il voulait faire le malin… Elle décida alors de lui poser des questions pour voir s'il continuerait à faire l'intéressant.

– Qu'est-ce que tu veux dire par des images qui bougent ?

– Je savais que tu n'avais pas compris, répondit-il

avec un petit sourire narquois. Il y avait d'énormes images. Plus hautes qu'une maison. On les appelait des films. Les gens regardaient un mur et voyaient une histoire s'y dérouler, avec des voix et d'autres sons.

– Comment tu sais tout ça ? demanda Lina, pensant qu'il y avait de grandes chances pour qu'il inventât ces histoires de toutes pièces.

– On a appris ça à l'école, répondit Torren. Ils nous apprennent des tas de choses à propos des temps anciens pour qu'on n'oublie pas.

– Alors toi, tu as déjà vu une image qui bouge.

– Bien sûr que non. Il faut de l'électricité pour ça. Et ça fait longtemps qu'il n'y en a plus, répondit-il en lançant un de ses noyaux dans l'auge où un oiseau avait décidé d'aller s'abreuver. Les éclaboussures effrayèrent le volatile, qui s'envola.

– Nous, à Ember, on avait de l'électricité, dit Lina fière de pouvoir marquer un point aux dépens de son interlocuteur. Avant qu'elle ne se coupe, on avait des lampes dans les rues, des lampes dans nos maisons et même des cuisinières électriques.

Torren perdit soudain beaucoup de son assurance.

– Et… Est-ce que vous aviez des films ? demanda-t-il anxieux.

Lina secoua la tête.

– Et quand bien même, dit-elle. Quel rapport avec ma sœur ?

– J'y viens. Si tu veux bien me laisser finir.

Il prit à nouveau un air condescendant.

– Comme je te le disais, avant, il y avait des milliards

de gens sur la terre. Puis, à un moment, ils devinrent trop nombreux. Ils détruisirent la nature, ce qui provoqua les Trois Épidémies. Mais avant les Trois Épidémies, il y eut les Quatre Guerres.

Une fois de plus il s'arrêta et la regarda d'un air exaspérant, en levant légèrement les sourcils.

– Ne me regarde pas comme ça, dit-elle. Contente-toi de me raconter ce qui s'est passé.

– Tu ne sais rien à propos des Quatre Guerres ?

– Non. La guerre ? Qu'est-ce que c'est ?

– Une guerre, c'est quand un groupe de gens se bat contre un autre groupe de gens. La plupart du temps parce qu'ils veulent la même chose. Comme, par exemple, quand il y a une seule bonne terre et deux clans qui veulent s'y établir.

– Pourquoi est-ce qu'ils ne vivent pas ensemble sur cette terre ?

– Parce qu'ils ne veulent PAS vivre ensemble, répondit-il du tac au tac comme s'il s'agissait d'une question parfaitement idiote. La guerre peut aussi se produire dans le cas d'une vengeance. Imaginons qu'un clan fasse du tort à un autre, comme voler ses poules. Le groupe lésé va riposter pour se venger. Ça peut déclencher une guerre. Chaque clan essaie alors d'éliminer son adversaire et celui qui a le plus tué est désigné vainqueur.

– Ils s'entretueraient pour des poules ?

– Ça c'est juste un exemple. Au moment des Quatre Guerres, ils se battaient pour des choses plus importantes. La propriété d'immenses terres ou des réserves d'or, qu'il soit jaune ou noir, ou, enfin, savoir s'il fallait croire en tel dieu ou en tel autre.

Tout cela était extrêmement embrouillé pour Lina. Elle ignorait ce qu'était un « dieu », idem pour « l'or » dont elle ignorait qu'il existât une variante noire. Elle savait qu'il s'agissait d'un bien précieux. Elle avait souvent entendu sa grand-mère déclarer, pour parler d'une personne très douée, qu'elle avait de l'or dans les mains.

– L'or noir, c'est bien avec ça qu'on fait des bijoux, n'est-ce pas ?

Torren leva les yeux au ciel.

– Tu ne connais vraiment rien à rien, dit-il avant de s'arrêter pour lancer le reste de ses noyaux en direction de trois petits oiseaux à tête rouge qui picoraient le sol. Ils se dispersèrent en piaulant. On ne fait pas de bijoux avec de l'or noir, c'est un liquide. On l'appelle aussi pétrole. C'était extraordinairement cher. Tout le monde en voulait, mais il n'y en avait plus assez pour tout le monde alors ils se sont battus pour son contrôle.

– Ils se frappaient ?

– Bien pire que ça… répondit Torren.

Il se pencha en avant, les coudes sur les genoux et, d'une voix basse et voilée, il décrivit à Lina les armes qu'ils avaient à l'époque et qui permettaient de tuer quelqu'un sans même avoir besoin d'être en face de lui, les bombes qui pouvaient raser et incendier une ville en une seule fois.

– Ils ont incendié les villes partout dans le monde, dit Torren. Un éclair traversa son regard. Ensuite il y a eu les épidémies.

– C'est quoi une épidémie ? demanda Lina.

– Une maladie, répondit Torren. Du genre de celle que te transmet quelqu'un et qui, ensuite, se propage très vite sans qu'on puisse l'arrêter.

– Nous avons eu quelque chose comme ça, dit Lina. La maladie de la toux. Elle arrivait parfois, tuait beaucoup de gens puis disparaissait à nouveau.

– Nous, on en a eu trois, répondit fièrement Torren, comme si trois épidémies étaient mieux qu'une. D'abord il y eut celle où les gens se desséchaient, comme s'ils étaient morts de faim, ensuite celle où les gens brûlaient. Ils avaient chaud, si chaud qu'ils en mouraient. Enfin celle où soudainement les gens ne pouvaient plus respirer. Personne n'a jamais su d'où venaient ces maladies. Elles sont juste apparues et se sont propagées dans le monde entier comme un vent mortel.

Lina frissonna. Tout à coup elle se sentit lasse d'écouter Torren lui raconter des horreurs en prenant un malin plaisir à employer des mots qu'elle ne comprenait pas.

– Donc, dit Torren, les Quatre Guerres et les Trois Épidémies, c'est cet ensemble qu'on appelle le Grand Malheur. Quand tout fut fini, il ne restait pratiquement plus un seul être humain en vie. C'est la raison pour laquelle nous avons dû tout recommencer.

Il se leva et secoua son short.

– Il n'y a plus de guerre aujourd'hui. Nos conseillers disent qu'on ne doit plus jamais faire la guerre. De toute façon, il n'y a plus personne contre qui se battre.

Pourtant, si jamais nous devions à nouveau faire la guerre, nous gagnerions à coup sûr car nous possédons la Terrible.

– La Terrible ? demanda Lina. Qu'est-ce que c'est ?

Elle n'attendit pas la réponse. Mme Murdo, tenant Poppy dans les bras, avait passé la porte du jardin. D'un bond, Lina se précipita.

– Elle va mieux ?

– Un peu.

Poppy avait la tête posée sur l'épaule de Mme Murdo. Elle avait encore le regard éteint.

–Wy-na, murmura-t-elle d'une petite voix encore très faible.

Lina passa affectueusement ses doigts dans sa douce chevelure brune.

Torren lança un regard indifférent à Mme Murdo puis traversa le jardin. La porte claqua derrière lui.

– Poppy n'a pas une maladie grave, n'est-ce pas ? Elle n'est pas victime d'une épidémie ? demanda Lina inquiète.

– Une épidémie ? Certainement pas, répondit Mme Murdo. Qui t'a mis cette idée en tête ?

– Ce garçon, dit Lina. Cet horrible garçon.

7
Travail en équipes

Le jour suivant, de retour sur la grand-place, Ben Barlow avait divisé les résidents du Pionnier en équipes. Celles-ci devaient travailler et prendre leur déjeuner ensemble. Chaque groupe serait dirigé par un habitant de Sparks qui déciderait chaque jour de son affectation. Certains jours, ils travailleraient, sous l'autorité de quelqu'un de Sparks, à la boulangerie, à l'atelier de cordonnerie ou encore à l'entretien des pick-up, et d'autres, ils s'occuperaient seuls de la réparation d'une clôture ou du creusement d'un fossé. Ainsi, tôt ou tard, tout le monde aurait fait à peu près tous les types de travaux.

– Pour vous, c'est la meilleure façon d'apprendre, avait affirmé Ben.

L'équipe de Doon comprenait son père, deux enseignantes de l'école d'Ember (Miss Thorn et Miss Polster), Clary Laine, la directrice des serres et Edward Pocket, le bibliothécaire, qui prenait le repas de midi avec eux, mais ne travaillait pas, compte tenu de son grand âge.

Doon croisa Lina dans la foule. C'était la première fois qu'il la voyait depuis leur arrivée. Il lui parla du Pioneer Palace et elle de la maison de la guérisseuse, plus ce qu'elle avait appris de la bouche de Torren, au sujet du Grand Malheur. Ni Lina ni Mme Murdo n'avaient été intégrées à une équipe de travail. On avait décidé que, puisqu'elles résidaient chez elle, toutes deux seraient affectées à l'assistance de la guérisseuse, Mme Hester. Aussi les renvoya-t-on chez elles tandis que les autres équipes se mettaient en route pour leur premier chantier : le forage des toilettes du Pionnier.

Ils se dirigèrent vers le bois couvert de broussailles derrière le Pionnier. Les chefs d'équipe avaient apporté des pioches et des pelles, qu'ils distribuèrent aux ouvriers. Chacun reçut un outil.

– Vous allez creuser cinquante trous de deux mètres de profondeur, déclara un des chefs d'équipe. Ensuite, vous construirez un abri autour de chaque trou en utilisant les morceaux de bois que vous pourrez récupérer à droite et à gauche.

Mais les gens d'Ember n'avaient jamais effectué ce genre de travaux. Ils ne savaient ni piocher ni pelleter. Il fallait qu'on leur montre comment poser le pied sur le rebord de la pelle pour qu'elle s'enfonce dans la terre ou encore comment lever la pioche au-dessus de l'épaule pour donner de l'ampleur et de la force au mouvement. Au début, ils grattèrent et frappèrent le sol, dur et sec, d'une manière si lamentablement maladroite que, malgré leurs efforts accompagnés de grognements, ils ne parvenaient pas à soulever plus qu'une poignée de terre à chaque fois. Rapidement, tous s'épuisèrent.

– Vous avez bien dit deux mètres ? hurla quelqu'un.

La réponse, aussi succincte que péremptoire, ne se fit pas attendre.

– Exact !

Les Emberiens s'attelèrent à la tâche. Pour la plupart d'entre eux, c'était le travail le plus pénible de leur vie. Au bout d'une heure, Doon avait des ampoules aux deux mains et une douleur au cou. D'autres avaient purement et simplement abandonné et s'étaient effondrés sur le sol, ruisselant de sueur, les muscles tétanisés et endoloris. Doon mit un point d'honneur à continuer, mais il fut plus que soulagé quand vint la pause de midi et que les chefs d'équipe raccompagnèrent leurs ouvriers au village. En marchant, il entendit les gens murmurer entre eux :

– Tu crois qu'on va devoir travailler comme ça tous les jours ?

– Ça nous rendra forts je suppose...

– Oui... Ou ça nous tuera.

Chaque équipe avait été assignée à un foyer différent pour le déjeuner. Celle de Doon avait été confiée à la famille Parton. Arrivés au centre, ils furent pris en charge par une femme robuste, à l'air jovial, qui répondait au nom de Martha et qui les conduisit dans les rues du village. Son large postérieur se balançait chaque fois qu'elle faisait un pas.

– Nous y voilà, dit-elle au bout de quelques minutes

en ouvrant une porte de bois brut et en faisant entrer ses six invités. Soyez les bienvenus dans notre maison.

Doon embrassa du regard la pièce au plafond bas. A un bout se trouvait une longue table en bois. A l'opposé, deux bancs étaient installés devant une niche aux murs noircis par la fumée. Deux personnes s'y tenaient assises. Elles se levèrent dès que les invités furent entrés. Martha fit les présentations.

– Voici mon mari, Ordney, dit-elle en tendant le bras vers un homme très grand et longiligne, avec une petite moustache, comme s'il avait collé une brosse à dents noire juste sous son nez. Et voici mon fils, Kensington.

Il était un tout petit peu plus jeune que Doon, tout maigre, avec des cheveux blonds et des oreilles qui paraissaient anormalement grandes. Son nez était couvert de taches de rousseur. Le regard baissé, il ne jetait que quelques coups d'œil furtifs aux nouveaux venus.

– 'Jour, dit-il en regardant ses pieds.

– Et eux, dit Martha en écartant le bras en direction des invités, ce sont les gens qui viennent de sous la terre.

Elle les regarda en levant les sourcils.

– Encore heureux que vous nous ayez trouvés. Les seules autres colonies que nous connaissons sont toutes petites et misérables. En plus, elles se situent à des centaines de kilomètres d'ici. Tout le reste n'est que terre battue, cailloux, ruines et prairies.

– Et non seulement vous êtes arrivés au bon endroit, mais, en plus, au bon moment, ajouta Ordney. Car il en a fallu des années de labeur pour que Sparks se porte aussi bien qu'aujourd'hui.

– Maintenant, dit Martha en tapant des mains, il est l'heure de manger.

Ils s'assirent tous autour de la grande table et la maîtresse de maison apporta différents plats.

– Je suis certaine que vous n'avez jamais rien goûté de semblable, dit-elle fièrement en tendant un saladier de petits pois frais. Cueillis de ce matin. Et voilà du pain au potiron. Je l'ai préparé avec les légumes que j'avais mis en bocaux l'année dernière. C'est bon n'est-ce pas ? Vous aviez du pain au potiron, là où vous étiez ?

– Non, pas de pain au potiron, répondit le père de Doon.

– Mais nous avions des petits pois, ajouta Clary. Cultivés dans nos serres.

– Et ils étaient très bons, renchérit Miss Polster pour faire bonne mesure. Même s'ils étaient un peu plus petits que ceux-là.

– Vous n'aviez probablement pas de carottes marinées non plus, lança Martha en passant un plat. Celles-là ont été préparées selon la célèbre recette de ma mère.

– Nous avions des carottes, répondit Miss Polster. D'un joli orange pâle. Certaines mesuraient jusqu'à dix centimètres.

– Vraiment ? répondit Martha. Les nôtres en font généralement trente.

Miss Thorn mangea du bout des lèvres, prenant

délicatement de minuscules quantités de nourriture à chaque bouchée qu'elle accompagnait de temps en temps par un commentaire poli. A l'inverse, Edward Pocket se jeta sur la nourriture avec un appétit si féroce qu'il n'avait pas le loisir de prononcer un mot. Kensington mangeait consciencieusement. Pourtant, chaque fois que Doon levait les yeux dans sa direction, il remarquait que le garçon l'observait. Mais dès que leurs regards se croisaient, celui-ci baissait la tête sur son assiette.

Ordney Parton s'éclaircit la voix. Visiblement, cela voulait dire qu'il allait parler puisque toute sa famille tourna instantanément la tête vers lui.

– Je ne savais pas qu'il y avait une espèce de gens qui vivait sous terre, dit-il. Ça doit vous faire drôle de vous retrouver à la surface.

– A vrai dire, répondit Doon, nous ne sommes pas d'une espèce différente de la vôtre. Cet endroit nous paraît même familier dans un sens car, à l'origine c'est d'ici que nous venons.

– D'ici ? Ça m'étonnerait, coupa Martha. Vous ne nous ressemblez pas du tout. Vous êtes beaucoup plus… Vous me pardonnerez l'expression, petits. Et aussi plus pâles.

– C'est exact, déclara Clary, mais je suppose que cela est dû au fait d'avoir vécu si longtemps dans un endroit confiné et sombre. Tout est plus grand et plus lumineux ici.

– Mais qu'est-ce qui vous fait penser que vous venez d'ici ? demanda Martha.

– Un carnet que nous avons trouvé, répondit Doon. Il a été tenu par quelqu'un qui venait de ce monde-ci et qui faisait partie des premiers habitants d'Ember. Au tout début de la ville. Et tous les habitants d'Ember venaient d'ici.

– Vous croyez, dit Martha en regardant Doon d'un air sceptique. Je dois dire que c'est la chose la plus singulière qu'il m'ait été donné d'entendre.

Le père de Doon changea de sujet.

– Vous avez une bien jolie maison, dit-il. Et de plus, elle paraît solide. De quoi est-elle faite ?

– De terre, répondit Martha.

– Du pisé, corrigea Ordney. Solide comme de la pierre.

– Les murs sont épais, dit Martha. Ils donnent de la fraîcheur quand il fait chaud et de la chaleur quand il fait froid. Elle tendit le bras pour attraper une autre carotte en saumure. J'imagine que vous viviez dans… Dans quoi à propos ? Des sortes de terriers ?

– Des maisons de pierre, répondit Edward Pocket en se joignant soudain à la conversation à la faveur d'une assiette vide. Deux étages. Des constructions extrêmement robustes. Et jamais trop chaudes.

Il y eut un silence.

– Quel délicieux repas, dit Miss Thorn d'une petite voix fluette.

– Absolument excellent, renchérit Miss Polster.

Les autres convives lui firent écho. Un sourire radieux inonda le visage de Martha. Ensuite, tous se levèrent de table. Martha disparut un instant dans la cuisine et en revint avec un panier rempli de petits paquets, emballés dans du tissu. Elle en tendit un à chacun de ses invités.

– C'est votre souper, leur dit-elle. Et votre petit déjeuner.

– Merci, répondit le père de Doon. Vous êtes très généreuse.

Ils passèrent la porte en file indienne, Doon fermant la marche. Au moment où il mettait un pied dehors il sentit une petite tape sur son épaule. Il se retourna et se retrouva nez à nez avec Kensington, qui le fixait, les yeux grands ouverts.

– C'est toi qui as trouvé la sortie, n'est-ce pas ? murmura-t-il.

Doon acquiesça en silence.

– C'est bien ce que je pensais, ajouta le garçon avant de faire un geste curieux, il leva la main à mi-hauteur, poing fermé à l'exception du pouce qu'il pointait vers le ciel.

Doon ne comprenait pas le sens de ce geste, mais il en conclut qu'il devait s'agir de quelque chose de positif car un timide sourire l'accompagnait.

– Appelle-moi Kenny, dit le garçon avant de disparaître comme une flèche à l'intérieur de la maison.

Doon rejoignit son père et les autres dans la rue. « Il a entendu parler de moi », se dit-il. A elle seule, cette idée le rendait tout heureux. Bien sûr, Kenny n'était qu'un petit garçon, et il était naturel qu'il admirât quelqu'un de plus âgé que lui, mais quand même...

Ils travaillèrent au forage des toilettes durant tout l'après-midi. A la fin de la journée, Doon était à deux doigts de laisser tomber. Quand les chefs d'équipe les libérèrent, il descendit la petite butte qui se trouvait devant le Pionnier et alla jusqu'à la rivière. A cet endroit, la rive était marquée par de grosses pierres. Il en trouva une bien plate et s'y allongea, exténué. Le soleil se couchait. A l'ouest, le ciel rosissait. Les arbres qui bordaient l'autre rive faisaient de longues ombres fines à la surface de l'eau. Il resta assis là dix bonnes minutes, contemplant le paysage, l'air songeur.

Il faudrait plusieurs jours aux gens d'Ember – à quatre cents – pour construire ne serait-ce que les toilettes à l'extérieur du Pionnier. Et ils étaient déjà épuisés. Combien de temps leur faudrait-il pour s'habituer à ce genre de travaux ? Doon ne pouvait imaginer que la sensation de fatigue qu'il éprouvait puisse se répéter jour après jour. Il avait des ampoules aux mains, ses poignets et ses épaules étaient endoloris et il avait si chaud à la nuque que cela lui faisait mal, comme s'il s'était brûlé. Et lui était jeune et fort ! Qu'est-ce que ça devait être pour les anciens... Et pour les enfants... Bien sûr, ils devraient tous travailler s'ils voulaient être nourris, mais...

Le cours de sa pensée fut interrompu par un bruit de pas derrière lui.

Il se retourna. C'était Tick Hassler, qui traversait le pré dans sa direction. Le cœur de Doon battit plus fort. Tick foulait l'herbe à grandes enjambées et, quand il arriva aux grosses pierres le long de la rivière, il sautilla aisément de l'une à l'autre, sans glisser et sans perdre un instant son équilibre. Ils se saluèrent d'un rapide geste de la main.

– En pleine réflexion ? demanda Tick avec un large sourire.

– Pas vraiment, répondit Doon. Je regarde, c'est tout.

– Ah, dit Tick en posant ses mains sur ses hanches et en fixant l'horizon de l'autre côté de la rivière.

Le coucher de soleil se reflétait sur son visage, l'inondant de lumière. Sa longue silhouette s'étirait sur les rochers derrière lui. Doon espérait qu'il allait s'asseoir à côté de lui pour discuter, mais il n'en fit rien. Un long silence suivit.

– Je vais te dire quelque chose, finit par déclarer Tick.

Aussitôt, Doon leva les yeux vers lui. Son regard était d'un bleu si clair qu'il en devenait presque inquiétant.

– C'est un très bel endroit que celui où tu nous as conduits.

– Oui, répondit Doon, fier de la reconnaissance ainsi témoignée.

– Tu mérites un immense respect, poursuivit Tick. Tu n'es peut-être encore qu'un enfant, mais tu as choisi d'agir quand la situation est devenue critique. Tu as été courageux. C'est bien.

D'ordinaire, Doon ne faisait guère attention à ce que les gens pouvaient penser de lui, mais il y avait quelque chose chez Tick qui rendait son appréciation flatteuse. Il ne se sentait même pas vexé de n'être « encore qu'un enfant », tant que cela venait de Tick.

– Merci, répondit-il, certain que Tick allait maintenant s'asseoir à côté de lui sur le rocher et qu'ils allaient poursuivre leur discussion. Mais au lieu de cela, il sauta sur une pierre encore plus proche de la rivière, tournant le dos à Doon.

Ils contemplèrent ensemble le ciel rougeoyant puis Tick se retourna et dit :

– Un endroit vraiment magnifique. Regarde ça !

Il écarta les bras en tournant sur lui-même embrassant ainsi les bosquets d'arbres, les champs, la rivière et l'incandescente boule rouge du soleil.

– Oui, dit Doon, c'est vraiment merveilleux.

– Il faut qu'on s'installe un peu plus confortablement, c'est tout, ajouta Tick. J'ai pas mal d'idées à ce sujet. Dans un premier temps, on pourrait déjà réparer cette vieille bâtisse. Il faut juste qu'on s'organise et qu'on travaille ensemble. Qu'on trouve de nouvelles vitres pour les fenêtres et qu'on amène l'eau de la rivière à l'intérieur grâce à un système de pompe. Qu'est-ce que tu en penses ?

– Bonne idée.

– Chet Naom est déjà d'accord. Lizzie Bisco aussi et puis aussi Allie Bright. Et toi ? Ça te tente ?

– Bonne idée, répéta Doon un peu déçu que Tick ait contacté tous ces gens avant lui.

– Tu seras parfait pour le chantier des canalisations, à cause de ton expérience.

Doon hocha la tête, même si, en vérité, il y avait un

tas d'autres choses qu'il aurait préféré faire plutôt que de travailler à nouveau sur les tuyauteries, comme dans les Galeries Souterraines d'Ember. Mais ça pouvait être drôle de faire de la plomberie aux côtés de Tick. L'enthousiasme se lisait dans son regard bleu et pénétrant.

– Il y a tant de choses qu'on peut faire…

Doon attendit la fin de la phrase, pressé d'entendre Tick énumérer les autres choses qu'ils pourraient réaliser ensemble, mais elle ne vint pas. Au lieu de ça, il se pencha, ramassa une pierre entre deux gros rochers, se tourna face à la rivière et la lança de toutes ses forces. La pierre s'envola très haut, jusqu'à n'être plus qu'un point noir sur le ciel écarlate avant de redescendre et de disparaître avec un gros plouf dans l'eau peu profonde qui stagnait au bord de la rive opposée.

Il pivota à nouveau, lançant un immense sourire radieux et enthousiaste à Doon.

– A plus, dit-il simplement avant de traverser les rochers et de remonter le pré pour rentrer au Pionnier.

Quand il fut parti, Doon ramassa une pierre et la lança aussi fort qu'il put. Elle disparut dans un plouf au milieu du cours d'eau. Pas mal. Mais pas aussi bien que Tick.

8
L'errant et la bicyclette

Plusieurs jours passèrent. Poppy n'était toujours pas rétablie. Chaque fois qu'elle allait un peu mieux, le lendemain, son état empirait. Lina et Mme Murdo restaient auprès d'elle quasiment en permanence, posant des linges humides sur son front et essayant de lui faire avaler les remèdes que la guérisseuse lui préparait. Mme Murdo, quand elle ne s'occupait pas de Poppy, rôdait dans le cabinet médical, inspectant l'incroyable collection de plantes, de potions et de poudres que Mme Hester gardait en vrac. Elle prenait des notes dans un petit carnet, bien décidée à réorganiser les choses et à y mettre un peu d'ordre.

La guérisseuse était souvent dehors, rendant visite à des malades du village. Quand elle était à la maison, elle faisait dix choses à la fois, ou du moins essayait de les faire car elle était régulièrement interrompue par les patients qui se présentaient à sa porte, à n'importe quelle heure.

Lina avait l'impression que les habitants de Sparks étaient constamment en train de tomber malade, de se couper, de se fouler une articulation ou d'avoir des crises d'urticaire. La guérisseuse leur donnait des remèdes, bandait leurs plaies et, quelques jours plus tard, ils lui apportaient quelque chose en échange : un panier d'œufs, un bocal de cornichons ou un sac de torchons propres.

Lina n'avait jamais vu quelqu'un d'aussi désorganisé que Mme Hester. Un jour qu'elle était sortie, elle jeta un coup d'œil furtif à son cabinet. Elle fut saisie par le désordre qui y régnait. Sur les étagères, dans les placards et sur les tables s'étalaient pêle-mêle des trucs en bouteilles, des trucs en boîtes et des trucs en bocaux. Comment elle faisait pour s'y retrouver relevait du plus grand mystère.

Le simple fait de déterminer en quoi Lina pouvait lui être utile nécessita de la part de Mme Hester un effort de réflexion de plusieurs jours. Mais ensuite, elle exigea de Lina une série interminable de corvées, parfois même plusieurs à la fois, en oubliant le plus souvent qu'elle ignorait la marche à suivre pour les accomplir.

– Peux-tu aller arroser les asperges ? demandait-elle.

Puis, avant même que Lina ait eu le temps de lui demander ce qu'étaient des asperges, où elles se trouvaient ou encore dans quoi il fallait mettre l'eau, elle ajoutait :

– Ensuite tu déchireras quelques morceaux de tissus qui se trouvent dans le panier de la cuisine pour en faire des bandages. Quand tu auras fini, peut-être pourrais-tu donner un coup de serpillière dans le cabinet, j'ai renversé quelque chose l'autre jour, je m'en suis souvenue en passant devant la fenêtre. Et les poulets. Oui, il faut donner à manger aux poules.

Puis elle passait la porte en trombe et disparaissait, laissant à Lina le soin de se souvenir de la succession de tâches qu'elle lui avait confiées… et de trouver un moyen de s'en acquitter.

Tout ici semblait malcommode à ses yeux. Pour puiser l'eau, il fallait sortir jusqu'à la fontaine et pomper en faisant monter et descendre un énorme bras de levier. Pour aller aux toilettes, il fallait se rendre au fond du jardin, jusqu'à une petite cabane nauséabonde. Bien entendu, la nuit, il n'y avait aucune lumière, mis à part les bougies, et au début, elle pensa même qu'il n'y avait pas de cuisinière pour cuire la nourriture.

– Oh si. Voilà la cuisinière, avait dit la guérisseuse en montrant la chose qui ressemblait à un tonneau de fonte dans un coin de la cuisine. Mais je ne l'utilise pratiquement pas durant l'été. J'ai trop de peine à faire du feu et à l'alimenter. Il fait bien assez chaud comme ça. Nous mangeons essentiellement des plats froids quand il fait chaud.

Quand elle voulait cuisiner quelque chose, faire bouillir une casserole d'eau pour, par exemple, faire cuire un œuf ou préparer un thé, Mme Hester devait se baisser jusque par terre, remplir le fourneau d'herbes sèches et de brindilles puis les allumer. Parfois elle utilisait une allumette, parfois elle frappait l'un contre l'autre ce qui ressemblait à deux cailloux jusqu'à ce qu'ils fassent une étincelle et que l'herbe ait pris feu. Ensuite, elle devait enfourner des branches de plus en plus grosses pour que le feu finisse enfin de prendre. Lina trouvait ce foyer relativement inoffensif – au moins était-il confiné dans sa boîte d'acier, ce qui empêchait les flammes de bondir sur elle comme dans la cheminée – pour autant, elle n'aimait pas s'en approcher. Heureusement, la guérisseuse ne refit pas de flambée dans l'âtre après celle de la première nuit. D'ailleurs les journées étaient de plus en plus chaudes. Même les nuits étaient douces. Il faisait bien assez chaud comme ça.

Un jour – environ une semaine après l'arrivée de Lina dans la maison du docteur – une patiente se présenta. Elle était porteuse de nouvelles et avait aussi une plaie à panser. Il s'agissait d'une petite femme efflanquée, jeune, avec des dents noirâtres. Elle avait une sale éraflure au poignet, qu'elle s'était faite sur un fil de fer rouillé.

– Il y a un errant au village, déclara-t-elle. Il est arrivé ce matin.

– C'est quoi un errant ? demanda Lina.

La guérisseuse, qui était en train de soigner sa patiente, avait répondu :

– Les errants sont des gens qui arpentent les Espaces Vides pour en rapporter des choses, avait répondu Mme Hester tout en bandant le poignet de sa patiente.

– Ils rapportent des choses des anciennes villes, des endroits en ruine, ajouta celle-ci.

– Mon frère, Caspar, est un errant ! déclara fièrement

Torren. Et quand je serai plus grand, moi aussi j'en serai un. Mon frère et moi on sera associés.

C'était la première fois que Lina ressentait une certaine joie de vivre chez Torren. Ses petits yeux brillaient d'impatience.

– Ça doit être passionnant, dit Lina. Est-ce que c'est dangereux d'être un errant ?

– Oh oui, parfois tu rencontres d'autres errants qui veulent la même chose que toi. D'autres fois, tu es attaqué par des bandits. Il faut se battre contre eux. Caspar a un fouet.

– Un fouet ?

– Une très longue corde ! Aussi longue que cette pièce, ou presque. Si des gens lui barrent la route, il les fouette, dit-il en levant le bras au-dessus de sa tête et en l'abattant comme s'il manipulait lui-même l'arme.

– Whoutt ! Whoutt !

– Maintenant arrête ça, dit Mme Hester d'un air absent en finissant son pansement.

Une fois la blessée partie, Lina, la guérisseuse, Torren et Mme Murdo, tenant Poppy dans ses bras, se rendirent sur la Grand-Place pour voir l'errant.

Quand elles arrivèrent, une foule compacte s'y massait déjà. Lina chercha Doon du regard, mais ne le vit point. De fait, très peu d'Emberiens étaient présents. La plupart devaient travailler ailleurs. En revanche, un grand nombre de villageois étaient rassemblés autour d'un gros pick-up chargé de tonneaux et de caisses sur lesquelles se tenait une femme au teint foncé et à la musculature noueuse.

– Je suis allée très loin au nord, hurlait-elle d'une puissante voix aiguë. Dans les coins les plus reculés des Espaces Vides. J'ai cheminé sur des routes où je n'ai croisé personne durant des semaines. Dans ces terres reculées, je suis tombée sur des maisons et des fermes qui n'avaient jamais été visitées. Et aujourd'hui, vous allez pouvoir profiter des trésors que j'y ai dénichés. Montez, jugez vous-mêmes, dit-elle en ouvrant un bras à l'adresse des badauds.

La foule se pressa pour avancer. Apparemment cette errante était connue des villageois. Certains lui criaient des saluts, d'autres la pressaient de questions.

– Tu nous a apporté du papier pour écrire cette fois, Mackie ?

– Et des graines ?

– Des outils ?

– Est-ce que tu as des allumettes ?

– Et des vêtements ? J'en ai assez de porter ces guenilles. Un vrai patchwork !

– J'ai tout cela et bien plus ! répondit la femme en haussant le ton. Approchez, approchez. On commence par des choses très spéciales.

Elle se pencha au-dessus d'une caisse ouverte, qu'elle fouilla quelques instants. Quand elle se releva, elle tenait une marmite en métal, au fond noirci, si grande qu'il lui fallait ses deux mains pour la porter.

– Qu'est-ce que vous m'offrez ?

– Un demi-boisseau d'abricots secs !

– Un boisseau de petits pois !

– Un tonneau de farine de maïs !

La femme écoutait en dressant la tête, les sourcils en accent circonflexe. Elle attendit que les offres s'arrêtent puis elle pointa du doigt une grande jeune femme à la brillante chevelure de jais qui avait offert cinq gros quatre-quarts aux abricots.

– Marché conclu ! dit-elle avant de tendre la marmite à la jeune femme.

Avant de mettre aux enchères l'exclusivité suivante, l'errante fouilla un grand carton dont elle finit par extraire une petite boîte bleue.

– Du savon en paillettes, cria-t-elle en levant l'objet dans les airs. J'en ai vingt-quatre boîtes !

Des dizaines de personnes firent une offre. Toutes les boîtes partirent en quelques minutes. Vinrent ensuite de nouvelles casseroles, deux épaisses vestes d'une matière brillante, des cordes, des outils de jardinage, des livres, une paire de ciseaux, des poignées de porte et des clous. Il y avait aussi des objets insolites et parfaitement inutiles. Contre une demi-douzaine de carottes, une femme repartit avec un robinet mélangeur. Une molette était marquée C, l'autre F.

– Qu'allez-vous en faire ? demanda Lina, bien placée pour savoir qu'ici, les gens pompaient leur eau à l'une des fontaines publiques, en actionnant de longues et lourdes poignées de métal car personne n'avait l'eau courante.

– Je vais le retourner, répondit la femme. Ça fera un excellent chandelier.

Quand l'errante présenta le lot suivant, une poignée de bijoux, Lina eut le souffle coupé. Elle n'avait jamais vu de choses pareilles, des colliers et des bracelets de pierres brillantes aux reflets chatoyants montées sur des chaînes d'argent. Très peu de gens semblaient intéressés. C'est tout juste s'il y eut des offres. Finalement, une fille offrit quelques patates, mais c'est un homme qui rafla la mise contre une paire de sandales « presque pas portées ».

– Si ma femme n'en veut pas, je les mettrai à mes bœufs ! dit-il quand l'enchère fut close.

L'errante arrivait à ses dernières marchandises, des paquets de papier, des boîtes d'épingles à nourrice, des cuillers et des fourchettes. La guérisseuse s'avança pour acheter une série de petites bouteilles en verre.

– Docteur Hester ! dit l'errante avec un sourire. Ravie de vous revoir !

– Moi aussi Mackie. Ça fait longtemps...

– J'espérais que vous seriez là, poursuivit l'errante. J'ai croisé votre neveu l'autre jour.

– Caspar ? hurla Torren d'une voix si perçante que plusieurs personnes sursautèrent. Où il est ?

– Il était là-haut, au pays des pommes, répondit Mackie. Quand je lui ai dit que je venais ici, il m'a demandé de vous dire qu'il allait bientôt passer vous voir à la maison.

– Vraiment ? répondit la guérisseuse d'un air détaché qui tranchait avec l'excitation de Torren. Nous ne l'avons pas vu depuis si longtemps.

– Un an, dix mois et dix-neuf jours, ajouta Torren surexcité. Quand arrivera-t-il ? Il vous l'a dit ?

– Il ne devrait pas tarder, répondit l'errante en

mettant les petites bouteilles dans un sac en toile. Je dirais moins de quinze jours.

Quand la vente de l'errante fut terminée, Lina, la guérisseuse et Mme Murdo, qui tenait toujours Poppy endormie dans ses bras, rentrèrent à la maison en longeant la rivière. Torren gambadait devant, ses jambes maigrelettes se tordant à chacun de ses pas. Il sautillait d'un pied sur l'autre, grimpant sur les murets et bondissait pour attraper des branches d'arbres auxquelles il se balançait.

Alors qu'elles approchaient de la maison, Torren, qui était loin devant à présent, fit soudain demi-tour et accourut.

– Vous allez devoir libérer notre chambre ! dit-il à Lina et Mme Murdo. Mon frère va vouloir une chambre pour lui et il voudra être avec moi. Il va falloir que vous déménagiez.

– Très bien, répondit Lina. S'il le faut, nous irons vivre avec les gens de notre ville dès que Poppy se portera mieux.

Le visage allongé de Torren s'illumina.

– Ouais ! cria-t-il. Quand partez-vous ?

– Pas aujourd'hui, répondit Lina. Pas tout de suite.

– Mais bientôt ! hurla Torren avant de se ruer vers la maison et de traverser la cour en trombe.

La guérisseuse leur demanda de ne pas faire attention à Torren, arguant qu'il se montrait grossier seulement parce qu'il était très excité. Il apparut alors à Lina que la guérisseuse n'avait pas un jugement clair dès qu'il s'agissait de Torren. Il n'était pas impoli uniquement quand il était excité. Il était impoli en permanence. Mme Hester était simplement trop préoccupée par son travail pour y prêter la moindre attention. « Peut-être que si elle s'intéressait plus à lui, pensa Lina, il serait moins invivable. »

En attendant, il était invivable et Lina ne serait pas fâchée de s'éloigner de lui. Deux semaines, se dit-elle. Ensuite nous ferons la connaissance de Môsieur Caspar.

Mais si, d'ici là, l'état de Poppy le permet, Torren retrouvera sa chambre et nous irons vivre avec Doon et les autres.

De temps à autre, des gens juchés sur d'étranges véhicules passaient sous les fenêtres de la maison de Mme Hester. Les seuls objets roulants que Lina avait côtoyés jusqu'alors étaient les lourds chariots de bois utilisés par les caristes d'Ember, alors que les gens en question chevauchaient de magnifiques engins effilés et munis chacun de deux grosses roues. Ils glissaient en douceur sur la chaussée, leurs pieds n'arrêtant pas de tourner. L'envie d'essayer la taraudait.

– Comment s'appellent ces choses ? demanda-t-elle à Mme Hester.

– Des bicyclettes bien sûr. Tu n'en as jamais vu ?

– Non, lâcha Lina en suivant des yeux avec envie celle qui passait devant la maison.

Si elle pouvait avoir une bicyclette, pensait-elle, elle pourrait aller encore plus vite que lorsqu'elle courait. Elle irait vite. Et loin… Elle regarda l'infinie succession de collines. Elle pourrait aller partout, jusqu'à l'endroit où la route s'arrête.

– J'aimerais bien pouvoir en faire, dit-elle légèrement plaintive.

– Tu peux, si tu veux, répondit la guérisseuse. Il y a un vieux vélo derrière la remise à outils. Je pense qu'il roule encore.

– Vraiment ?

Lina faillit en laisser tomber le panier d'œufs qu'elle venait de ramasser.

– Je peux aller le chercher maintenant ?

– Bien sûr, répondit Mme Hester. Mais avant pourrais-tu arroser le persil ? Et écosser ces petits pois... Et peut-être nettoyer ces épinards...

Lina s'acquitta de ses corvées avec une énergie fébrile et dès qu'elle eut fini, elle se rua jusqu'à la remise. Le vélo était posé contre le mur du fond. Il était vieux, mais très beau. Elle détailla les sections du cadre. Même sous l'épaisse couche de poussière qui le recouvrait, on devinait que certaines étaient argentées et d'autres rouges. De fines plantes grimpantes étaient accrochées aux rayons de ses roues et sa selle était couverte de toiles d'araignée. Lina mit les mains sur le guidon et arracha la vieille bicyclette à sa gangue végétale, puis elle la poussa jusqu'à la route où elle retira les toiles d'araignée, les feuilles mortes et les dernières touffes d'herbe qui s'y trouvaient encore. Ensuite elle passa une jambe par-dessus la selle et s'installa.

Et après ? Elle passa le reste de la matinée à essayer de comprendre. Elle exerçait une courte poussée sur les pédales, faisait quelques mètres puis, invariablement, penchait sur le côté et devait poser le pied par terre. Elle recommença, ignorant aussi la façon de tourner. Elle tomba, releva son vélo et essaya à nouveau. Elle tomba encore. Au bout d'une heure de ce traitement, elle abandonna et retourna un moment à l'intérieur.

Plus tard, quand elle réessaya, quelque chose avait changé. Ses jambes, ou peut-être son corps tout entier, semblaient avoir mémorisé la manœuvre. Elle poussa le vélo, posa son pied sur la pédale et poussa. Le vélo avança. Elle amena l'autre pied et, comme par magie, pendant une seconde, son corps comprit ce qu'on attendait de lui. Elle avait l'impression de voler. Ses pieds firent un tour complet. Un large sourire se dessina sur son visage. Elle poursuivit son effort, appuyant sans relâche sur le pédalier, le souffle court et le vent commençant à lui fouetter le visage. Elle avait parcouru une longue distance, peut-être cinq mètres, quand elle s'inquiéta et posa les pieds sur le sol pour s'arrêter. Elle restait là, les mains sur le guidon, la bouche ouverte de stupeur.

En fin de journée, elle avait fait le tour de la question. Elle pouvait prendre la route dans un sens ou dans un autre et s'arrêter quand elle le souhaitait. Elle pouvait même faire un demi-tour sans poser le pied par terre.

– Je vais aller voir Doon, lança-t-elle à Mme Murdo.

Elle avait hâte de voir Doon, hâte de pouvoir parler à quelqu'un qu'elle connaissait vraiment. Bien sûr il y avait Mme Murdo, mais c'était une adulte. Lina voulait voir un ami.

Elle enfourcha donc son vélo et se mit en route, descendant rapidement la route qui longeait la rivière jusqu'à la grand-place où elle demanda son chemin avant de sortir du village en direction du Pionnier.

En arrivant, elle s'arrêta un instant, pour contempler l'endroit. L'énorme bâtisse lui semblait un magnifique endroit où vivre. Elle ressentit une envie soudaine d'avoir sa propre chambre ici, au milieu de ses amis et de ses anciens voisins.

La fin de journée était proche. Les gens étaient assis sur les marches de l'escalier monumental. Baignés par les derniers rayons du soleil, ils prenaient leur dîner, soigneusement emballé dans leur colis de nourriture et palabraient. D'autres se trouvaient au bord de la rivière où ils se rafraîchissaient les pieds et s'aspergeaient le visage d'eau. Au pied de l'aile la plus éloignée, quelques garçons s'étaient rassemblés autour d'un autre, assis sur un arbre couché. Peut-être que Doon était avec eux.

Elle poussa son vélo dans leur direction, le sol ici était trop inégal et trop herbeux pour pédaler. Ses anciens amis et ses anciens voisins la hélaient quand elle passait devant eux. Lina leur faisait de grands saluts de la main en retour, heureuse d'être à nouveau entourée de gens qu'elle connaissait.

Quand elle s'approcha du groupe de garçons, elle vit que Doon était parmi eux. Avec quelques autres, il écoutait ce grand garçon aux cheveux bruns – c'était quoi son nom déjà, Tigg ? Tim ? Il était cariste à Ember, croyait-elle se souvenir. Il éclata de rire quand il la vit monter vers eux. Un rire éclatant et assuré. Tous les autres garçons rirent aussi.

Elle s'approcha de Doon, qui lui tournait le dos, et lui tapa sur l'épaule. Il se retourna. Elle lui fit un grand sourire.

– Regarde Doon, j'ai un vélo.

Il semblait étonné de la voir.

– Oh ! dit-il. Lina !

– Viens, on va parler, lui dit-elle.

Doon jeta un regard en direction du grand garçon.

– D'accord, répondit-il, sans esquisser le moindre geste.

– Allez. Viens, répéta Lina en tirant sur sa veste.

Ils descendirent jusqu'à la rivière. Là, Lina posa son vélo contre un arbre et tous deux s'assirent dans l'herbe, l'un en face de l'autre.

– Quel endroit immense ! dit-elle en levant le bras vers le Pionnier, avant de poursuivre, dans un débit rapide qui trahissait son impatience :

– A quoi ça ressemble à l'intérieur ? Tu me fais faire le tour du propriétaire ? Poppy va un peu mieux et d'ici une semaine ou deux, on va sûrement pouvoir venir s'installer ici nous aussi. Avec toi et tous les autres.

– Ça serait bien, répondit Doon après un hochement de tête.

– Je me sens un peu seule chez la guérisseuse, ajouta Lina. Il y a un garçon là-bas qui ne nous aime pas et puis la guérisseuse est tellement occupée qu'elle ne se rend compte de rien et puis sa maison est un vrai bazar et, comme si ça ne suffisait pas, j'ai mille et une corvées à faire. Elle marqua une pause pour reprendre sa respiration. Aujourd'hui, on a vu une errante.

– Une errante ?

Elle lui expliqua ce qu'était un errant. Doon ne l'écoutait que d'une oreille, observant régulièrement le groupe de garçons du coin de l'œil.

– Qui est ce garçon ? demanda-t-elle. Celui qui parle ?

– Tick Hassler.

Lina se retourna et le regarda. Elle le trouva beau. Ses cheveux noirs étaient épais et brillants, son visage parfaitement dessiné, avec des arrêtes aussi saillantes que s'il avait été sculpté dans le bois.

– C'est un ami à toi ?

– En quelque sorte, répondit Doon. Enfin, je ne le connais pas depuis longtemps.

– Ah, dit Lina. Au fait, tu sais dans quelle chambre est Lizzie ?

– Non... Tu vois, je ne reste pas beaucoup à l'intérieur. C'est tout sombre et lugubre là-dedans. Ce que j'aime c'est être dehors, dit-il en pointant les hautes branches de l'arbre où des petites choses papillonnantes s'agitaient. Tu te souviens la première fois qu'on en a vu un, quand on venait juste de sortir des ténèbres ? J'ai appris qu'on les appelait des oiseaux. Quand tu les regardes avec attention, tu t'aperçois qu'il y a beaucoup d'espèces différentes. J'en ai vu avec la gorge jaune, d'autres avec des rayures sur les ailes, d'autres encore avec la tête rouge. J'en ai même vu un bleu vif. Il regarda le ciel au-dessus de lui. C'est bizarre n'est-ce pas ? Je me demande pourquoi il y a toutes ces différentes espèces ? Juste pour faire joli ?

Un éclat de rire provenant du groupe de garçons qui entouraient Tick Hassler parvint jusqu'à eux. Doon lança un regard vers le petit groupe.

– Doon, est-ce que tu te sens bien ici ? Je veux dire au village de Sparks ?

– Oui. J'aime beaucoup cet endroit.

– Moi aussi, dit Lina. J'aime presque tout.

– Moi, ce qui me dérange, c'est de devoir partir dans six mois. On a tellement de choses à apprendre.

– C'est vrai. En même temps… Si on part, peut-être que… En tout cas j'espère que…, dit Lina d'une voix hésitante.

– Espérer quoi ? reprit Doon.

– Oh, je ne sais pas.

Elle était sur le point de dire qu'elle espérait qu'ils trouveraient la ville dont elle avait si souvent rêvé Mais elle eut peur que Doon la trouve stupide.

Le soleil déclinait. Les ombres s'allongeaient.

– Montre-moi ta chambre avant que je parte. Comme ça je saurai où te trouver.

Tick s'en allait. Les autres garçons lui avaient emboîté le pas. Doon les suivait du regard.

– Je ne peux pas pour l'instant, lui dit-il. Je te la montrerai la prochaine fois que tu viendras.

– Très bien.

Elle se releva, épousseta son pantalon et reprit son vélo.

– A bientôt, dit-elle avant de prendre le chemin du retour, se sentant encore plus seule qu'en arrivant.

9
Travail pénible et estomacs vides

Au lieu de devenir chaque jour plus facile, comme certains l'avaient espéré, le travail s'avéra de plus en plus pénible pour les gens d'Ember. Ce n'était pas seulement les tâches à accomplir qui étaient dures à supporter, mais la chaleur. Chaque jour était plus brûlant que le précédent. Doon n'avait jamais connu une telle canicule. C'était comme mettre la tête dans un four. Tous les habitants d'Ember ressentaient la même chose. Ils transpiraient. Leur peau virait au rouge, les faisait souffrir puis pelait. La terrible luminosité du ciel leur faisait mal aux yeux. Ils avaient d'horribles migraines. Parfois, l'un d'eux s'évanouissait purement et simplement à cause de la chaleur. Dans ces moments-là, les gens se disaient que c'était un endroit atroce. Ils mettaient leurs mains devant leurs yeux, regrettant presque l'obscurité dans laquelle ils avaient vécu jusque-là.

Les chefs d'équipe essayaient de se montrer compréhensifs quand leurs ouvriers s'affaissaient ou s'évanouissaient. Mais les gens de Sparks étaient habitués à la chaleur. Ceux d'Ember avaient l'air de mauviettes. Doon avait plusieurs fois surpris le chef de son équipe se pincer les lèvres et pianoter impatiemment sur sa cuisse quand un Emberien était contraint de s'asseoir pour se reposer.

Le chef d'équipe avec lequel Doon travaillait s'appelait Chugger Frisk, un gros bonhomme mal rasé qui parlait peu en dehors des ordres qu'il donnait. Chaque jour, il envoyait son équipe là où on en avait le plus besoin. En quelques semaines, Doon fit toutes sortes de travaux. Il creusa des tranchées pour les conduites qui apportaient l'eau de la rivière aux plantations dans les champs. Il répara les chariots qui transportaient les récoltes jusqu'au village. Il apprit à traire les chèvres et à s'assurer que les abreuvoirs des bœufs étaient pleins. Il récolta des fruits, construisit des clôtures, sema des graines, battit le linge dans d'énormes lessiveuses et répandit la fiente des poulets dans le champ de choux.

Mise à part la chaleur accablante, le travail ne lui déplaisait pas. Les efforts physiques décuplaient ses forces, et il aimait ça. Il constatait avec bonheur que les muscles de son bras devenaient durs et se réjouissait chaque fois qu'il prenait un centimètre (il savait qu'il avait grandi car ses vieux pantalons étaient trop courts maintenant). Le sentiment d'être un homme neuf dans un monde nouveau ne le quittait pas. Il allait bientôt avoir treize ans, il n'était plus un enfant. Le travail le rendait robuste et prêt à tout.

En outre, pendant qu'il travaillait, il avait souvent

l'occasion de se renseigner sur ce qu'il voulait apprendre. Comment marchaient les pompes qui apportaient l'eau de la rivière aux champs ? Comment faisait-on le fromage ? Les chaussures ? Les bougies ? Où trouvaient-ils la glace qui permettaient de garder les choses au frais dans ces grandes chambres froides ? Quels étaient donc ces animaux à la queue touffue qui filaient à toute allure dans les arbres et ces autres, qui ressemblaient à de longues cordes glissant dans les herbes et sur lesquelles il avait failli plusieurs fois marcher ? Il voulait savoir comment on construisait les maisons et de quoi était fait le verre ou encore comment marchaient les bicyclettes. C'était passionnant d'avoir tant de choses à connaître. Mais chaque fois qu'il se rappelait que ses concitoyens et lui disposaient de moins de six mois pour tout apprendre, moins de six mois pour maîtriser toutes les techniques dont ils auraient besoin pour construire une ville à eux, son estomac se nouait.

Chugger ne répondait pas toujours, trop occupé qu'il était à donner des ordres ou à travailler. Aussi Doon profitait-il du déjeuner pour interroger ses hôtes. Parfois c'était Ordney qui lui répondait, d'autres fois Martha. Les réponses d'Ordney ressemblaient à des cours magistraux, celles de Martha à des vantardises. Au bout d'un certain temps, il devint clair que l'un et l'autre étaient fatigués de toutes ces questions donc Doon en posa moins. Un jour, Kenny le suivit dehors après le déjeuner et, sur la pointe des pieds, murmura à son oreille :

– Moi je peux te montrer un endroit où tu trouveras toutes les réponses que tu cherches. Tu veux ?

– Tu m'étonnes, répondit Doon.

– Maintenant ?

– D'accord.

Kenny le conduisit à travers le village, d'abord en direction de la rivière, puis dans le sens inverse. Il suivait une route qui sortait du bourg et menait à un bosquet de chênes.

– Là, dit Kenny en tendant le bras devant lui.

Au début, Doon ne distingua que la longue ligne d'un toit, au-delà des arbres. Puis le chemin s'ouvrait sur un grand espace qui portait encore les traces d'un ancien revêtement pavé. Maintenant la plupart des pavés avaient disparu et des herbes folles poussaient un peu partout. A gauche de cette étendue s'élevait un grand bâtiment rectangulaire si immense qu'il aurait pu contenir à la fois l'école et l'hôtel de ville d'Ember. A l'extrémité, leur faisant face, deux grosses portes de bois vers lesquelles Kenny se dirigea.

– Dans l'ancien temps, dit Kenny, on n'avait pas besoin d'ouvrir ces portes. Elles étaient en verre et elles avaient des yeux. Elles s'ouvraient toutes seules dès qu'elles te voyaient.

– Non, je ne te crois pas, coupa Doon.

– Pourtant, c'était comme ça, répondit Kenny.

Au-dessus des portes, il y avait une inscription dont la plupart des lettres manquaient. Quelle que fût sa signification, ce devait être un mot très long, mais maintenant, tout ce qui restait, c'était UPE ARK.

– Qu'est-ce que ça veut dire ? demanda Doon en montrant l'inscription.

– Je ne sais pas, répondit Kenny. On l'appelle simplement l'Ark. C'est notre entrepôt. On va entrer par derrière, viens.

Kenny ouvrit une fois encore le chemin. Il fit le tour du bâtiment jusqu'à une petite porte sur la façade arrière qu'il tenta d'ouvrir. Il dut pousser fort car quelque chose barrait le passage. La porte entrouverte, Doon se glissa à l'intérieur. La pièce était plongée dans l'obscurité. Il jeta un œil interrogateur autour de lui. D'abord il ne comprit pas ce qu'il avait sous les yeux. D'énormes tas informes, qui remplissaient la pièce jusqu'au plafond. Il fit un pas. Son pied rencontra quelque chose de dur.

– Il y a des réponses à tout ici, dit Kenny.

Alors que ses yeux s'habituaient à l'obscurité, Doon s'aperçut que la pièce était pleine de – était-ce des boîtes ? Non, cela ressemblait à des livres. Ils étaient entassés en piles grossières, en tas géants, en montagnes, comme s'ils avaient été transportés dans un gigantesque seau qu'on aurait vidé là en vrac. Certains étaient ouverts, leurs pages toutes chiffonnées, d'autres étaient si gauchis que leurs couvertures s'arrondissaient toutes seules. Il émanait de ces monceaux de livres une forte odeur de vieille poussière et de moisi. Il se pencha et en ramassa un. Sa couverture était incrustée de crasse. Il l'ouvrit et découvrit des pages et des pages imprimées en petits caractères. Oui, il s'agissait bien de livres. Toutefois, ils n'étaient pas comme ceux d'Ember. Ceux-là étaient bien plus épais et leurs couvertures bien plus rigides. Ils contenaient aussi beaucoup plus de texte. Il en feuilleta un rapidement. Un nuage de poussière s'envola. Il n'arrivait pas à comprendre de quoi il traitait. Il s'arrêta sur une page : « Chapitre XV. La thermodynamique de l'aluminium ». Il n'avait aucune idée de ce que cela pouvait bien vouloir dire.

– C'est incroyable, s'exclama Doon. Tu crois que je peux en prendre quelques-uns pour les ramener au Pionnier ?

– Bien sûr, répondit Kenny. De toute façon, personne ne s'apercevra de leur disparition.

Doon reposa le livre sur la thermodynamique puis essuya ses doigts pleins de poussière sur son pantalon. Il se sentait comme une personne affamée conviée à un banquet. Il y avait là bien plus de nourriture qu'il ne pourrait en absorber durant toute sa vie. Tout à coup il se sentit une envie impérieuse de dévorer le savoir contenu dans tous ces livres. Il tendit la main et en ramassa trois au hasard, sans même regarder leurs titres.

– Tu n'en prends pas ? demanda-t-il à Kenny.

– Non merci. J'en ai déjà lu quatre quand j'étais à l'école. Ça me suffit. On a appris l'histoire, pré et post.

– Pré et post ?

– Pré-Grand Malheur et post-Grand Malheur.

– Ah d'accord. Qu'est-ce que tu veux faire alors ?

– Juste me balader, fouiner aux alentours, répondit Kenny. Je me promène souvent dans les bois.

Tu pourrais venir avec moi un de ces quatre, dit-il en jetant un regard plein d'espoir à Doon. Si tu veux...

– Pourquoi pas ? répondit Doon, sachant parfaitement qu'il n'en ferait rien. Il avait tellement de choses en tête, tellement de choses à faire. Et puis Kenny était un peu petit pour être son ami.

Pendant la première semaine du séjour des Emberiens chez elle, Martha Parton fit étalage de ses dons de cuisinière à chaque déjeuner. Elle confectionna une tourte aux pommes de terre, des petits pois frais à la ciboulette, des croquettes aux noix, de la sauce aux champignons, des muffins au fromage, des boulettes d'oignons rouges et haricots blancs, des œufs brouillés à la confiture de tomate, du pudding à l'abricot et des petits sablés aux pommes. Chaque nouveau plat était accompagné de son traditionnel :

– Je suis sûre que vous n'aviez pas ça là où vous étiez avant, qu'elle abandonnait parfois au profit de, cela va être une découverte pour vous .

Les invités venus d'Ember s'exclamaient alors d'un « Vous avez raison, nous n'en avons jamais mangé ! » qu'ils ponctuaient occasionnellement d'un « nous n'avons jamais rien goûté d'aussi délicieux ! » ou encore d'un « c'est extraordinaire ! », ce à quoi Martha répondait invariablement par un petit sourire satisfait.

Pourtant, au fil des jours, la nourriture du midi devint de plus en plus simple. Martha en avait assez de préparer quotidiennement un plat nouveau pour impressionner ses invités. Parallèlement, ce qu'ils découvraient dans leurs colis, et qui devait leur servir de dîner et de petit déjeuner, était, là encore, de moins en moins élaboré. Le plus souvent, il s'agissait de morceaux de galette de maïs, d'une douzaine de morceaux de carottes et de quelques morceaux de fromage de chèvre un peu visqueux. Quand ils avaient de la chance, il y avait aussi un œuf dur. En outre, ils devaient supporter les petites phrases de Martha qui, sur le ton de la plaisanterie, indiquait qu'en dépit du surplus de nourriture qu'elle recevait de l'entrepôt général pour rassasier ces bouches supplémentaires, c'était comme si elle en avait moins. N'était-ce pas bizarre ?

Doon commença à avoir faim certains jours et il savait qu'il en allait de même pour les autres. Son père n'évoquait jamais le sujet, en revanche Edward Pocket le remettait sans cesse sur le tapis.

– Je sais que je suis vieux et pas très grand, disait-il en liquidant les dernières miettes de son dîner et de son petit déjeuner, mais cela ne veut pas dire que je me nourrisse de bons sentiments.

Un jour, Ordney fit une annonce inquiétante. La récolte de choux, disait-il, allait être moins bonne que prévue. Des vers avaient attaqué les légumes. Il fallait s'attendre à récolter un tiers de moins par rapport à l'année passée.

Après cela, les déjeuners furent non seulement simples, mais en plus, frugaux. Une semaine, ils eurent des haricots verts, du chou mariné en saumure et du pudding au lait de chèvre quatre jours de suite.

Et, durant ces quatre jours, quand ils ouvraient leurs colis au moment du dîner, ils n'y trouvaient qu'une bouteille de soupe de pomme de terre froide censée satisfaire le repas du soir et le petit déjeuner.

Quelques jours seulement après l'arrivée des Emberiens au Pionnier, Clary s'était lancée dans la culture d'un jardin potager. Elle avait désherbé une parcelle d'environ quarante mètres carrés, non loin de la rivière et y avait planté des graines qu'elle avait emportées dans son exode. Les enfants qui étaient trop petits pour aller travailler au village l'aidaient à arracher les mauvaises herbes et à puiser l'eau à la rivière. Les anciens, assis à l'ombre, lui distillaient leurs conseils. Après quelque temps, des rangs de pousses vertes apparurent dans le carré de terre. Tous les matins et tous les soirs, Clary s'en occupait. Dans quelques semaines, les Emberiens pourraient avoir un peu de nourriture supplémentaire grâce à leur propre jardin.

Mais ce serait sûrement trop tard. Beaucoup trop de gens se plaignaient déjà de leur maigre pitance. Une nuit, alors que Doon mangeait dans la chambre 215, avec son père et les autres, il avait entendu des éclats de voix dans le couloir. Il était sorti et avait aperçu un groupe de gens à quelques portes de la sienne. Lizzie était là – Doon avait tout de suite reconnu sa tignasse rousse – tout comme Tick. Sa voix résonnait au-dessus de celle des autres.

– Voyez vous-mêmes, j'ai trois carottes, une prune et un morceau de fromage aigre. Quelle chance ! Je devrais pouvoir tenir un bon moment avec ça !

Sa phrase fut accueillie par de petits rires secs et le gloussement nerveux de Lizzie.

– De quoi tenir une bonne demi-heure, lança quelqu'un. Je me demande comment ils veulent qu'on travaille, si on n'a que des miettes à manger.

Le long du couloir, d'autres portes s'ouvraient et d'autres voix se joignaient au concert de doléances.

– Tout ce que j'ai eu ce sont des flageolets tout flasques et quelques cuillerées de porridge !

– Ça fait trois jours que je ne mange que de la soupe aux carottes !

D'autres recommandaient au contraire de garder patience.

– Nous ne devrions pas nous plaindre. C'est dur pour eux de nous donner à manger. Nous devrions nous montrer reconnaissants plutôt que...

– Marre d'être reconnaissants, coupa quelqu'un. Ils ont promis de nous nourrir. Au lieu de ça ils nous affament.

– Il me semble que nous devrions faire quelque chose, déclara Tick. Au moins en parler lors du déjeuner de demain. Peut-être même que nous devrions tous en parler. Il faut leur dire que c'est très dur de travailler quand on a faim.

– Moi je leur dirai, hurla Lizzie de sa voix de crécelle.

D'autres voix s'élevèrent pour approuver. Une rumeur pleine de colère et d'excitation monta dans le couloir, submergeant totalement ceux qui prêchaient la patience.

– Moi aussi je vais parler !

– Nous devons protester !

– Tick a parfaitement raison !

– Vive le maire Tick ! cria soudain quelqu'un en riant.

Pendant une fraction de seconde, le visage de Tick, surpris, se figea. Puis ses yeux brillèrent d'un éclat satisfait et il leva le poing.

– Nous n'allons pas nous laisser faire. Nous allons nous défendre ! cria-t-il.

Ceux qui l'entouraient répondirent par des hurlements et d'autres levèrent le poing.

Doon se retourna vers son père, Edward et Sadge, sortis pour voir ce qui se passait.

– Nous aussi nous devrions en parler aux Parton, déclara-t-il. Si nous travaillons, nous devons être nourris. C'est normal.

– Mais ils ne nous doivent rien, répondit le père de Doon. Ils nous donnent ce qu'ils pensent pouvoir nous donner, c'est-à-dire leur surplus.

Il jeta ensuite un regard abattu au morceau de galette de maïs tout sec qu'il tenait dans sa main.

– Mais j'imagine qu'on peut tout de même en parler, sans pour autant se montrer désobligeant car je suis sûr qu'ils font de leur mieux.

Miss Polster accepta d'être leur porte-parole. Le lendemain, elle aborda le sujet lors du déjeuner, qui consistait en une soupe d'épinards froide.

– J'ai une requête, dit-elle fermement en posant sa cuiller dans son assiette de soupe.

Tous les regards se tournèrent vers elle. Doon sentit son estomac se nouer.

– Nous avons remarqué, déclara Miss Polster, que les colis de nourriture que vous avez la bonté de nous donner sont de moins en moins abondants. Pour être honnête, une fois que nous les avons consommés, il nous arrive souvent d'avoir encore faim. Cet état de fait nous préoccupe grandement.

Il y eut un silence pesant. Tout le monde regardait Miss Polster, calmement assise, les mains sur les cuisses, attendant une réponse.

– Comment ? finit par dire Martha Parton. Ai-je bien entendu ?

– Il semblerait que oui, répondit Miss Polster et, dans l'éventualité où vous auriez des problèmes d'oreille, j'ai dit que nous n'avions pas assez à manger.

Martha eut un rire sec, comme une exclamation d'incrédulité. Kenny arrêta de mâcher et parut effrayé. Ordney se leva lentement et se racla la gorge.

– Je suis étonné, dit-il. Je pensais que vous compreniez la situation.

– Nous la comprenons parfaitement, répondit précipitamment le père de Doon. Nous vous sommes très reconnaissants de ce que vous avez fait pour nous, c'est juste que...

– Nous travaillons très dur, enchaîna Clary.

– Et c'est très peu... ajouta timidement miss Thorn.

– Cela doit faire office de dîner et de petit déjeuner, dit Edward Pocket.

– Hier soir, au dîner, j'ai mangé un œuf dur et trois

carottes si bien que ce matin je n'ai pas pris de petit déjeuner, déclara Doon, car je n'avais plus rien.

Il y eut un nouveau silence. Encore plus terrible que le précédent.

Ordney se pencha alors en avant, les deux mains agrippées à la table.

– Maintenant, écoutez-moi bien. Nous faisons de notre mieux pour faire ce qu'on nous a demandé. Et ce n'est pas une mince affaire. Du jour au lendemain, nous nous retrouvons avec deux fois plus de bouches à nourrir. Même un peu plus en vérité... Son regard passa des uns aux autres. Pour autant, nous ne disposons pas de deux fois plus de nourriture qu'avant. Certes, chaque famille reçoit un petit extra de l'entrepôt général pour faire face à l'urgence. Mais ce n'est pas grand-chose. Le village de Sparks ne produit tout simplement pas assez pour accueillir quatre cents personnes supplémentaires. Sommes-nous censés assurer votre subsistance avant celle de nos familles ? Et pourquoi cela je vous le demande ? Après tout qui êtes-vous sinon des étrangers venus d'on ne sait où, d'une ville dont personne n'a jamais entendu parler ?

Arrivé au terme de son discours, le visage d'Ordney était rouge de colère, sa voix tremblante de rage.

Doon était tétanisé car le dilemme semblait insoluble. Il se répétait : il a raison. Bien sûr qu'il a raison. Mais nous aussi on a raison.

Tous les autres devaient penser plus ou moins la même chose. Aussi finirent-ils leur soupe en silence. A la fin du repas, Martha renversa les petits paquets de nourriture sur la table au lieu de les leur tendre comme à son habitude. Chacun prit le sien. Le père de Doon fut le seul à dire merci.

Plus tard ce jour-là, quand Doon ouvrit son colis, il découvrit quelques feuilles de chou jaunies et ratatinées ainsi qu'un quignon de cake au goût indéfinissable. Son estomac s'était serré. « Ils sont fatigués de nous aider, pensa-t-il. Que va-t-on faire ? »

10
Des semaines agitées

Poppy était maintenant pratiquement remise. Elle dormait encore plus qu'à l'accoutumée, mais, au moins, quand elle était éveillée, elle allait et venait dans la maison de la guérisseuse en quête d'une cuiller à subtiliser sur une table, d'une tasse à renverser ou d'un livre dont elle pourrait consciencieusement froisser les pages. Autrement dit, elle avait retrouvé tout son entrain. Par conséquent, Lina demandait régulièrement à Mme Murdo s'il n'était pas temps pour elles de s'installer avec les autres au Pionnier. Invariablement, celle-ci répondait que la petite n'était pas encore prête et qu'il lui paraissait préférable d'attendre jusqu'à ce que le frère de leur hôtesse arrive. Lina pensait que la vraie raison était ailleurs, en fait, Mme Murdo aimait aider la guérisseuse. D'ailleurs, quand elle n'était pas absorbée par les gros livres de médecine de Mme Hester, elle l'aidait à choisir ses plantes et à préparer ses mixtures médicinales. Le déménagement n'était plus à l'ordre du jour.

Pour Lina aussi, le séjour chez le docteur rimait avec

labeur. Ce n'était pas qu'elle n'aimait pas travailler, mais à Ember, elle avait une occupation aussi palpitante qu'importante. Elle sillonnait la ville pour porter ses messages, courant comme elle aimait le faire, si vite qu'elle avait presque l'impression de voler. C'était dur pour elle de rester au même endroit toute la journée. Elle s'ennuyait et s'impatientait.

En partie pour tuer l'ennui, elle cuisina énormément. Enfin, pas de la grande cuisine, puisque la guérisseuse ne voulait pas s'embêter à faire du feu dans le poêle. Mais elle n'avait jamais tant pelé, coupé, tranché et mélangé. Elle essuyait aussi les plans de travail des restes de préparations médicinales, elle balayait la poussière et retirait les toiles d'araignée du plafond. Et puis il y avait toujours quelques chiffons à déchirer pour préparer des bandages, quelques herbes à réduire en poudre, quelques bouteilles à étiqueter et quelques plantes à arroser. Pendant que tous les autres allaient aux quatre coins du village pour accomplir des tâches nouvelles et intéressantes et rencontrer de nouvelles personnes, elle était coincée à la maison et accablée de corvées ménagères.

Un jour, elle demanda à la guérisseuse si elle n'avait pas quelques feuilles de papier vierges sur lesquelles elle aurait pu dessiner. Celle-ci répondit que non, mais ajouta que si elle trouvait des pages blanches à la fin des livres, elle pouvait sans problème les utiliser. Lina arracha huit feuilles vierges. Mme Hester lui donna un crayon et elle se mit à dessiner dès qu'elle avait une minute libre.

Ayant perdu l'habitude du dessin, elle commença par ce qu'elle avait toujours fait : la cité de ses rêves – de toutes façons, elle ne savait pas faire autre chose. Dans son esprit, puisqu'elle se trouvait maintenant dans le monde réel, elle pourrait imaginer la ville avec beaucoup plus de réalisme qu'avant. Elle se souvint du premier croquis qu'elle avait fait avec ses crayons de couleur, lorsqu'elle était encore à Ember, quand elle avait crayonné le ciel en bleu et non en noir. Elle avait d'abord pensé qu'il s'agissait d'une chose un peu folle, pur produit de son imagination débordante. Résultat ? Le ciel ici était vraiment bleu ! Ce n'était sûrement pas un hasard. Elle devait le savoir. L'information était juste enfouie dans un coin de son cerveau. Ou peut-être qu'elle possédait quelque chose de magique, un don de vision, et qu'elle était capable de voir au-delà de la réalité, des choses qui s'étaient déroulées dans le passé et d'autres qui se produiraient dans l'avenir.

Elle ferma les yeux et essaya de plonger au plus profond des méandres de son cerveau. Mais la vieille version de la cité, celle qu'elle avait si souvent dessinée semblait imprimée à l'intérieur de ses paupières. Elle continuait à dessiner la même chose : les grands immeubles et les fenêtres brillantes. Elle ajouta néanmoins quelques détails : quelques arbres, un ou deux pick-up avec leurs bœufs, une poule. Mais ça ne collait pas. Les immeubles étaient-ils plus hauts que les arbres ? Dans quelle proportion ? Est-ce qu'il y aurait des poules en ville ? Découragée, elle mit de côté ses esquisses et entreprit de dessiner ce qu'elle voyait autour d'elle.

Elle croqua le citronnier qui se trouvait dans le jardin, juste derrière la maison, son vélo, la façade de la maison, uniquement la porte ou encore la vigne qui l'entourait. Un jour, un pick-up se gara juste au-dessus de chez elle, pour décharger des cageots. Elle se précipita dehors avec sa feuille de papier et son crayon et dessina l'engin, avec ses bœufs.

Pourtant aucun de ces croquis ne la faisait autant vibrer que ceux de la ville. Ceux-là provoquaient chez elle l'excitation, l'envie et le mystère, comme si ses dessins de la ville merveilleuse étaient une fenêtre entrouverte sur quelque chose qu'elle ne distinguait pas clairement, un monde un peu flou.

Parfois, Torren s'approchait d'elle par derrière et jetait des regards curieux par-dessus son épaule. De temps en temps, il critiquait certaines parties du dessin qui ne lui semblaient pas justes, mais le plus souvent il ne faisait aucun commentaire. Il trépignait d'impatience ces jours-ci, attendant que son frère rentre à la maison.

– Il va m'apporter quelque chose, avait-il dit un jour. Chaque fois qu'il rentre à la maison, il m'apporte quelque chose.

Il s'était alors dirigé vers le meuble qui se trouvait sous la fenêtre et en avait extrait son sac à trésor.

– Je vais te montrer, déclara-t-il à Lina. Si tu me promets de ne toucher à rien.

Lina acquiesça d'un vague mouvement de tête. Elle ne voulait pas paraître trop empressée, d'autant moins que Torren n'avait jamais témoigné le moindre intérêt pour ce qu'elle faisait, toutefois, elle était curieuse de voir ces choses si précieuses pour lui, qu'il dérobait à sa vue depuis si longtemps, et auxquelles il semblait attacher tant d'importance.

Il plongea sa main dans le sac et en retira un objet à la fois, qu'il plaçait avec la plus grande précaution sur le rebord de fenêtre. Il sortit six choses, toutes différentes et Lina n'en identifia aucune.

– Caspar m'a rapporté tout ça, dit Torren en déplaçant légèrement certains des objets jusqu'à ce que l'alignement soit parfait. Ils sont tous éteints.

Lina fit un pas en avant et se pencha pour mieux voir.

– Ne les touche pas ! hurla Torren.

– Ne t'inquiète pas, répondit Lina d'un ton irrité. Qu'est-ce que c'est ?

Torren pointa le premier objet, qui ressemblait à un T de métal argenté rayé.

– Un avion, dit Torren. Il servait à transporter les gens dans les airs.

– Ne te fiche pas de moi. Il ne mesure même pas trente centimètres.

– Je te parle des vrais. Celui-ci n'est que le modèle réduit d'un véritable avion. Il pointa ensuite l'objet suivant. Un tank, dit-il. Il roule sur les gens et les écrase.

– Quel est l'intérêt d'une chose pareille ?

Torren soupira devant la stupidité de Lina.

– Ça sert à combattre les ennemis.

L'objet suivant ressemblait à un petit vélo ventru.

– Une moto, dit Torren. Ça va très vite.

La chose suivante était un tube de métal argenté un peu cabossé.

– Une lampe torche, dit Torren. Tu pousses ce bouton et ça s'allume.

– Montre-moi.

– Elle ne marche pas, répondit Torren. Je te l'ai déjà dit, tous ces objets sont éteints. Le suivant était un rectangle noir avec des rangées de petits boutons colorés. Une télécommande, dit Torren.

– Ça sert à quoi ?

– A faire marcher des trucs quand tu appuies sur les boutons.

– Quel genre de trucs ? demanda Lina.

– Je ne sais pas. Des trucs. C'est très technique.

Le dernier objet était différent du reste. Il représentait sûrement un animal, fabriqué dans une matière grisâtre et rigide. Il se tenait sur quatre énormes pattes et mesurait une vingtaine de centimètres.

– Un éléphant, dit Torren. Aussi grand qu'une maison.

– Grand comme une maison ? répéta Lina en essayant d'imaginer la chose. Tu veux dire que si je me tenais à côté je n'arriverais qu'ici ? demanda-t-elle en pointant le milieu de la patte de la créature.

Torren balaya la main de Lina d'un geste brusque.

– C'était le plus grand animal vivant sur terre. S'il t'attrapait avec sa trompe, tu mourais.

– J'aimerais bien en voir un, dit Lina.

– Impossible, il n'en reste plus un seul, dit Torren en

se plaçant soudain devant elle et en écartant les bras pour dissimuler ses trésors. Fin de la visite, tu n'avais droit de les voir qu'une seule fois.

Lina sortit donc dans le jardin où elle cueillit quelques grains de raisin verts qui s'avérèrent bien trop durs et bien trop acides pour être mangés. Par la fenêtre, elle pouvait voir Torren faire avancer le tank et la moto l'un contre l'autre. Elle pouvait même l'entendre pousser des grognements et imiter le bruit d'une collision. A quoi pouvait bien ressembler l'ancien monde, se demanda-t-elle, avec toutes les choses bizarres qui s'y trouvaient ? A une merveille ou à un terrible cauchemar ?

Un après-midi, alors que Lina était allée chercher du sel pour le docteur, elle vit une longue file de gens devant un magasin de vêtements. Quelques Emberiens se trouvaient parmi eux, dont Lizzie avec son foulard noir qu'elle ne quittait plus depuis qu'elle était arrivée pour montrer qu'elle pleurait Looper, son petit ami d'Ember.

– Pourquoi y a-t-il autant de gens ici ? demanda Lina.

– Ils ont des lunettes ! répondit Lina. Un errant en a apporté un plein carton hier.

– Des lunettes ? Mais tu n'en portes pas.

– Celles-là sont teintées. Ils appellent ça des lunettes de soleil. Elles servent à protéger les yeux du rayonnement solaire.

La plupart des gens de Sparks en possédaient déjà.

Mais certains chefs d'équipe, comprenant à quel point la lumière gênait leurs ouvriers, avaient échangé des caisses de bois dont ils n'avaient pas l'utilité contre des cartons de lunettes, qu'ils distribuaient gratuitement. Lina en essaya une paire, mais ne fut pas convaincue pour autant car elle transformait tout ce qui était vert en marron. Elle trouvait aussi qu'elles donnaient aux gens un air sournois, comme s'ils complotaient quelque secret projet diabolique.

Lina aimait bien se rendre sur la grand-place, là où se tenait le marché. C'était un endroit vivant, toujours plein de monde et d'animaux. En plus, les échoppes regorgeaient de choses qu'elle n'avait jamais vues, des sandales fabriquées à partir de vieux pneus de camion, des chapeaux et des paniers de paille tressée... C'était bruyant, agité et, par conséquent, très intéressant. C'était aussi très sale, en partie à cause des animaux, les chèvres et les bœufs qui tiraient les charrettes depuis les champs lâchaient derrière eux de grosses bouses qui s'écrasaient sur le sol dans un floc caractéristique. Elles finissaient toujours par être ramassées – quelqu'un venait racler le sol et emportait le tout dans un seau – mais généralement il fallait pratiquement attendre la mi-journée pour cela. Les gens devaient donc faire attention à l'endroit où ils posaient les pieds et ils respiraient toute la matinée les puissants effluves qui se dégageaient de ces déjections. Lina eut une idée. Elle allait faire quelque chose pour le bien de la communauté. Tout le monde lui en serait reconnaissant.

Le lendemain matin, à l'aube, elle enfourcha son vélo et se rendit sur la grand-place avec un gros seau accroché à son guidon. Elle écopa toutes les déjections de vaches et de chèvres puis les vida dans la rivière. Elle fit ainsi plusieurs voyages, raclant une à une les molles bouses malodorantes. Elle était sur le point de vider son dernier chargement quand un marchand arriva. Elle lui sourit, attendant de sa part un mot d'encouragement ou de félicitation. Au lieu de ça, il écarquilla les yeux et, l'instant d'après, son visage se tordit de colère.

– Qu'est-ce que tu fais malheureuse ? hurla-t-il juste avant de se précipiter vers elle en courant. Tu ne vides tout de même pas tout ça dans la rivière ? Il n'en croyait pas ses yeux. Mais qu'est-ce qui te prend ?

« Et pourquoi pas ? pensa Lina. Quelle mouche le pique ? »

Il arracha le seau des mains de Lina.

– Vous n'êtes vraiment que des…

Il s'arrêta net, serrant les mâchoires et fermant les yeux.

– Très bien, reprit-il d'une voix contenue. Je suppose que tu ne savais pas. Cette matière est précieuse. Il ne faut pas la jeter dans la rivière !

Lina fit un pas en arrière. Comme si elle avait reçu une gifle.

– Ah ! Très bien. Et vous en faites quoi ?

– On la porte jusqu'aux champs, répondit l'homme. D'abord on la dépose sur le tas de fumier et quand c'est prêt, ceux qui cultivent l'enfoncent dans la terre.

Pour fertiliser le sol. J'imagine que tu n'as jamais entendu parler de ça.

– Non, répondit Lina. Je l'ignorais. Je suis désolée, je voulais juste aider.

– La meilleure chose que vous pourriez faire, vous autres, pour nous aider c'est de... Bah, oublie ça.

Il lança à Lina un dernier regard de dégoût et s'en alla, la laissant avec un seau à moitié plein dont elle ne savait que faire. Elle l'emporta hors du village et, quand elle fut certaine que personne ne pourrait la voir, le vida à l'orée d'un champ.

Lina n'était pas la seule à rencontrer ce genre de difficulté. Plus le temps passait et plus les incidents se multipliaient. Elle entendait régulièrement parler d'un Emberien qui avait commis un impair ou prononcé la phrase qu'il ne fallait pas dire, provoquant ainsi le courroux des gens de Sparks. Le plus souvent, ceux-ci les trouvaient tout simplement stupides. Ils avaient peur des poules, n'avaient jamais vu un nuage et ignoraient le sens de mots aussi communs que tempête, forêt, chat ou citron. En outre, ils n'en savaient pas plus sur l'histoire que sur la géographie. Ils ignoraient par exemple que d'autres pays existaient ou, pire, que la terre était ronde comme une balle. Bref, aux yeux des villageois, ils étaient incroyablement crétins.

Cependant, ils se comportaient parfois comme des gens supérieurs, se prévalant des choses qu'ils avaient dans leur cité souterraine. Les villageois n'aimaient pas entendre dire qu'à Ember les gens avaient des lampes électriques, des chasses d'eau ou encore l'eau courante, froide et chaude. Une fois, alors que Lister Munker, ancien haut responsable des Galeries Souterraines, évoquait le fonctionnement du générateur avec un homme de Sparks, celui-ci l'avait traité de menteur. Outré, Lister avait protesté avant de laisser entendre que Sparks était un endroit relativement arriéré comparé à Ember. L'homme l'avait alors frappé. Il avait fallu cinq personnes pour les séparer.

Mais le pire était la faim dévorante qui rongeait les gens d'Ember. Les familles du village étaient contentes que ces étrangers s'extasient devant leurs fruits et leurs légumes, mais ils étaient aussi inquiets. Leurs conseillers avaient décidé que les nouveaux arrivants devaient être nourris. En conséquence, chaque foyer recevait des rations supplémentaires de nourriture. Mais ces gens-là ne paraissaient jamais rassasiés. Ils finissaient leur assiette jusqu'à la dernière miette, en demandaient une seconde, la finissaient de la même manière puis restaient assis là, l'air affamé. Les villageois s'en offusquaient.

Au marché, Lina avait ainsi pu surprendre des conversations qui en disaient long sur l'état d'esprit qui régnait au bourg.

– C'est trop nous demander, ronchonnait une dame. Et puis ce peuple des cavernes est encore là pour cinq mois ! Est-ce que je vais être obligée de partager avec eux ma récolte de fraises ? Ça me ferait mal…

Une autre était encore plus directe.

– Moi, je voudrais juste qu'ils s'en aillent. C'est déjà

assez dur comme ça de nourrir sa propre famille pour ne pas en plus nourrir une bande d'étrangers.

Lina n'était pas habituée à se sentir indésirable. Et elle n'aimait pas ça. En plus, il y avait de nombreux aspects de la vie ici qui lui déplaisaient. Entre autres la poussière, qui s'accrochait à ses pieds et à ses jambes qui en devenaient brun jaunâtre, ou encore ces minuscules insectes qui n'arrêtaient pas de la piquer, ce qui lui faisait ensuite des boutons rouges sur les bras qui la démangeaient atrocement ou enfin la façon dont le soleil brûlait sa nuque. Cet endroit est loin d'être parfait, aurait-elle voulu déclarer à ces villageois grincheux. En plus, à Ember, il y avait nettement moins de gens méchants et teigneux qu'ici.

Régulièrement, Lina allait en vélo jusqu'au Pionnier pour retrouver Doon. Il paraissait toujours content de la voir, mais ce n'était plus comme avant, quand ils étaient engagés dans la recherche désespérée d'une issue pour échapper à leur cité agonisante. Doon lui faisait visiter l'hôtel, lui parlait de son travail ou des gens avec lesquels il avait déjeuné, mais, le plus souvent, il semblait ailleurs, préoccupé, comme s'il tentait de résoudre un problème dont il ne lui soufflait mot.

Après ces visites, Lina roulait jusqu'à la maison de Mme Hester agitée de sentiments contradictoires. Le Doon d'avant, son partenaire intelligent et intrépide, lui manquait. Mais elle-même se sentait différente ici. Elle ne savait ni comment se comporter ni ce qu'elle devait vraiment faire. Certaines personnes essayaient bien de se montrer gentilles à son égard, mais il s'agissait d'une minuscule goutte d'intérêt dans un océan de défiance. Pour les habitants de Sparks, les gens d'Ember n'étaient que des parasites. Comment pourraient-ils s'installer dans un endroit où l'on ne voulait pas d'eux ?

Mais ce monde était vaste. Il devait bien s'y trouver un lieu pour le peuple d'Ember.

II
Les projets de Tick

A partir du mois de brûlant, la chaleur fut telle que les gens d'Ember avaient le sentiment d'être piégés dans un four géant. Jour après jour, le soleil flamboyait, les herbages séchaient et jaunissaient, les chemins étaient plus poussiéreux que jamais. Les gens suffoquaient, éternuaient et s'affaiblissaient. Tout ce qu'ils voulaient c'était s'étendre à l'ombre ou se plonger jusqu'au cou dans l'eau fraîche de la rivière. Mais il y avait toujours autant de travail. Sous une chaleur féroce, ils charriaient les ordures, nettoyaient l'enclos des chèvres, arrachaient les mauvaises herbes dans les champs ou y épandaient le fumier. Toutes les dix minutes, ils s'affalaient sur le sol pour boire un peu d'eau ou simplement reprendre leurs esprits ce qui avait le don d'exaspérer leurs collègues de Sparks qui les regardaient en ronchonnant. Ils les soupçonnaient de vouloir tirer au flanc, ce qui, pour ne rien arranger, mettait les Emberiens hors d'eux. Le ressentiment augmentait de part et d'autre et le moindre incident pouvait rapidement dégénérer.

Au Pionnier, l'ambiance était de plus en plus sinistre. Au début, c'était plutôt drôle de vivre ici, surtout pour les jeunes enfants qui prenaient un malin plaisir à explorer tous les recoins de l'immense bâtisse, à faire des courses dans les longs couloirs et à organiser de mémorables parties de cache-cache. Lizzie Bosco, elle, préférait aller dans les toilettes pour femmes du rez-de-chaussée où il y avait encore un grand morceau de miroir accroché au mur. Elle pouvait presque s'y voir entière, ce qui était très appréciable surtout quand elle venait de se laver les cheveux à la rivière ou qu'elle avait déniché un morceau de tissu coloré dont elle comptait faire un ruban.

En revanche, pour les anciens, le Pionnier avait vite perdu tout attrait. Ils n'appréciaient pas de devoir dormir sur des matelas improvisés faits d'aiguilles de pin et de fourrage. Ils étaient énervés de devoir aller chercher l'eau à la rivière ou de ne pas disposer de toilettes, mais seulement de latrines extérieures pleines d'odeurs fétides et d'araignées. Ils avaient constamment peur que les bougies mettent le feu et ils voulaient de vraies fenêtres, avec des carreaux, pour se protéger des insectes. Ils étaient arrivés à Sparks depuis pratiquement deux mois, ce qui sous-entendait que dans quatre mois, ils devraient partir. Et, s'ils n'appréciaient guère la vie dans l'hôtel, ils avaient conscience que partir de zéro au milieu de nulle part serait encore pire. Ils s'imaginaient devoir dormir sans toit au-dessus de leur tête, sans protection aucune contre le soleil, les insectes et contraints de gratter le sol pour trouver quelque chose à manger. Cette perspective n'enchantait personne. Dans les sombres couloirs, dans le hall en ruine et sans toit ou dans la poussiéreuse salle de bal, les gens, anxieux, se rassemblaient en petits groupes pour évoquer la situation. Et souvent l'inquiétude se muait rapidement en colère et en peur.

Un seul ne participait jamais à ces conciliabules : Tick Hassler. Au contraire, dès qu'il rencontrait un problème, il tentait quelque chose pour y apporter une solution. Il était ainsi devenu une sorte de leader naturel du Pionnier et, à ce titre, avait entamé, de sa propre initiative, ce qu'il appelait le Programme de Réhabilitation du Pioneer Palace. Il exposait ses idées à quiconque était prêt à l'écouter et, grâce à son talent d'orateur et à son charisme, ses propositions prenaient aussitôt un tour séduisant et amusant.

– Voilà ce que nous allons faire, déclara-t-il un soir en exposant son premier projet.

C'était en fin de soirée d'un jour particulièrement chaud. Il faisait presque nuit. Quelques personnes, espérant pouvoir profiter d'une petite brise, étaient encore assises sur les marches devant l'hôtel. Tick, lui, ne semblait jamais vraiment affecté par la température. En fin de journée, tout le monde était débraillé, trempé de sueur et abattu, sauf lui. Il s'arrangeait toujours pour paraître impeccable, ses cheveux si bien peignés qu'ils en semblaient lustrés, ses bras et ses jambes nus lisses et mats, ses vêtements – un T-shirt et un short noirs – ni froissés ni tachés. Il portait ses lunettes de soleil quasiment en permanence ce qui lui donnait une allure à la fois autoritaire et mystérieuse.

Doon était là le soir où Tick annonça son premier projet. C'était un soulagement, après une dure journée, de se retrouver au milieu d'un groupe de gens gentils les uns avec les autres, un groupe soudé par un objectif commun. Plusieurs élèves de la classe de Doon, à l'école d'Ember, en faisaient partie, d'autres avaient été caristes avec Tick, et d'autres enfin, n'étaient liés ni à Doon ni à Tick. Il y avait aussi des filles, dont Lizzie, qui n'était jamais bien loin de Tick et qui buvait avidement ses paroles quand elle ne filait pas au galop pour faire quelque course pour lui. Elle avait quitté son écharpe noire et donc le deuil de Looper.

– J'ai été triste assez longtemps, avait-elle déclaré à Doon. En plus, Tick trouve que le noir ne me va pas.

En revanche, elle ne quittait plus ses lunettes de soleil.

– Ce qu'on va faire, dit Tick en s'asseyant sur le muret qui bordait les escaliers, c'est nous organiser.

Le buste penché en avant, les coudes sur les genoux, il parlait d'une manière qui vous faisait croire que ses mots ne s'adressaient qu'à vous :

– Il y a beaucoup à faire ici.

L'auditoire, déjà tout acquis à la cause de son mentor, opina du bonnet.

– La première chose dont nous avons besoin, poursuivit Tick, c'est un lieu de rassemblement. L'équivalent de l'hôtel de ville d'Ember. Et quel est l'endroit idéal pour cela ? demanda-t-il en avançant les mains, paumes vers le ciel, dans l'attente d'une réponse.

Personne ne dit mot.

– Ce champ bien sûr ! dit-il en se tournant un bras tendu vers l'immense pelouse qui s'étalait au pied de l'hôtel avec son parterre d'herbes folles, ses arbres décharnés, ses morceaux de plâtre et autres gravats qui traînaient ici ou là. Nous allons tout nettoyer et transformer cet espace en une vaste grand-place, encore plus belle que celle du bourg. Nous pourrons ainsi facilement nous rassembler et nos dirigeants pourront s'adresser à nous depuis ces marches.

– Mais nous n'avons pas de dirigeants, objecta quelqu'un.

– Nous en aurons… un jour, répondit Tick. Dès que nous aurons décidé qui est le plus habilité à remplir cette fonction. Je m'y mets demain. Qui veut travailler avec moi ?

Bien qu'ils aient tous eu une dure journée de labeur, la quasi-totalité de l'assistance leva la main pour se porter volontaire. Doon y compris. Ce n'était pas tant qu'il tînt à nettoyer le champ pour créer un forum – l'utilité d'une telle réalisation lui semblait même bien maigre, vu qu'ils allaient bientôt partir – mais il ne voulait pas être laissé de côté. Quoi que ce fût, il voulait simplement participer.

Le chantier démarra sous les meilleurs auspices. Une petite trentaine de personnes s'attelaient à la tâche chaque soir, arrachant les mauvaises herbes, enterrant les gravats et abattant les arbres. Tick était toujours de la partie, travaillant deux fois plus vite et deux fois plus dur que quiconque et complimentant à l'envi chacun de ses ouvriers. Le travail était dur, mais, en même temps, assez distrayant.

Un soir, Tick rassembla ses troupes et annonça qu'il avait une nouvelle idée.

– Nous allons continuer de travailler dans le champ, dit-il, mais je vais monter une équipe pour entamer un autre chantier. Nous devons construire une plate-forme au-dessus de la rivière. Cela nous permettra d'atteindre facilement la partie la plus profonde. Nous pourrons ainsi nager, attraper du poisson et pourquoi pas, un de ces jours, mettre un bateau à l'eau. Il y a sûrement des tas d'autres endroits à explorer. Qui veut travailler avec moi ?

Bien entendu, tout le monde voulait se rabattre sur ce nouveau projet qui semblait bien plus intéressant que le défrichage du champ, sans compter que tous voulaient travailler aux côtés de Tick.

Une grande partie d'entre eux commença donc à aider à la construction de la plate-forme ou plutôt du ponton, comme Tick tenait à ce qu'on l'appelle. Ils arrachèrent des planches des vieilles remises qui se trouvaient derrière l'hôtel et ils empilèrent des rochers dans la rivière pour fabriquer des supports. Le chantier de la grand-place prit un sérieux retard. Pratiquement plus personne n'y travaillait.

Au fil des semaines, Doon se rendit compte de la nature tous les projets de Tick. Il avait une idée, la proposait à l'assistance qui, invariablement, s'enthousiasmait. Aussitôt, le chantier était mis en branle, mais au bout de quelque temps, Tick avait une nouvelle idée et tout le monde le suivait à nouveau, si bien que le projet précédent passait aux oubliettes. Ce que Tick aimait c'était le frisson de la nouveauté et le sentiment de pouvoir que son rôle de chef lui conférait. L'admiration que Doon lui portait en fut légèrement ternie. Mais après tout, personne n'était parfait et Tick avait, de loin, plus d'énergie et plus d'idées, même si elles n'étaient pas toutes géniales, que la plupart des gens.

En plus de l'aide qu'il apportait aux projets de Tick, Doon avait suffisamment d'idées personnelles pour ne jamais être inactif. Au petit matin, il aidait Clary à entretenir son potager près de la rivière. Il cherchait un moyen de rendre l'arrosage plus facile. Il avait observé une pompe fabriquée par les villageois et qui utilisait la force du courant de la rivière pour pousser l'eau dans les rigoles irriguant les champs. Cette pompe était d'une facture rudimentaire, un trou profond avait été creusé sur la berge au fond duquel se trouvait un système assez simple de tuyaux et de valves. Doon pensait qu'il serait capable d'en construire une semblable.

Le soir, aux derniers rayons du jour, il lisait. Il se rendait maintenant tous les deux ou trois jours dans la salle de l'Ark pour y choisir de nouveaux livres. Au début, sa sélection était le fruit du hasard, il attrapait ce qui était le plus accessible puis, un jour, il eut une bonne idée pour mettre un peu d'ordre dans cette énorme collection. En regagnant sa chambre après le travail, il avait trouvé Edward Pocket debout à côté de la fenêtre, l'air renfrogné et le regard perdu au loin. Edward avait l'air malheureux. Ses mains noueuses serraient les poings et sa bouche se retroussait en un rictus nerveux.

– Vous allez bien ? demanda Doon.

– Oh ça je vais bien, répondit Edward. J'adore rester assis là à ne rien faire tout au long de la journée.

– Vous vous ennuyez.

– Oui ! Trois fois oui ! cria Edward en empoignant des touffes de ses cheveux blancs frisés et en ouvrant la bouche en une grimace démente. Ils disent que je suis trop vieux pour travailler, mais je ne suis pas prêt à prendre racine et à mourir. Je ne veux pas passer mes journées à bavarder ou à dormir, poursuivit-il avec mépris. Mais à quoi pourrais-je les occuper ?

Bien sûr, Doon avait la réponse. Elle était même tellement évidente qu'il se demandait comment il n'y avait pas songé plus tôt.

– Moi je sais exactement ce que vous pourriez faire, dit Doon avant de parler à Edward Pocket des livres de l'Ark.

Maintenant, Edward passait ses journées dans le hangar aux livres. Il inventoriait, classait, organisait et rangeait ces milliers d'ouvrages. Souvent il en choisissait un qui, pensait-il, pourrait intéresser Doon et il le rapportait à l'hôtel. Doon put ainsi se familiariser avec, entre autres, les oiseaux migrateurs, les cow-boys, le basket-ball, les baleines, l'alpinisme, l'histoire de l'Égypte antique, le dressage des chiens, la cuisine française, la mécanique auto et les dinosaures. Edward avait même trouvé un livre intitulé *Cent expériences scientifiques faciles à réaliser*. L'une d'elles visait à créer de l'électricité. La réalisation de l'expérience nécessitait du matériel que Doon ne pouvait pas se procurer, mais il garda le livre quand même, au cas où il trouverait ce dont il avait besoin. Les arrivages des errants pouvaient réserver des surprises...

Dans le même temps, Tick travaillait inlassablement à ses projets. Le ponton ne fut jamais achevé. Le courant de la rivière l'emportait systématiquement. Mais d'autres idées suivirent. L'une d'elles était de hisser au sommet du Pionnier le drapeau d'Ember, que Lottie Hoover, une ancienne employée municipale, avait fourré dans son sac juste avant de courir dans les Galeries Souterraines pour s'enfuir. Doon ne voyait pas l'intérêt de faire flotter l'étendard sur l'hôtel – vu que tout le monde savait bien que c'était le peuple d'Ember qui vivait là – mais il apporta néanmoins sa contribution au projet et scia plusieurs grosses branches d'arbre pour faire un mât. Bientôt le drapeau d'Ember, un quadrillage jaune sur fond bleu roi, flotta sur le Pioneer Palace.

– Ma-gni-fique ! s'exclama Tick en le regardant battre au vent.

Puis, se tournant vers sa suite, il ajouta :

– Nous devons leur montrer que nous sommes fiers d'appartenir au peuple d'Ember. Pour l'instant, ils ont tous les atouts. Le contrôle de la nourriture et le contrôle des équipes de travail. En outre, ils sont plus grands et plus résistants que nous. Mais nous ne devons pas nous arrêter à cela. Si nous voulons qu'ils nous respectent, nous devons d'abord nous respecter nous-mêmes.

Quelques jours plus tard, alors que Doon déambulait sur la grand-place, il remarqua qu'un drapeau flottait aussi au sommet de la tour de la mairie. Il était noir avec une gerbe de points orange qui partait d'un coin. Des étincelles, pensa Doon et il se demanda s'ils avaient ce drapeau depuis toujours ou si quelqu'un l'avait fabriqué et hissé après avoir vu celui du Pionnier.

12
Caspar et sa surprise

Lina était en train de balayer le sol de la cuisine quand elle avait entendu devant la maison le pas sourd et traînant d'animaux de trait. Un cri d'homme n'avait pas tardé à suivre.

– Bonjour tout le monde. Où est-ce que vous vous cachez ?

Pour toute réponse, il y eut un hurlement perçant, le bruit d'une course et enfin les cris haut perchés de Torren.

– Caspar ! Caspar ! Tu es là !

Lina envoya valser son balai et se rua vers la porte. Torren était agrippé au torse d'un homme immensément large qui lui ébouriffait les cheveux et lui donnait de grandes tapes dans le dos. Derrière lui se trouvait son pick-up, aussi imposant que lui. Il était tiré par deux énormes bœufs aux cornes arrondies et qui soufflaient bruyamment au rythme des gonflements de leurs flancs. Le camion regorgeait de caisses, de boîtes et de cageots.

– Alors petit frère, content de me voir ?

– Oui, répondit Torren avant de lâcher enfin la poitrine de son frère pour pouvoir le regarder droit dans les yeux. Tu es parti longtemps cette fois-ci.

– J'ai dû changer mon itinéraire, aller plus loin. Beaucoup plus loin, répondit Caspar. Le travail d'errant devient plus difficile chaque année.

La ressemblance entre les deux frères était frappante, remarqua Lina. Ils avaient tous les deux les mêmes petits yeux et les mêmes cheveux fins et bruns. Mais là où Torren était tout en hauteur, Caspar était tout en largeur. Il avait le visage poupin, avec de bonnes joues roses et un menton rond et brillant. Sans la fine moustache aux pointes relevées de sa lèvre supérieure, on aurait pu croire à un visage de bambin.

Mme Hester, qui ramassait des petits pois, apparut au coin de la maison.

– Alors voyageur, c'est bon d'être de retour à la maison ? dit-elle dans un sourire.

– Ma tante ! cria Caspar en écartant les bras.

Il demeura ainsi pendant que le docteur approchait de lui puis il l'embrassa avec tant d'empressement que les pieds de la guérisseuse quittèrent le sol et leurs chaussons poussiéreux.

– Arrête grand fou, dit-elle le visage écrasé contre l'épaule de Caspar.

– Excuse-moi, j'oublie toujours que tu es aussi légère qu'une plume, dit-il en la laissant retomber.

– Flatteur, tu sais bien que non, c'est juste que tu veux faire étalage de ta force, n'est-ce pas ?

– Ben… C'est vrai qu'il faut du muscle pour être un errant, dit Caspar en serrant le poing et en pliant fièrement son énorme bras. Des choses lourdes à porter, tu sais. Certaines même extrêmement lourdes. Il y a quelques mois, sur les contreforts des Camp Range, je me suis embourbé et j'ai dû soulever l'arrière du pick-up à moi tout seul et à ce moment-là il était chargé de…

Torren n'arrêtait pas de sauter sur place à côté de Caspar.

– Tu m'as ramené une surprise ?

Caspar sursauta, l'air ahuri.

– Une surprise ?

– Oui, comme tu fais toujours. Une surprise rien que pour moi !

– …

Un instant, Lina eut de la peine pour Torren. Il semblait si profondément déçu qu'il aurait pu briser le cœur le plus endurci. Elle eut tout à coup le sentiment que Caspar était plus important pour Torren que l'inverse.

Soudain, Caspar éclata de rire. Le rire le plus incroyable que Lina ait jamais entendu, une sorte de long hennissement aigu et monocorde. Difficile même de l'interpréter comme une manifestation de plaisir.

– Eh bien… Il se trouve qu'effectivement j'ai une surprise, même s'il s'agit plus d'une surprise… Disons… pour tout le monde !

Il se retourna vers le pick-up et appela :

– Tu es là ?

– J'arrive, répondit une grosse voix bourrue.

Puis, de derrière le pick-up, émergea une femme presque aussi massive que Caspar lui-même. Sa silhouette évoquait un tronc d'arbre coiffé d'un tourbillon de cheveux auburn qui tombait en un enchevêtrement inextricable jusqu'à ses épaules. Elle portait un pantalon bleu délavé et une immense chemise brune. Elle les regarda, en souriant légèrement. Ses yeux étaient d'un bleu profond et son regard intense.

– Je vous présente Maddy, dit Caspar. Ma partenaire d'errance.

Torren restait muet.

– Bienvenue, dit Mme Hester en tendant la main.

La grosse femme la serra fermement et la secoua trois fois de haut en bas. En se retournant vers la maison, la guérisseuse aperçut Lina, qui se tenait toujours dans l'embrasure de la porte.

– Caspar, dit-elle en se retournant vers lui, est-ce que tu es au courant de ce qui s'est passé pendant que tu étais parti ? Sais-tu que des gens venus d'une cité souterraine sont arrivés ici ?

– J'ai entendu des histoires à leur sujet, répondit Caspar.

– Lina est une des leurs, dit Mme Hester. Viens Lina.

Lina approcha de Caspar qui lui jeta un coup d'œil en plissant les yeux. Puis il plongea une main dans la poche de son pantalon et en sortit une paire de lunettes un peu tordue qu'il chaussa. Il la regarda ainsi approcher à travers les verres translucides et à moitié fendus. Quand elle fut à sa portée, il lui tendit une énorme main. Lina la serra.

– Sous la terre, hein ? dit Caspar dont les yeux semblaient plus grands et plus ternes derrière ses verres épais. Un genre de peuple taupe ? Mais tu n'as pas de fourrure ! dit-il en lançant une fois encore son rire grotesque. Hih-hih-hih !

Lina eut un petit sourire poli pour cette blague stupide. Visiblement Caspar est un peu cinglé, pensa-t-elle.

– Poppy, la sœur de Lina est là aussi, ainsi que leur tutrice, Mme Murdo.

Pendant tout ce temps, Torren était resté parfaitement immobile. Son visage allongé s'était refermé. Ses yeux ressemblaient à deux pierres minuscules et sa bouche était pincée en un petit rictus tremblant. Il regardait fixement Maddy. Soudain, il explosa.

– Mais c'est moi qui dois être ton partenaire !

Caspar battit des paupières en le regardant, comme s'il avait déjà oublié qu'il était là.

– Toi ? Mais tu es bien trop petit.

– J'ai presque onze ans ! hurla Torren. Je suis bien assez grand.

– Pas tout à fait petit frère, répondit Caspar avant de lancer un large sourire à Maddy qui lui répondit par un long regard impassible.

« C'est un roc », pensa Lina en observant le visage de Maddy qui restait impassible.

Torren fronça les sourcils d'un air mauvais.

– Ne m'appelle pas petit ! cria-t-il avant de tourner les talons et de s'enfuir vers la maison.

Caspar le suivit des yeux en levant légèrement les sourcils.

– C’est dur pour les enfants d’accepter le changement, dit-il, mais il faut bien qu’ils apprennent…

Mme Hester ne laissa pas le silence s’éterniser.

– Nos trois invitées dorment dans le grenier. Elles s’installeront dans le salon tant que tu seras là.

Elle marqua une pause avant de demander :

– Combien de temps comptes-tu rester ?

– Juste une ou deux nuits. Je suis en mission spéciale cette fois-ci, répondit-il d’un air entendu. Je vais en ville.

En ville ? se répéta aussitôt Lina. Quelle ville ?

La guérisseuse sembla avoir deviné sa pensée.

– La ville ? demanda-t-elle. Mais pourquoi diable veux-tu aller là-bas ?

Elle paraissait aussi surprise que si elle entendait pour la première fois quelqu’un déclarer vouloir tenter pareille entreprise.

– A cause de cette mission spéciale, répondit Caspar. Mission secrète.

– Je vois, dit simplement Mme Hester. Bien ! Il est presque l’heure de manger. Emmène tes bêtes à l’étable et rejoins-nous.

Ce soir-là, Caspar monopolisa la parole. Il n’était pas avare de ses exploits d’errant.

– Dans les grandes forêts du Nord, je suis tombé sur de vieilles cabanes qui avaient encore leurs carreaux aux fenêtres. Ça a été un sacré cirque pour les retirer sans les casser. Ça m’a pris quatre jours. Mais je m’en suis sorti. Juste une petite coupure à la main. Il avança alors son immense paume et montra une toute petite cicatrice. Ça saignait sacrément. Ensuite, non loin de Hogmarsh, j'ai trouvé un objet de grande valeur.

En conteur aguerri, il marqua alors une pause et jeta un regard circulaire à l'assistance, un petit sourire au coin des lèvres.

– Qu'est-ce que c'était ? demanda impatiemment Torren qui, pour l'heure, avait oublié toute rancune à l'égard de son aîné.

– Une sculpture antique, répondit Caspar. Elle représente une espèce d'oiseau très rare, avec un long cou et une seule patte. Par endroits, on pouvait encore voir qu'à l'origine, la sculpture était peinte en rose.

Il marqua une nouvelle pause pour laisser le temps à son auditoire de se figurer pareille merveille.

– Oze, répéta soudain Poppy. Oze caca, oze boudin, dit-elle en regardant Caspar et en gloussant sottement.

– Chut Poppy ! dit Lina.

– Ensuite, à Ardenwood, poursuivit Caspar en roulant négligemment sa petite moustache, j'ai dû repousser quelques bandits.

– Des bandits ? hurla Torren. Vrai ?

– Bah, des bandits à la petite semaine. Ils n'avaient même pas d'armes, dit Caspar. En revanche, ce qui est sûr, c'est qu'ils étaient décidés à me dépouiller. Je m'en suis débarrassé en deux temps trois mouvements avec quelques coups de fouet bien placés.

Il battit alors l'air de son bras comme s'il faisait claquer le long fouet de cuir.

– Quoi qu'il en soit, ce fut un mal pour un bien car

non loin de là, j'ai déniché un autre truc précieux : plusieurs boîtes d'authentiques fleurs artificielles datant d'avant le Grand Malheur. Elles sont faites d'un tissu très fin. Et à peine passé.

– Des fleurs artificielles ? ne put s'empêcher de dire Lina qui se demandait pourquoi les gens de Sparks auraient voulu des fleurs artificielles alors qu'ils en avaient des vraies qui poussaient partout.

– Oui, dit Caspar, imperméable aux interrogations de Lina. J'ai le chic pour trouver des trucs incroyables.

Maddy ne participait guère à la conversation. Quand Mme Murdo lui avait poliment demandé si elle aussi appréciait sa vie d'errante, elle avait seulement répondu dans un petit sourire :

– Ça ne me dérange pas. Il y a des métiers bien pires.

Mme Murdo s'attendait à ce qu'elle donnât quelques exemples, mais, apparemment, c'est tout ce qu'elle avait à dire.

Au moment de se coucher, Caspar grimpa l'escalier qui menait au grenier. Il n'avait pas gravi cinq marches que Torren se colla à ses talons. Maddy prit la place de Torren dans le cabinet médical. Elle lança un bref « bonne nuit » à la cantonade puis ferma la porte derrière elle d'un geste volontaire. Mme Hester aida Lina et Mme Murdo à faire les lits sur le canapé et par terre en utilisant des coussins et des couvertures.

– Ça semble intéressant d'être un errant, dit Lina.

– J'imagine, répondit la guérisseuse.

– Caspar a vraiment un don pour trouver des choses incroyables ?

La guérisseuse s'approcha d'elle et lui glissa à l'oreille :

– Il a le don pour faire les mauvaises découvertes, oui ! Il rapporte toujours des trucs que les gens ont déjà et, en revanche, il ne trouve jamais ce dont ils ont vraiment besoin. Des fleurs artificielles, soupira-t-elle avec lassitude. Qu'est-ce que tu veux qu'on fasse avec des fleurs artificielles ?

Une fois les lits installés, elle fit le tour de la pièce éteignant toutes les bougies sauf une.

– Il a toujours été un peu bizarre, ajouta-t-elle. Et on dirait que ça ne s'arrange pas. Il y met du sien pourtant… Ça on ne peut pas dire. Il a même de grandes ambitions… Il voudrait bien devenir un errant célèbre. Il ne sait pas qu'il a déjà une solide réputation dans la confrérie… Mais peut-être pas celle qu'il espérait.

Elle tendit la dernière chandelle à Lina et quitta la pièce d'un pas lourd.

Le jour suivant fut aussi étrange que déplaisant. Caspar s'assit dans le gros fauteuil pour raconter ses aventures tandis que Torren s'agitait autour de lui, pendu à ses lèvres et posant mille questions. Lina écouta aussi pendant un moment. Elle était curieuse et voulait en savoir plus sur le métier d'errant. Cela semblait passionnant. Et pourquoi ne pas devenir une errante elle-même ? Mais elle se lassa rapidement. Il lui paraissait que Caspar n'en disait jamais suffisamment à propos des plus intéressants de ses périples. Elle voulait savoir à quoi ressemblaient les régions lointaines, les anciens immeubles ou encore tout ce qu'on pouvait trouver dans ces immeubles, mais Caspar se contentait de raconter comme il avait été brave et intelligent pour trouver toutes ces choses qu'il rapportait et quelles blessures il y avait gagnées.

Maddy n'écoutait pas Caspar. Elle passait le plus clair de son temps dans le jardin, où, immobile et silencieuse, les bras croisés sur son gros ventre, elle contemplait les plantes. De temps à autre, elle arrachait une feuille, ou une fleur, la faisait rouler entre ses doigts puis la portait à son nez pour en respirer le parfum. A un certain moment, elle demanda à Lina comment on appelait telle plante.

– Je ne sais pas, répondit Lina. Je n'en connais que quelques-unes.

– Alors tu en sais déjà plus que moi, dit Maddy en lui lançant un sourire inattendu.

Mis à part ces quelques mots, elle n'avait pratiquement rien dit à personne. Elle ne semblait ni fâchée, ni triste, seulement perdue dans son propre monde. Lina se posait beaucoup de questions à son sujet, mais était trop timide pour en formuler une seule.

Au bout d'un moment, probablement fatigué de raconter des histoires, Caspar chassa Torren, s'installa à table et sortit des morceaux de papier de sa poche. Il les étala devant lui et se pencha pour les examiner. Son comportement, jovial et vantard, changea soudain du tout au tout. Il promena son doigt sur les signes qui noircissaient les bouts de papier où il écrivit aussi quelques mots à l'aide d'un petit stylo ventru. Ce faisant, il fronçait les sourcils, grognant et marmonnant dans sa barbe une suite de mots semblant tout droit sortis d'un improbable sabir aux oreilles de Lina qui ne saisissait que d'occasionnelles suites de chiffres dans son charabia.

– Mmmbgl bbllbble 3578, disait-il. Trmmbm schch fflunnph 44209.

Elle se plaça derrière lui et leva la tête pour essayer de voir la table. Après tout, elle avait l'expérience des documents déchirés et les bouts de papier difficiles à déchiffrer. Mais Caspar se tortillait pour l'empêcher de voir. Devant son insistance, il lui lança un regard noir et plaça ses mains au-dessus des bouts de papier.

– Confidentiel ! grogna-t-il. Reste à l'écart.

Torren n'avait pas le droit de voir non plus, aussi prit-il place sur le rebord de fenêtre pour bouder.

Vers le milieu d'après-midi, la guérisseuse débarqua en trombe, l'air encore plus exténué que d'habitude. Un des pans de sa chemise maculée de sang pendait hors de sa ceinture.

– Je n'ai plus de pansements propres. Lina, est-ce que tu en as préparé ? J'en ai besoin. Tout comme j'ai besoin d'une bouteille d'extrait de lavande. Non, je ferais mieux d'en prendre deux, dit-elle en se précipitant dans le cabinet.

Lina avait totalement oublié les pansements. Elle se rua dans la cuisine, attrapa des chiffons dans le panier, les déchira en lanières et les apporta au docteur qui, agenouillée par terre, fourrageait dans un coffre.

– Je vais également avoir besoin de cataplasmes à la

moutarde. Va dans le verger me ramasser des fleurs de moutarde. Beaucoup. Prends aussi les feuilles et les racines. Je veux la plante entière.

Elle trouva enfin les bouteilles d'onguent dont elle avait besoin, les fourra dans son sac à côté des bandages et sortit aussi vite qu'elle était entrée.

Un profond sentiment d'abattement submergea Lina. Elle n'avait aucune envie de ramasser des plants de moutarde. Il faisait bien trop chaud. La chaleur était caniculaire. Elle en avait assez de cette fournaise, d'avoir la nuque trempée de sueur sous son épaisse chevelure, de sentir ses vêtements collés à son dos. Et puis elle en avait marre des corvées. Elle sortit dans la cour en traînant des pieds. Les semis du docteur se desséchaient dans leurs pots. Elle parvint péniblement jusqu'à la pompe, remplit un seau d'eau et éclaboussa chaque plante avachie puis elle s'assit à l'ombre de la vigne, sous la fenêtre, le dos appuyé au mur et fit le tour de tout ce qui clochait.

Elle était en colère contre Mme Hester, qui lui donnait trop de choses à faire et, pour autant, ne lui témoignait pas le moindre signe de reconnaissance une fois que c'était fait. Elle était également en colère contre Mme Murdo pour avoir refusé de déménager au Pionnier. Et puis elle se sentait seule. Les gens qu'elle connaissait lui manquaient. Elle regrettait tout spécialement la relation qu'elle avait avec Doon, quand tous deux cherchaient ensemble le moyen de quitter Ember. Aujourd'hui, il semblait plus préoccupé par ses nouveaux amis que par elle. Chaque fois qu'elle pensait à lui, une sourde douleur l'envahissait, comme si elle avait un bleu, quelque part, près du cœur.

Venant de la fenêtre juste au-dessus de sa tête, elle entendit la voix sonore de Caspar.

– Pas maintenant ! Je dois organiser mon planning. J'ai besoin de calme.

Immédiatement après, la porte s'ouvrit avec fracas et Torren sortit en trombe. Il lança un regard furieux à Lina, mais ne desserra pas les lèvres. Il passa la porte du jardin en courant et s'élança à toutes jambes sur la route. « Lui aussi est furieux, pensa Lina. Tout le monde est furieux. »

A l'intérieur, la voix de Caspar se fit à nouveau entendre. Incroyablement proche. Il parlait à Maddy, qui avait certainement dû entrer par la cuisine. Lina réalisa alors qu'ils étaient devant la fenêtre, juste au-dessus d'elle.

– Nous partirons après-demain, dit Caspar. Tôt.

– Hum, hum, répondit Maddy de sa grosse voix grave.

– Toutes ces histoires à propos des microbes qui traîneraient encore là-bas, c'est de la foutaise, poursuivit Caspar. Tous ces microbes sont morts depuis longtemps.

– Tu as raison, ça ne fait aucun doute.

Ils parlaient de la ville ! Lina s'immobilisa complètement et tendit l'oreille.

– Mais les gens parlent aussi d'autres dangers, dit Caspar. Des bandits et tout ça. Ça ne me fait pas peur.

– Bien sûr que non, dit Maddy.

– Et puis de toute façon, même s'il y a des risques, ils valent la peine d'être courus. Tu connais le but de notre mission.

– Tu parais bien sûr de ton coup. Tu es certain qu'on va le trouver ?

– Évidemment que je suis sûr, pas toi ?

La réponse consista en un simple bougonnement.

Ils s'éloignèrent alors de la fenêtre et elle ne les entendit plus. C'est Maddy qui parla ensuite. Lina ne pouvait pas saisir tout ce qu'elle disait, mais elle put toutefois saisir les mots « c'est loin ? » et dans la réponse de Caspar « toute la journée ». Elle entendit ensuite des bruits de pas qui montaient l'escalier du grenier puis, plus rien.

Lina restait immobile. Sa colère s'était envolée, d'autres pensées se bousculaient maintenant dans sa tête. Elle revoyait les images de l'étincelante ville lumière qu'elle avait si souvent dessinée. Une ville dont elle n'avait jamais douté de l'existence. Et voilà que Caspar comptait s'y rendre. Ce n'était plus dangereux d'y aller et ce n'était qu'à une journée de voyage.

Bien sûr, elle savait que la ville dont Caspar parlait avait subi de lourds dommages lors du Grand Malheur. La jolie ville scintillante qu'elle avait imaginée était sûrement une image venue du passé, d'une période antérieure au GM. Elle tenta de corriger mentalement sa vision de la ville : certaines tours devaient être effondrées et leurs fenêtres devaient être brisées. Des gravats jonchaient sûrement les rues. Les toits des immeubles étaient certainement affaissés.

Une idée l'obsédait : peut-être que le peuple d'Ember était destiné à restaurer cette ville. Peut-être que leur grand œuvre – et la véritable raison de leur venue dans ce nouveau monde – était de reconstruire la ville, de s'y installer pour qu'elle retrouve son lustre d'antan et corresponde ainsi à nouveau aux flamboyantes visions de Lina.

C'était une si belle idée ! Cette nuit-là, elle s'étendit dans son lit en y repensant et plus elle y pensait, plus elle était sûre qu'elle allait se réaliser, et plus son impatience grandissait.

13
Le temps de l'action

Un soir, lors d'une promenade solitaire autour de l'hôtel, Doon se retrouva du côté le plus reculé de l'immeuble, là où poussaient de gros arbres et où le sous-bois était épais. Il se fraya un chemin dans la forêt jusqu'à un fourré de ronces emmêlées les unes aux autres comme du fil barbelé. De petits fruits bosselés, certains rouges, d'autres noirs, poussaient sur ce buisson. Doon avait déjà découvert que les rouges étaient durs et acides mais que si on les laissait mûrir, ils devenaient noirs et sucrés. Il était revenu inspecter les ronces régulièrement. Chaque jour, il y avait davantage de fruits noirs. Ce jour-là, il y avait plus de baies noires que de rouges. Il se mit à les ramasser, sans oublier d'en goûter quelques-unes – elles étaient juteuses et sucrées. Il remplit ainsi le panier qu'il avait emporté pour les rapporter à ses colocataires de la 215.

Il entendit des pas derrière lui. Une voix, qu'il reconnut immédiatement, hélait son nom dans le sous-bois.

– Doon !

Il se retourna et aperçut Tick qui arrivait à grandes enjambées, son éblouissant sourire aux lèvres.

Doon, qui s'était accroupi pour cueillir les mûres qui se trouvaient près du sol, se redressa.

– Regarde ce que j'ai trouvé, dit-il en tendant une poignée de fruits à Tick.

Celui-ci en prit une et la fit sauter dans sa bouche. Il écarquilla les yeux de surprise.

– Incroyable ! dit-il avant de prendre le reste des fruits dans la paume de Doon. Alors, poursuivit-il. Tu vas nous sauver une nouvelle fois ?

– Nous sauver ? répéta Doon déconcerté.

– Oui, de la famine. Tu es le héros d'Ember, je crois qu'il est temps pour toi de nous sauver une fois encore.

Doon était troublé d'avoir été qualifié de héros. Il se demandait si Tick l'admirait sincèrement ou s'il voulait seulement le taquiner un peu. Il ne savait quoi répondre.

Tick avança la main vers le massif et cueillit quelques fruits.

– C'est bon. Ça te dérange si j'en prends quelques-unes pour moi ?

– Elles ne m'appartiennent pas, répondit Doon, tout le monde peut en prendre.

Tick contourna alors le massif en arrachant une série de mûres qu'il fourra immédiatement dans sa bouche.

– Tu connais la bâtisse qu'ils appellent l'Ark ? déclara-t-il bientôt sans cesser sa cueillette.

Doon acquiesça.

– Déjà entré à l'intérieur ?

– Non. Seulement dans une pièce séparée, au fond du bâtiment. Il y a des livres là-dedans. Tu devrais voir ça... Il doit y en avoir des milliers.

Tick ne fit aucun commentaire à propos des livres.

– Moi j'y suis entré l'autre jour. On m'avait demandé d'y porter un cageot de betteraves. Cet endroit est leur entrepôt, tu sais. Ils disent qu'ils n'ont pas de nourriture. Bah ! Tick éclata alors d'un rire bref qui ressemblait à un aboiement. Cet endroit est rempli de nourriture.

– Vraiment ?

– Si je te le dis, répondit Tick en gobant trois baies. Il y a des bocaux de fruits au sirop, des sacs de fruits secs et toutes sortes de cornichons et de légumes en saumure. Il y a aussi de pleins sacs de céréales. Des tonnes et des tonnes de nourriture. Alors qu'ils nous donnent des carottes à moitié blettes pour notre dîner. Moi je crois plutôt qu'ils sont radins.

Doon fronça les sourcils, revoyant son père, la veille, qui, consterné, contemplait la portion congrue dont il était supposé se contenter. Il repensa à ce qu'Ordney avait déclaré au déjeuner, la semaine précédente : « Nous n'avons pas assez pour quatre cents personnes supplémentaires. » Avait-il tout simplement menti ?

Tick s'était déplacé de quelques pas et avait mis la main sur un carré où les fruits abondaient. Il les cueillait rapidement, les mangeant tous. La bouche pleine il déclara :

– Je ne sais pas ce que tu en penses, mais moi, personnellement, j'ai horreur de l'injustice.

– Moi aussi, répondit Doon.

Puis il s'approcha de Tick et lui offrit la poignée de fruits qu'il venait de cueillir. Il les prit tous.

– Je trouve que l'injustice doit être réparée, dit Tick.

– Comment ?

– C'est ce que nous devons trouver, répondit Tick en essuyant sur son pantalon ses doigts maculés de pulpe rouge.

Nous, répéta Doon mentalement. Il appréciait sa façon de parler car bien qu'il ait cessé de s'investir systématiquement dans les projets de Tick, il admirait toujours son énergie et son autorité. Il était content qu'il soit venu le chercher et fier qu'il le considère différent des autres, plus intelligent et plus important.

– Tu as raison, dit Doon. On devrait faire quelque chose.

Tick secoua la tête.

– Je ne fais pas confiance aux gens de Sparks, dit-il. Tu sais qu'ils font du feu en cognant deux pierres ensemble ?

– Tu plaisantes ? s'étonna Doon qui n'avait jamais vu quelqu'un qui allumait un feu pour la simple et bonne raison qu'il n'allait que très rarement dans les cuisines. Il savait que le feu du fournil brûlait en permanence. Il avait vu des gens s'y rendre pour remplacer les bougies. Ils n'ont pas d'allumettes ?

– Ils en utilisent parfois, dit Tick, mais pas souvent. Les allumettes semblent être une denrée rare.

– On devrait leur en donner des nôtres, lança Doon.

Tous les habitants d'Ember s'étaient munis des allumettes qui se trouvaient avec les bateaux. Ils en avaient des centaines.

– Je ne pense pas, dit Tick en un souffle. On en a besoin. On doit les garder pour nous.

Doon se demanda pourquoi puisqu'ils en avaient plein, mais il se figura aussitôt que les allumettes devaient entrer dans les projets de Tick.

– Alors, tu marches avec moi ? demanda Tick.

– Sûr, répondit Doon avant de marquer un temps d'arrêt. Mais quel est ton plan ?

– L'action, dit Tick. Toi, tu as bien choisi d'agir quand l'urgence s'est présentée. Eh bien, on risque d'être obligés de passer à l'action à nouveau, et très bientôt.

Doon ignorait toujours ce que Tick avait en tête. Néanmoins il ne posa pas d'autres questions. Tick avait le don de vous faire sentir qu'il avait déjà donné toutes les réponses qu'il était disposé à donner.

– Très bien, dit Doon. Je suis avec toi.

– Parfait, dit Tick en lui tendant la main.

Après la poignée de main, Tick eut un large sourire et partit.

Doon le regarda s'éloigner et traverser le champ en bondissant. Il se perdit ensuite dans ses pensées – un entrepôt rempli de nourriture, la radinerie des gens de Sparks, leur déloyauté, trouver quelque chose, tu marches avec moi… Quand il revint à lui, il baissa les yeux sur ses mains et sursauta car elles étaient pleines de sang. S'était-il coupé dans les ronces ? Il mit un moment à se rendre compte que ce qu'il prenait pour du sang n'était autre que du jus de mûre qu'il avait recueilli sur sa main en serrant celle de Tick.

Lina avait élaboré un plan. Elle allait se cacher pendant une journée au milieu du chargement de caisses et de cageots qui encombraient le pick-up de Caspar et voyager ainsi jusqu'à la ville. Elle trouverait sûrement sans peine un moyen de rentrer. Nombre d'errants devaient emprunter cette route.

Bien sûr, elle aurait pu simplement demander à Caspar si elle pouvait venir avec lui. Mais elle était certaine qu'il refuserait. Il avait quelque chose d'important à faire, il ne souhaiterait sûrement pas s'embarrasser d'elle. Il valait mieux y aller en cachette. Une fois qu'elle aurait vu la ville, elle saurait s'il s'agissait de l'endroit destiné au peuple d'Ember. Elle était sûre qu'elle le saurait au premier coup d'œil. Ensuite, il lui suffirait de sauter du pick-up et de trouver un moyen pour rentrer. Caspar ne s'apercevrait même pas de sa présence.

Le lendemain, elle arracha une page blanche dans un des livres de la guérisseuse et écrivit :

Chère Madame Murdo,

Je suis partie avec Caspar et Maddy. Je serai de retour dans deux jours, peut-être trois. Je dois en savoir plus à propos de quelque chose d'important.

Et puis, j'ai besoin d'un peu de changement.
A bientôt.

Bisous, Lina.

Son idée était d'attendre la nuit, quand Mme Murdo serait endormie et de glisser le mot entre les pages d'un vieux livre qui tombait en lambeaux mais qu'elle persistait à vouloir lire. Le livre s'appelait *La Toile de Charlotte.* Il y avait une araignée en couverture. Elle demandait constamment à Lina d'y jeter un œil, mais celle-ci répondait qu'elle ne s'intéressait pas tant que ça aux araignées – c'était plutôt un sujet pour Doon. Mme Murdo ne lisait que le soir, Lina disposerait ainsi d'au moins une journée d'avance avant qu'on s'aperçoive de sa disparition.

Malgré tout, quelques doutes persistaient dans son esprit. D'abord, Mme Murdo allait s'inquiéter pour elle. Ensuite, elle allait manquer à Poppy. Enfin, elle n'aimait pas vraiment Caspar et ne lui faisait aucune confiance. Elle était consciente que Maddy et lui seraient très fâchés s'ils s'apercevaient qu'elle était venue avec eux. Elle s'embarquait pour un voyage risqué. Mais toutes les choses importantes comportaient des risques, n'est-ce pas ? Et elle avait déjà pris des risques énormes auparavant, quand Ember se mourait et cela s'était avéré payant. Ce serait sûrement encore le cas cette fois-ci. Elle était si certaine que la ville était le but final de leur exode et elle était si déterminée à la voir de ses propres yeux qu'elle balaya les derniers doutes, se disant qu'elle allait vivre une nouvelle aventure et qu'elle s'en sortirait bien.

Le matin suivant, elle se leva avant le soleil et rampa précautionneusement hors de son lit, installé par terre. Poppy ne fit pas un mouvement, pas plus que Mme Murdo, qui dormait sur le canapé. Dans la quasi-obscurité de la pièce, elle s'habilla et sortit de sa cachette, dans le renfoncement de la fenêtre, le sac qu'elle avait préparé la veille. Elle glissa son mot dans le livre puis, son balluchon sur l'épaule, ouvrit la porte sans faire le moindre bruit et sortit dans la cour.

Le pick-up attendait de l'autre côté de la clôture, prêt à partir. Les bœufs n'y étaient pas encore attelés. Ils étaient à l'étable, au bout de la route et seraient amenés par l'employé de l'écurie au moment du départ.

Lina monta à l'arrière du pick-up. Le fond en métal était couvert de gravier et d'herbes sèches. Le plateau était chargé de quatre gros tonneaux, de deux bicyclettes attachées ensemble, d'une caisse pleine de pots et de seaux et de quatre grosses caisses en bois à claire-voie. Ces caisses étaient plus hautes que Lina et mesuraient environ deux mètres sur deux, presque comme des petites cases. Trois d'entre elles étaient remplies d'objets à vendre, mais la quatrième était vide, son contenu avait été vendu à Sparks. C'est là qu'elle se cacherait.

Y pénétrer fut facile. Elle jeta d'abord son balluchon à l'intérieur puis grimpa le long de la paroi en utilisant les lames de bois comme s'il s'agissait d'une échelle puis elle sauta à l'intérieur. Le bois était rugueux et plein d'échardes, mais elle avait prévu cette éventualité et s'était munie d'une petite couverture, qu'elle avait prise sur son lit. Elle l'étendit au fond de la caisse et s'y allongea, la tête posée sur son balluchon. Elle était sûre que si elle restait allongée là sans bouger, personne ne remarquerait sa présence.

Et elle avait raison. Environ une heure plus tard – elle n'était pas certaine du temps qui s'était écoulé mais pouvait maintenant sentir la chaleur du soleil dont les rayons chauffaient son dos à travers les lattes de la caisse – elle entendit claquer le loquet du portail puis des voix. D'abord celle de Torren.

– Mais... Je pourrais être utile ! gémissait-il en larmoyant. Je te promets ! Je sais faire des nœuds... Et puis je pourrais...

– Maintenant ça suffit, répondit Caspar. Tu ne viens pas avec nous. Mets-toi ça dans le crâne. Même s'il est un peu dur ça doit entrer. Tu n'es pas assez grand. L'errance est une affaire d'homme. Pas de petit garçon.

– Mais elle, elle part bien, se lamenta-t-il en désignant Maddy.

– Bien sûr. Mais ce n'est plus une enfant. C'est ma partenaire.

Lina sentit une vive secousse. Le coffre contenant les affaires personnelles de Caspar et Maddy venait d'être chargé à bord.

– Voilà Jo qui amène les bœufs, dit Caspar. Pile à l'heure.

Le pick-up couina, grinça et trembla quand les bœufs y furent attelés. Lina entendit à nouveau retentir le loquet du portail puis la voix de Mme Hester qui demandait :

– Quand reviens-tu cette fois ?

– Dans peu de temps.

Le pick-up tangua dangereusement. C'était Caspar qui s'installait au poste de pilotage.

– Je pense que je serai de retour dans quelques mois. On a une longue route à faire.

– C'est moi qui devrais la faire avec toi ! cria Torren. Je t'assure que tu vas regretter de ne pas m'avoir emmené. Je vais le dire ! Je vais le dire à l'oncle !

– Je doute que ça l'intéresse, répondit Caspar en gloussant. Il est bien trop occupé. Il l'a toujours été d'ailleurs...

Il y eut un coup de fouet. Caspar lança un dernier « salut, petit frère », et le pick-up s'ébranla.

Deuxième partie :
Errants et guerriers

14
Torren pique sa crise

Durant toute la journée qui suivit le départ de Caspar et Maddy, Mme Murdo se demanda où était Lina. La guérisseuse l'avait-elle envoyée faire une course ? Non. Torren savait-il où elle était ? La réponse était que non seulement il l'ignorait mais qu'en plus c'était le cadet de ses soucis. Pensant que Lina était allée au Pionnier pour voir Doon, Mme Murdo se résolut à s'y rendre. Elle marcha jusqu'à l'hôtel, interrogeant tous ceux qu'elle croisait, mais personne ne l'avait vue. Toujours sans nouvelles le soir venu, Mme Murdo se fit un sang d'encre.

Elle trouva le mot dans le livre un peu plus tard cette nuit-là, alors qu'elle était déjà couchée. Elle se renfrogna à sa lecture. Cela ne lui semblait pas une bonne idée. C'était une de ces réactions impulsives et irréfléchies – et certainement dangereuse – dont Lina avait le secret. Mme Murdo descendit au rez-de-chaussée, frappa à la porte de Mme Hester et lui montra le mot.

– Ne peut-on pas lancer quelqu'un à sa recherche ? Pour la ramener à la maison ? demanda-t-elle.

La guérisseuse secoua la tête.

– Ils ont une journée d'avance. Quand bien même vous trouveriez quelqu'un disposé à y aller, il ne les rattraperait jamais.

Mme Murdo retourna se coucher et essaya de dormir, se disant que Lina avait déjà surmonté de nombreuses épreuves, affronté de nombreux dangers et qu'elle s'en était toujours bien tirée. Mais cela ne l'empêcha pas d'avoir le plus grand mal à trouver le sommeil.

Le lendemain matin, au petit déjeuner, Torren demanda où était Lina. Mme Murdo lui raconta ce qu'elle savait. Elle n'avait pas fini sa phrase qu'il avait bondi de sa chaise et, de rage, jeté son morceau de pain sur la table.

– Elle est partie avec eux ? hurla-t-il. Elle est partie avec Caspar ?

– Calme-toi, répondit Mme Hester.

– Non, beugla Torren. Je ne me calmerai pas ! Je la déteste ! Je déteste tous ces gens des cavernes ! Pourquoi a-t-il fallu que vous débarquiez ici ? Pour nous pourrir la vie ?

D'un furieux revers de main, il renversa la tasse de thé de Mme Murdo et donna un coup de pied à la chaise qu'il venait de quitter et qui bascula sur le sol. Il courut hors de la maison. En regardant par la fenêtre, Mme Murdo le vit traverser la cour en trombe et passer le portail.

– Il est jaloux, dit la guérisseuse. Il veut Caspar pour lui tout seul. Dieu seul sait pourquoi.

– Ce garçon a grand besoin d'attention, répondit Mme Murdo. Je doute qu'il se soucie de savoir qui lui en donne.

– Vous avez sûrement raison, ajouta Mme Hester légèrement déstabilisée.

Torren courut sur la route qui longeait la rivière, bouillant de rage. C'est lui qui aurait dû être assis à côté de Caspar, pas la grosse Maddy et encore moins cette imbécile de fille des cavernes. C'était sa place. C'était à lui de rouler en pick-up, pour apprendre à devenir un errant. Mais Lina l'avait mystifié et était partie en cachette à sa place. Il la haïssait pour ça. C'était la pire chose qui lui soit arrivée de toute sa vie.

Il courut longtemps, ses pieds martelant le sol poussiéreux, ses poings battant furieusement la mesure de sa foulée, le visage mouillé de larmes rageuses. Quand il s'arrêta enfin, hors d'haleine, il avait dépassé le champ de tomates, non loin de l'éolienne où il se trouvait le jour où le peuple des cavernes avait surgi sur la colline. Il se souvint de sa première impression en les voyant : un horrible nuage d'insectes descendant vers le village.

Maintenant, ce peuple des cavernes était installé ici comme s'il devait rester toujours. Ils mangeaient la nourriture qui aurait dû revenir aux gens de Sparks, portaient les vêtements que ces derniers leur avaient gentiment donnés et déambulaient dans les rues du village comme s'ils étaient chez eux. Torren voulait qu'ils partent.

Il avança à pas lourds au milieu des plants de tomates, fouettant l'air de ses poings serrés.

– Partez d'ici ! Dégagez ! cria-t-il comme si Lina et tous les Emberiens étaient là pour l'entendre.

Son esprit s'embrasait. L'image de Caspar assis sur le pick-up avec Maddy d'un côté et Lina de l'autre revenait sans cesse devant ses yeux et chacune de ces visions était comme un coup de poignard planté dans son ventre.

Si seulement il pouvait mettre la main sur une de ces bombes géantes qu'ils avaient dans le temps ! Il l'imaginait d'une taille à peu près équivalente à celle d'une pastèque. Il en larguerait une sur Lina. Boum ! Elle volerait jusqu'au pick-up de Caspar et s'écraserait en plein dessus, les faisant tous exploser. Ensuite il en larguerait une sur le Pionnier. Pouf ! Ça raserait l'hôtel et tous ses habitants. Fini le peuple des cavernes. Il mourait d'envie de lancer cette bombe. Il pouvait presque sentir son contact dans ses mains.

Il était maintenant arrivé au bout des rangées de tomates, dans le coin où se trouvait une remise aux parois peintes à la chaux. Des cageots de tomates, prêts à être distribués, étaient entassés à côté. Sans réfléchir, Torren attrapa une tomate dans la première cagette et la lança sur le mur de la remise. Elle explosa. Un jus rouge coula le long du mur blanc. Son geste lui avait procuré un tel plaisir qu'il le renouvela aussitôt. Dans un accès de rage, il ramassa les tomates les unes après les autres, les lançant de toutes ses forces, splash, splash, splash, jusqu'à ce que la fenêtre se brise en mille morceaux, que le mur ne soit plus qu'une longue coulée de jus de tomate et qu'un tas de fruits déchiquetés souille le sol.

Il s'arrêta. Reprit son souffle. Qu'est-ce que les fermiers diraient quand ils verraient ça. Deux cageots de tomates réduites en bouillie. Ils seraient sûrement très en colère. Mais comment sauraient-ils que c'était lui ? Personne ne l'avait vu.

C'est à cet instant que l'idée prit forme dans l'esprit tourmenté de Torren. Une excellente idée. Il sourit en y pensant. Il lança une dernière tomate, visant le trou sombre, ceint de longs éclats de verre, qui défigurait la fenêtre. En plein dans le mille. Il entendit avec joie quelque chose se renverser à l'intérieur du cabanon, tourna les talons et se remit à courir. Mais pas jusque chez lui.

Ce matin-là, quand Doon traversa le bourg pour se rendre à son travail, Mme Murdo l'attendait au bord de la route. D'un geste de l'index, elle lui fit signe d'approcher. Il quitta les rangs de la colonne d'ouvriers et alla à sa rencontre.

– Lina est partie, dit-elle. Je pensais qu'il fallait que tu le saches.

– Partie ? Mais où ?

– Lis ça, lui répondit-elle en sortant un bout de papier de sa poche de chemise.

Doon parcourut rapidement le petit mot de Lina puis se gratta le nez, pensif. Il se souvenait bien que, l'autre jour, elle lui avait dit quelque chose à propos de ces gens, Caspar et Maddy. Mais quoi au juste ? Il tenta de se rappeler, puis baissa à nouveaux les yeux sur le billet.

– Elle parle de quelque chose d'important. Qu'est-ce que ça peut être ?

Mme Murdo haussa ses frêles épaules :

– Parfois elle a de drôles d'idées.

Doon remarqua que, même si elle n'en disait rien, elle était inquiète.

– Bah, elle dit qu'elle sera de retour dans deux ou trois jours. Ce n'est pas si long, ajouta-t-il sur un ton qu'il aurait voulu rassurant.

– D'accord, mais ce qui me semble étrange, c'est qu'en partant, Caspar a dit qu'il ne reviendrait pas avant plusieurs mois.

Doon se renfrogna. Qu'est-ce que Lina fabriquait avec cet errant ? Il ne comprenait pas. En même temps, il ne voulait surtout pas inquiéter davantage Mme Murdo.

– Elle a sûrement prévu un moyen pour rentrer, dit-il en lui rendant le mot.

– Certainement, ajouta brusquement Mme Murdo en repliant le morceau de papier et le glissant dans sa poche. Pas la peine de s'inquiéter. Je lui dirai de passer te voir dès qu'elle rentrera.

Et ils se séparèrent. Mme Murdo prit la direction de la maison de la guérisseuse, Doon celle des champs. Il marchait lentement afin de se laisser le temps de réfléchir. Il était fâché contre Lina. Comment avait-elle pu être assez stupide pour se lancer seule à la découverte d'un monde inconnu en compagnie de deux étrangers ?

Pourtant, d'une certaine manière, il n'était pas surpris. Lina aimait l'inconnu. Elle était toujours avide de découvrir de nouveaux endroits, c'est comme ça qu'à Ember elle s'était retrouvée sur le toit de l'Hôtel de Ville lors de son premier jour d'affectation en tant que messager. La même curiosité l'animait quand ils étaient descendus ensemble dans les Galeries Souterraines. Elle désirait probablement explorer les environs de Sparks et dès qu'elle aurait satisfait sa curiosité, elle rentrerait.

Mais Doon était également fâché contre Lina pour une autre raison, qui n'avait rien à voir avec sa sécurité. Il était vexé qu'elle soit partie sans lui. Pendant toute la période où ils avaient tenté de trouver une issue hors d'Ember, ils avaient été complices. Aujourd'hui, elle était partie seule en le laissant. Il était contrarié. Et blessé. Intérieurement, il admit que, récemment, il ne s'était pas vraiment comporté avec elle comme un véritable ami le ferait. Peut-être qu'il l'avait blessée en attachant autant d'importance à Tick. Mais elle n'aurait pas dû douter qu'elle restait son alliée pour les projets essentiels. Si elle avait une raison valable pour partir à l'aventure sur le pick-up de Caspar, pourquoi ne lui avait-elle rien dit ? Et pourquoi ne lui avait-elle pas demandé de venir avec elle ?

Perdu dans ses pensées, le menton baissé, il se dirigea ainsi d'un pas lent et traînant, vers le champ de tomates, frappant de temps en temps le sol poussiéreux avec sa semelle tellement il était énervé. Aussi ne remarqua-t-il qu'au dernier moment l'agitation qui régnait du côté de la remise. Tout le monde était rassemblé autour de la cabane à outils et Chugger, le chef d'équipe, visiblement hors de ses gonds, hurlait à pleins poumons. Doon hâta le pas pour voir ce qui se passait.

– Foutu ! Tout est foutu ! criait Chugger. Deux cageots entiers ! Réduits en bouillie ! Qui a fait ça ? Et le mur de la remise couvert de cochonneries ! Et la fenêtre cassée !

Il lança un regard furieux au groupe d'ouvriers.

– Est-ce que quelqu'un sait quel est le dingue qui a fait ça ?

Personne ne dit mot. Doon regardait avec horreur le gâchis qui s'étalait sur le mur. C'était sanguinolent, comme si on avait écrasé là des animaux et non des tomates. Il pouvait presque sentir la rage de celui qui avait fait ça.

– Je n'aime pas ça, dit Chugger d'un air sombre. Rien de semblable ne s'est jamais produit ici avant que vous n'arriviez. Je veux que tout soit nettoyé illico. Murs lessivés, fenêtre réparée, cochonneries enlevées. Au boulot !

– Écoutez, dit une voix dans le groupe de travailleurs.

Doon se retourna pour vérifier. C'était bien Tick.

– Ce n'est pas nous qui avons fait ça. Pas la peine d'être trop dur avec nous.

Chugger pivota brusquement.

– Qui d'autre alors ? Qui d'autre que l'un de vous, toujours à rechigner et à vous plaindre ?

– Mais nous venons d'arriver. Comment aurions-nous pu faire ça ? demanda quelqu'un.

– En plus, jamais nous ne ferions une chose pareille, cria quelqu'un d'autre. Jamais nous ne gâcherions de la nourriture !

De plus en plus de protestations s'élevaient dans le groupe. Doon ajouta sa voix au concert de plaintes.

– Ce n'est pas un des nôtres. C'est impossible !

Chugger, les pieds plantés dans le sol, se contentait de lancer des regards noirs à la foule. Finalement, il éructa :

– Silence ! Et au travail !

L'instant d'après, Doon entendit quelqu'un arriver en courant dans son dos. En se retournant, il vit Torren qui traversait le champ à toute allure en hurlant de sa petite voix stridente et haut perchée.

– J'ai tout vu ! criait-il en agitant les bras. Hier soir j'étais là et j'ai tout vu !

Il se fraya rapidement un chemin au milieu du groupe de travailleurs et se planta devant le chef d'équipe, hors d'haleine, ses petits yeux fous allant dans tous les sens.

– J'ai entendu des cognements sourds. « Boum, boum, boum. » Je me suis approché en douce pour voir... Et j'ai vu !

– Quoi ? demanda Chugger. Qu'est-ce que tu as vu ?

– J'ai vu qui a lancé les tomates ! J'ai vu qui a fait tout ça et qui a brisé la fenêtre !

Il se tenait droit comme un i, le menton relevé, ses bras maigrelets tendus le long de son corps. Il tremblait d'excitation. D'un œil inquisiteur, il passa en revue le groupe de travailleurs.

– C'était lui, hurla-t-il de sa voix suraiguë en désignant Doon sans la moindre hésitation. C'est lui qui a jeté les tomates. Je l'ai vu !

Doon était si choqué qu'aucun son ne sortait de sa bouche. Immobile, bouche bée, il fixait simplement Torren. Autour de lui, plusieurs personnes prirent sa défense.

– Ce n'est pas lui, dit quelqu'un. Il ne pouvait pas se trouver là. Et même s'il avait été là, il n'aurait jamais fait une chose pareille.

– Absolument, ajouta quelqu'un d'autre. Jamais il ne ferait un coup de ce genre.

Mais Chugger lui avait déjà empoigné le bras. Le tirant à part, il demanda :

– Qu'est-ce que tu as à dire pour ta défense ? C'est toi qui as fait ça ?

Doon secoua la tête.

– Non. Non. Ce n'est pas moi. Ce garçon ment.

– Et pourquoi ferait-il ça ? Pourquoi prendrait-il la peine de débarquer de si bonne heure pour t'accuser ? Juste pour raconter un mensonge ?

– J'en sais rien, répondit Doon.

Chugger relâcha son bras en lui donnant une puissante secousse.

– A partir de maintenant, je t'aurai à l'œil, dit-il.

– Mais pourquoi ? demanda Doon. Ce n'est pas moi qui ai fait ça.

– Et comment puis-je en être sûr ? C'est ta parole contre la sienne, dit Chugger. Et lui, c'est l'un des nôtres.

15
Une longue route brûlante

Lina demeurait étendue au fond de sa caisse, parfaitement immobile, ou plutôt aussi immobile que les cahots du pick-up dans les ornières du chemin le lui permettaient. Les yeux fixés sur l'espace entre les deux lames de bois les plus basses de la caisse, elle voyait juste assez pour se repérer. D'abord, ils avaient pris la route longeant la rivière puis avaient contourné les faubourgs du village. Occasionnellement, elle entendait quelqu'un saluer Caspar et ce dernier rendre la politesse. Maddy ne disait rien d'audible.

Bientôt, on n'entendit plus aucune voix. Le soleil cognait le dos de Lina, qui commençait à avoir très chaud et à trouver la situation atrocement inconfortable. Elle paria donc qu'elle pouvait sans crainte changer de position et s'asseoir. Les grincements des roues du chariot étoufferaient tout bruit éventuel et elle se trouvait suffisamment loin à l'arrière du plateau pour que Caspar et Maddy ne la voient pas bouger. Elle s'étira et jeta un œil à l'extérieur. Le pick-up était perdu au milieu d'une vaste étendue parfaitement déserte, couverte d'une herbe jaunie par le soleil. Pas de maisons, personne. Le vide total, immense, absolu. Elle n'avait jamais imaginé qu'un endroit pût être si vaste.

Dans l'après-midi, aidée par la chaleur et par le roulis régulier du véhicule – et aussi parce qu'il n'y avait strictement rien d'autre à faire – Lina s'assoupit. Quand elle rouvrit les yeux, elle comprit immédiatement que le soir approchait. L'air était plus frais et le soleil si bas dans le ciel qu'il ne rentrait plus dans la caisse de bois que par les côtés.

Elle avait une crampe à l'estomac, en partie due à la faim (elle n'avait pas pensé à emporter de la nourriture avec elle) et plus encore à la peur. Ils devaient être proches de la ville. Mais que ferait-elle en arrivant ? Et que ferait Caspar quand il la trouverait ?

Le pick-up ralentit, puis s'immobilisa. Caspar et Maddy mirent pied à terre.

– Cet endroit m'a l'air parfait, dit Caspar. En tout cas, il y a de l'eau.

– Ça me semble parfait à moi aussi, ajouta Maddy.

– Je vais conduire les bêtes au ruisseau.

Lina perçut ensuite une série de cliquetis métalliques et de petites tapes sur les bêtes qui indiquaient que Caspar dételait le pick-up, suivie du pas lent et régulier des animaux qui s'éloignaient.

Mais que faisait Maddy ? Lina entendit un bruit de pas puis des bruissements dans l'herbe et puis, plus rien. Il fallait qu'elle bouge. Elle avait des crampes aux jambes et une vive douleur au dos.

Précautionneusement, elle se leva. Elle posa le pied

sur la première planche de la caisse, puis la seconde et, quand elle fut assez haut pour voir au-dessus de la caisse, la première chose qu'elle vit fut Maddy, assise par terre, le dos contre un arbre, à un mètre ou deux de l'arrière de la remorque, qui la fixait.

– Eh bien, dit Maddy. Regardez qui est là !

Lina était pétrifiée.

Maddy se releva péniblement et avança vers le plateau. Elle portait sur Lina un regard à la fois perplexe et amusé.

– Que diable fais-tu ici ?

– Je veux voir la ville, répondit Lina.

– Est-ce que tu sais qu'il faut cinq jours pour y aller ? Comment comptais-tu t'en tirer, toute seule dans ta caisse ? Tu pensais vraiment passer inaperçue pendant tout ce temps ?

– Cinq jours ? Mais je croyais qu'il ne fallait qu'un jour !

Maddy secoua la tête en faisant la moue.

– Qu'est-ce qu'on va faire de toi ?

– Je ne sais pas, répondit Lina secouée par un grand frisson.

Elle n'aurait jamais dû venir.

Il y eut un long silence avant que Maddy ne reprenne la parole :

– Écoute, si tu es certaine de vouloir y aller, pour ma part je ne vois pas d'inconvénient à ce que tu viennes avec nous.

– Oui je veux venir, répondit Lina bien qu'elle n'en soit plus tellement sûre.

– Bien. Tant mieux. Parce qu'il semble que, de toute façon, tu n'aies plus vraiment le choix, dit Maddy en souriant.

Son sourire n'était pas inamical, mais il semblait dire aussi « dans quel pétrin nous voilà fourrés ».

– Bon, ne bouge pas, finit-elle par dire. Je reviens tout de suite.

Et elle partit de son pas lourd.

Lina suivit Maddy des yeux tandis qu'elle se dirigeait vers un carré d'herbe verte bordé d'arbres courts qui marquaient sans doute le bord d'un ruisseau. Près des arbres se trouvaient Caspar et les bœufs. Partout autour, le paysage était le même que celui qu'elle avait aperçu le matin : une immense plaine légèrement vallonnée, recouverte d'une herbe mordorée, qui s'étendait à perte de vue dans toutes les directions. Une monotonie seulement rompue par quelques arbres d'un vert profond dont la silhouette arrondie, évoquant celle d'un champignon, se dessinait çà et là sur la ligne d'horizon. Le pick-up était arrêté à côté de trois d'entre eux. Leurs feuilles étaient pleines de poussière, leurs troncs épais et noueux. A l'Ouest, le soleil était passé derrière les collines, rendant le ciel écarlate. Bien que l'air fût encore chaud, Lina frissonna. Elle se rassit dans sa caisse et se recroquevilla, passant ses bras autour de ses genoux. Non loin de là, un oiseau chantait. On aurait dit une berceuse.

Puis, soudain, on entendit des bruits de pas lours et l'éclat de voix de Caspar qui se rapprochait. Il frappa du poing sur la caisse.

– Sors de là !

Lina escalada la paroi, sauta sur le plateau et attendit.

– Descends ! ordonna-t-il sur un ton qui ne souffrait pas la discussion.

Elle s'exécuta.

–Alors comme ça on a un passager clandestin à bord. Qu'est-ce que tu cherches ? A nous causer des ennuis ? Tu trouves ça marrant ?

– Non, répondit Lina. Je veux voir la ville.

– Et pourquoi ça ?

Un air soupçonneux passa sur le visage de Caspar.

– Que sais-tu de la ville ?

– Rien, répondit Lina.

Elle n'allait tout de même pas raconter ses visions à Caspar, encore moins ce qu'elle avait imaginé pour le peuple d'Ember.

– Je veux juste la voir, ajouta-t-elle évasive.

– Eh ben, c'est embêtant. Et puis d'abord pourquoi est-ce que je t'y emmènerais ? Pourquoi est-ce que je m'encombrerais d'une bouche à nourrir et, qui plus est, d'un jeune à surveiller ? Ton voyage s'arrête ici ma petite. Tu peux retourner d'où tu viens.

– Une seconde, l'interrompit Maddy. Écoute ce que j'ai à dire avant de prendre une décision. Après tout, elle pourrait nous être utile.

– Ne sois pas ridicule, répondit Caspar en tapant dans ses mains comme pour clore définitivement le débat.

– Et pourtant, elle pourrait nous être utile, ajouta Maddy. Quand tu cherches quelque chose dans un endroit en ruine, il faut parfois explorer des espaces confinés, être capable de se faufiler sur des tas de gravats, en marchant tout doucement pour ne pas tout faire s'écrouler. Pas la peine que je te fasse un dessin, n'est-ce pas ? Et, dans ces conditions, quelqu'un de léger et de petit peut aller dans des endroits inaccessibles pour nous.

Caspar fit un pas en arrière sans cesser de toiser Lina de son regard noir. Elle se fit toute petite, tentant par tous les moyens de paraître légère et menue.

– Quant à la nourriture, déclara Maddy, elle peut partager la mienne.

– Ridicule, répéta Caspar sans quitter la fille des yeux.

Lina voyait qu'il réfléchissait.

– Allez, Caspar… Emmenons-la. De toutes façons, on n'a guère le choix. La seule autre possibilité, c'est de l'abandonner toute seule ici, dit Maddy avant de se tourner vers Lina et d'ajouter : si l'on t'emmène, il faudra que tu travailles pour nous, que tu fasses ce qu'on te demande.

– Très bien, répondit Lina même si elle avait des doutes.

Peut-être qu'il serait préférable d'abandonner son projet et d'essayer de retourner à Sparks d'ici. Mais comment ferait-elle ? Elle ne retrouverait jamais son chemin. Et puis les Espaces Vides l'effrayaient, elle ne tenait pas à se retrouver seule au milieu de ces immensités sauvages qui l'effrayaient.

– Mais comment je ferai pour rentrer ? Vous me ramènerez ?

– Tu aurais dû y penser avant de t'embarquer. C'est ton problème, ma petite. Pas le nôtre. Puis, se tournant vers Maddy, il ajouta : n'est-ce pas collègue ?

– Pour sûr, répondit-elle sans hésiter. Maintenant, installons le camp pour la nuit. La première chose qu'il nous faut, c'est du petit bois. Viens, Lina, on va en chercher.

Lina la suivit jusqu'au bosquet d'arbres. Quand elles furent arrivées, Maddy s'accroupit et fit signe à Lina d'approcher.

– Ne t'inquiète pas, dit-elle tout bas. Tu as fait une grosse bêtise en venant ici, mais je ferai en sorte qu'il ne t'arrive rien. Je me débrouillerai aussi pour te trouver un moyen de rentrer à la maison.

Puis elle se redressa et reprit son air martial :

– Maintenant, ramasse des brindilles sèches, quelques branches et des touffes de paille.

Elles retournèrent ensuite près du pick-up, les bras chargés de bois. Là, Maddy creusa un petit trou dans le sol avec le talon de sa chaussure puis y disposa les plus petites brindilles en formant un vague carré. Au-dessus, elle en plaça quelques-unes plus épaisses et encore au-dessus quelques petites branches. Elle fourra ensuite plusieurs poignées de foin à la base de la petite construction de bois.

Jusque-là, Lina ne comprenait pas ce qu'elle faisait. Mais, quand elle sortit de sa poche un petit paquet emballé dans un bout de tissu qu'elle ouvrit avec précaution pour en extraire un petit bâtonnet à un bout bleu, elle comprit. Elle ne put réprimer une légère crainte et fit un pas en arrière.

– Tu as déjà vu ça ? demanda Maddy en tendant une allumette.

– Oui.

– Eh bien, tu as de la chance car elles sont très rares.

Elle gratta l'allumette sur un caillou. Le bout bleu s'embrasa. Elle la porta ensuite jusqu'à la paille qui grésilla un court instant avant qu'une belle flamme ne s'élève.

– Approche, demanda Maddy. Il faut qu'on le protège du vent pour être sûr qu'il parte.

Mais Lina resta là où elle était, les yeux fixés sur le feu. Une petite flamme dansait au milieu du tas de branches. Elle léchait les échardes des brindilles, s'y agrippait et les enflammait. Le grésillement se changea en sifflement puis en crépitement. Les flammes montaient, grossissaient, toujours plus haut, toujours plus puissantes puis, une fois encore, l'espèce de main orange émergea du brasier, avec ses doigts crochus. Elle se tendit dans les airs, dansant de manière imprévisible, à la recherche d'une proie éventuelle, s'approchant d'elle.

Lina recula en trébuchant. Elle ne voulait pas paraître effrayée. Maddy et Caspar ne l'étaient nullement. Ce dernier était même assis tout près du feu, l'alimentant avec de l'herbe sèche et des brindilles. Mais aux yeux de Lina c'était comme si les flammes hurlaient un message qui lui était personnellement destiné : va-t-en, cours ! Aussi restait-elle à bonne distance du foyer, trois ou quatre mètres, les yeux fixés sur le feu et le cœur battant la chamade. Avec la complicité du vent, un épais ruban de fumée vola jusqu'à elle. Le respirer lui procura un désagréable picotement dans la gorge.

Au bout de quelques minutes, Maddy finit par remarquer son appréhension.

– Approche, Lina. Viens plus près ! Il ne te fera pas de mal.

Lina ne l'écouta pas. Jamais ses jambes n'auraient accepté de la porter un pas de plus en direction du brasier sifflant et pétaradant. Il ne faisait peut-être aucun mal à Capsar et Maddy, en revanche, elle était persuadée que si elle-même s'en approchait, l'infernale main orange tenterait forcément de tendre ses doigts vers elle, d'accrocher une mèche de cheveux ou un vêtement, et que tout son corps prendrait feu.

– Je suis bien là… Je n'ai pas envie d'être plus près.

Caspar explosa de rire tandis que Maddy se releva, au prix d'efforts toujours aussi importants, et approcha.

– Mais ! Tu trembles, dit-elle après avoir pris Lina dans ses bras. Ça ne fait rien… Après tout, tu n'es pas obligée d'approcher si tu n'y tiens pas.

Ensuite elle alla jusqu'à la remorque et en revint avec ce qu'ils appelaient « le cake du voyageur », un petit gâteau un peu moins gros que le poing dont les ingrédients étaient un parfait mystère pour Lina, mais que Caspar et Maddy piquaient consciencieusement au bout de longues tiges de bois pour les rôtir ensuite au-dessus des flammes.

– Tu dois aimer ça pour être un véritable errant, lança Capsar. Leur principale qualité, c'est qu'ils se gardent bien. On en a besoin pour affronter ces grandes étendues où il n'y a pas un truc à manger à des kilomètres.

Ils étaient secs et insipides, mais Lina avait trop faim pour se préoccuper de pareil détail. Elle mangea le sien debout et se lécha même les doigts quand elle l'eut fini.

Ensuite, elle se demanda où ils allaient dormir. Il n'y avait pas de place sur le pick-up. Elle en déduisit qu'ils allaient sûrement devoir dormir par terre. Il faisait très sombre maintenant et une petite brise s'était levée. Dans le lointain, elle entendit le bruit d'un animal, un « Yip, yip, yip ! » suivi d'une longue plainte inquiétante, reprise en chœur par tout un groupe.

– Qu'est-ce que c'est ? demanda-t-elle un peu inquiète.

– Des loups, répondit Maddy. Ils sont en chasse. Mais ne t'inquiète pas, ils sont loin.

Lina frissonna. Ici, l'obscurité se doublait d'immensité peuplée de choses effrayantes. A Ember, en dehors des périodes de black-out, tout le monde était bien au chaud et bien en sécurité dans son lit quand le noir survenait. Lina n'était absolument pas habituée à passer la nuit dehors. Elle eut une pensée pour Mme Murdo qui, en ce moment même, devait monter l'escalier menant à la chambre du grenier dans la maison de la guérisseuse. Elle se faisait sûrement du souci pour elle. Lina pouvait presque entendre

Poppy répéter « Wyna ? » avec cet incroyable accent tonique qu'elle mettait dans ses mots dès qu'elle posait une question. Ni l'une ni l'autre n'aurait pu l'imaginer là, perdue au milieu de nulle part, avec le ciel comme unique abri.

Maddy prit plusieurs couvertures dans le pick-up et les déroula sur le sol. Elle en installa deux près du feu et offrit la troisième à Lina.

– Tiens ! Mets-la où tu veux.

Lina s'avança pour prendre la couverture. Le moment que choisit Caspar pour lancer une grosse branche dans le feu. Une gerbe de braises et d'étincelles jaillit du foyer. Certaines, prises par le vent, volèrent sur le côté. Lina recula d'un bond, mais quelques braises avaient déjà atterri sur sa chaussette. Elle battit la semelle frénétiquement sur le sol ce qui n'eut pour effet que d'aviver le petit tison qui s'était immiscé dans la trame de la chaussette et qui rougeoyait un peu plus à chaque nouveau mouvement brusque. Elle sentit une féroce morsure sur sa cheville.

– Non ! hurla-t-elle. Enlevez-la moi !

Prise de panique, elle leva la jambe et agrippa frénétiquement sa cheville, pétrifiée par le spectacle de sa chaussette fumante. Elle aurait certainement détalé en courant si Maddy ne l'en avait empêchée en bloquant le passage et en la saisissant fermement dans ses bras énormes. Lina immobilisée, elle se pencha sur sa cheville et posa la main sur le point brûlant. Quand elle la retira, c'était fini, le tison était éteint.

En revanche, la douleur était toujours là. Maddy retira la chaussure et la chaussette de Lina puis versa un peu d'eau froide sur la brûlure. Mais ce ne fut pas d'un grand secours et, toute la nuit, Lina resta blottie sous sa fine couverture, serrant les dents à cause de la douleur… et aussi pour se maudire d'avoir entrepris un voyage aussi désastreux.

16
L'errant sauvage

Le lendemain matin, après le petit déjeuner, qui consistait en quelques prunes accompagnées d'un grossier morceau de pain, ils se remirent en route. Maddy avait aménagé un espace, à l'arrière du pick-up, où elle avait étalé les couvertures sur lesquelles ils avaient dormi entre deux caisses de bois. Lina pouvait ainsi s'allonger et même laisser pendre à l'extérieur sa jambe blessée. Elle avait toujours mal ce matin. Une plaie rouge vif ornait sa cheville. Pourtant, après quelques instants au pas paresseux des bœufs, tandis qu'une bonne odeur de rosée matinale montait du sol de la prairie, Lina se sentit à nouveau bien et contempla nonchalamment les paysages qui défilaient dans le sillage du pick-up : quelques flancs de massifs rocheux, quelques arbres, émergeant du paysage comme des pieux hirsutes plantés dans le sol, et, surtout, des étendues d'herbages roussis par le soleil longues comme le ciel.

Il en fut ainsi les quatre jours suivants. Le soir, ils cherchaient un endroit près d'un ruisseau, et, quand ils l'avaient trouvé, installaient leur bivouac. En chemin, ils croisèrent beaucoup d'autres errants, comme eux à bord de pick-up tractés par des bœufs. Qu'ils soient allés dans leur direction ou qu'au contraire ils en viennent ne changeait rien au fait que chaque rencontre était l'occasion d'un arrêt et d'une discussion, parfois même de quelques trocs de nourriture. Caspar posait systématiquement des questions au sujet de la ville, mais peu de ceux qu'ils croisèrent y étaient allés. Et les quelques errants qui étaient en mesure de répondre à ses questions secouaient obstinément la tête quand il leur demandait s'ils y avaient trouvé quelque chose d'intéressant.

– C'est une perte de temps d'aller là-bas, disaient-ils systématiquement. Ne te fatigue pas !

La plupart de ceux qu'ils rencontrèrent avaient passé leur temps à fouiller et à chiner dans les banlieues. De ce qu'elle en entendit, Lina conclut qu'il s'agissait de pauvres villes inhospitalières, établies dans l'entourage immédiat de la métropole.

Dans la journée, Caspar et Maddy ne lui adressaient pas la parole. Aux environs de midi, ils arrêtaient le pick-up et prenaient quelque chose dans le coffre à nourriture qu'ils avaient emporté avec eux. Au début ce furent des fruits secs, mais, rapidement, le stock s'épuisa, après quoi ce fut cake du voyageur à tous les repas.

Dès que Caspar avait rempli son ventre, il s'allongeait sur le sol et ronflait. Maddy faisait alors un signe à Lina et toutes deux allaient silencieusement s'asseoir un peu plus loin, généralement à l'ombre d'un de ces arbres qui étendent leurs branches à l'horizontale et font comme un auvent. Elles s'asseyaient alors dans l'herbe soyeuse et contemplaient le ciel à travers les branches. De temps à autre, la brise qui balayait la terre, leur apportait un parfum de chaume et de terre brûlée par le soleil.

Le deuxième jour, après le déjeuner, Lina demanda à Maddy d'où elle venait.

– Un endroit atroce, se contenta-t-elle de répondre.

– Atroce dans quel sens ?

– Petit, froid et pauvre. De minuscules maisons faites de vieilles planches, une mauvaise terre pour la culture, jamais assez à manger. Une communauté qui s'étiolait.

– Ça veut dire quoi s'étioler ?

– Ça veut dire dépérir, s'affaiblir, en un mot mourir. Là-bas, tout allait de mal en pis, à cause de la maladie, de la faim et du malheur. Les gens se détestaient. Beaucoup partaient. L'endroit d'où je viens allait s'éteindre, moi je voulais être quelque part où ça s'allumait.

– Notre ville aussi était en voie d'extinction, renchérit Lina avant de lever les yeux vers ce ciel incroyablement bleu en repensant à celui d'Ember, d'une noirceur absolue, une noirceur que plus un seul rayon de lumière ne venait contrarier car, à l'heure qu'il était, tout avait dû s'éteindre.

– Moi, dans ma ville, il n'y a plus une seule personne, dit-elle enfin.

– Sparks est un endroit qui est en train d'émerger. Il prospérera s'il surmonte les coups durs.

– Les coups durs ?

– Oui, comme soudain avoir quatre cents personnes à accueillir, si tu vois ce que je veux dire…

– Oh oui, je vois, ajouta Lina en se remémorant les conflits et les luttes intestines qui agitaient le village ainsi que toutes les autres raisons qui l'avaient poussée à partir.

Soudain, son cœur se serra.

– Mais, peut-être que le temps qu'on revienne, tous ces ennuis seront oubliés ?

– Peut-être, répondit Maddy. En tout cas je l'espère car Sparks est un bien meilleur endroit que celui d'où je viens.

– Je commence à comprendre pourquoi vous souhaitiez tant le quitter.

– Tu l'as dit. Au point de le quitter en compagnie d'un imbécile.

– Un imbécile ?

Maddy fit un petit signe de tête en direction de Caspar, toujours endormi.

– Tu es à ses côtés uniquement parce qu'il te permettait de fuir ? demanda Lina en chuchotant.

Maddy acquiesça, d'abord en silence, puis ajouta :

– Les errants ne visitaient quasiment jamais notre minuscule colonie, principalement parce que nous n'avions rien à échanger. Caspar était le deuxième errant que je croisais… Et je pensais qu'il pouvait aussi bien être le dernier. Alors j'ai décidé de tenter ma chance.

– Tu ne pouvais pas partir seule ?

– J'y ai pensé. Mais je ne connaissais rien, ni aux pistes ni aux emplacements des autres colonies. Et comment me serais-je nourrie ? Bref, j'ai manqué d'audace pour me lancer seule dans l'aventure.

– Mais, intervint Lina intriguée, quand nous étions à Sparks, tu aurais très bien pu rester là-bas. Tu n'étais pas obligée de continuer à errer avec lui.

– C'est certainement ce que j'aurais fait si je ne lui avais précédemment promis que je l'accompagnerais dans cette tournée… Et, autant que possible, j'essaie de tenir parole.

Cet après-midi-là, alors que le pick-up ondulait le long des collines, Lina repensa aux endroits finissants et aux endroits commençants, à ceux qui grandissaient et à ceux qui disparaissaient. Ceux-là, elle en avait déjà eu son compte. Ce qu'elle voulait c'était se trouver dans un endroit qui commence. Peut-être que les habitants allaient tous entreprendre quelque chose ensemble en ville… Sinon ? Bah, elle aurait toujours bien le temps d'y penser, le moment venu.

La seconde nuit, ils s'arrêtèrent à proximité d'une ville en ruine. Il n'en restait presque plus rien, mais on voyait bien que, dans le passé, des centaines de maisons s'étaient dressées là. Les fondations de béton, en partie recouvertes par la végétation, étaient encore bien visibles, de part et d'autre de rues incurvées. Çà et là, une cloison ou une cheminée était encore debout. Caspar avait garé le pick-up juste devant la première rangée de ruines. Maddy était alors passée à l'arrière et avait ouvert le coffre contenant leurs réserves de nourriture, qui s'amenuisaient un peu plus chaque jour et devenaient dangereusement réduites. Ils étaient garés à côté d'un fossé où coulait un filet d'eau. Elle était verdâtre et pleine d'écume, mais Lina la but tout de même. De toutes façons, c'était ça ou rien.

Caspar semblait particulièrement ronchon. Son visage rougeaud était trempé de sueur et couvert de traces de boue et ses yeux brillaient d'un éclat inquiétant. Il avait oublié de rouler la pointe de ses moustaches qui tombaient pitoyablement au coin de sa bouche. Il enfonça le bras dans le coffre, en sortit un cake du voyageur si rassis qu'il s'émiettait entre ses doigts puis jeta un regard noir à Maddy.

– Qu'est-ce qui t'arrive ? lui demanda-t-il, légèrement agressif. Tu n'es guère causante ces temps-ci.

– Je ne suis jamais causante, répondit calmement Maddy.

Caspar planta furieusement ses dents dans le cake.

– C'est comme voyager avec une souche, dit-il. Moi qui pensais que tu serais un bon compagnon de route…

Maddy ne répondit pas, continuant à mâcher sereinement son gâteau, le regard perdu sur l'étendue de maisons en ruine. Lina la regarda et lui trouva un charme qu'elle ne lui avait jamais vu. Le dos bien droit, le menton un peu relevé, il émanait d'elle une grande assurance. Elle semblait invulnérable. Les traits du visage bien dessinés, le regard sûr, il n'y avait pas une once d'instabilité chez elle.

Caspar en faisait la douloureuse expérience, réalisant soudain qu'elle était plus compliquée qu'il ne l'avait cru.

Le troisième jour, à la tombée de la nuit, ils virent au loin un point noir, sans doute un pick-up, arriver vers eux. Ils se trouvaient sur une longue route toute droite au milieu d'un paysage de prairie ponctué par quelques arbres, quelques constructions et quelques anciennes clôtures partiellement enfoncées. Des volées d'oiseaux, rassemblées près du sol, montaient parfois dans les airs, virevoltant dans une série d'improbables virages avant de piquer à nouveau vers le sol. Loin devant eux, le point noir se rapprochait si lentement que c'était presque imperceptible. Pourtant, environ vingt minutes plus tard, les deux pick-up étaient presque face à face.

Derrière Caspar et Maddy, Lina se leva pour mieux voir. Cet errant avait l'air bien misérable. Il n'avait qu'un seul bœuf, un animal à poils longs qui portait une selle et, sur son pick-up, il n'y avait que deux caisses de transport et non quatre, comme sur celui de Caspar. Le conducteur était presque aussi hirsute que son animal. Il avait de longs cheveux et sa barbe brune pendait comme s'il portait un bavoir de poil sur la poitrine. Quand il arriva près d'eux, il se mit debout sur son engin, abritant ses yeux d'une main, pour mieux les observer.

– Attention à celui-là, bougonna Caspar. Il pourrait aussi bien s'agir d'un bandit. Il a l'air dangereux... Et mauvais.

Arrivé à une dizaine de mètres de leur attelage, le conducteur tira sèchement sur les rênes. Le bœuf vira à quatre-vingt-dix degrés, entraînant la remorque avec lui, et bloquant ainsi le passage. Lina n'aurait su dire si le chauffeur avait fait cela intentionnellement ou non car ses gestes étaient saccadés, comme ceux de quelqu'un qui ne va vraiment pas bien. Il sauta de son pick-up et se plaça devant sa remorque, la tête tellement rentrée dans les épaules qu'elles arrivaient jusqu'à ses oreilles. Ses yeux brillaient au milieu de la touffe de poils qui lui recouvrait le visage. Il les attendit là, sans un mot, sans un geste.

Caspar arrêta le pick-up, puis se leva. Légèrement penché en avant, il hurla :

– Tire-toi de mon chemin, pauvre minable loqueteux ! Bouge le sac à puces qui tire ta poubelle !

L'errant fit quelques pas vers eux, puis il ouvrit grand la bouche – un grand trou noir dans la toison qui cachait son visage. Mais aucun mot n'en sortit. Lina pouvait voir la nuque de Caspar prendre des teintes cramoisies.

– J'ai dit, dégage de mon chemin ! hurla-t-il en saisissant son fouet et en le faisant claquer dans les airs à un mètre du visage de l'homme qui émit une sorte de mugissement, puis continua à avancer en titubant.

Tout s'était passé très vite. Le cœur de Lina bondissait dans sa poitrine. Cet homme pouvait-il être un bandit ? Allait-il les attaquer ? D'instinct, elle s'accroupit derrière une caisse, observant anxieusement le déroulement de la scène à travers les claires-voies.

Caspar leva à nouveau son fouet.

– Approche encore et je te déchire en lambeaux.

Mais, avant qu'il ne lance le premier coup, Maddy avait attrapé son bras.

– Attends, lui ordonna-t-elle.

Caspar tenta de se libérer, mais elle l'agrippait si fermement qu'il vacilla, perdit l'équilibre, et se retrouva à nouveau assis.

– Pourquoi n'essaies-tu pas de voir ce qu'il veut au lieu de le frapper avant ?

Caspar se tortillait toujours pour échapper à Maddy, mais elle était forte et visiblement décidée à ne pas lâcher prise. Elle réussit même à lui arracher le fouet des mains. D'un bond, elle mit pied à terre et, sans cesser de défier du regard l'inconnu planté à quelques mètres de leur capot, elle alla se poster en travers de son chemin.

– Que veux-tu ? lança-t-elle, les mains fermement posées sur ses hanches dont la largeur, à elle seule, constituait un rempart.

L'errant recula d'un pas. Lina remarqua à quel point il était sale. Ses mains et ses pieds étaient noirs de saleté. Il bredouilla quelque chose.

– Quoi ? coupa Maddy en se penchant dans sa direction.

Il marmonna autre chose.

Maddy se retourna vers Caspar, qui était lui aussi descendu du pick-up et qui maintenant approchait, le poing serré.

Il dit qu'il n'a plus de cakes. Elle fit une rapide volte-face et ajouta :

– Depuis combien de temps tu n'as pas mangé ?

L'homme regarda ses mains. Il avait de longs ongles dégoûtants. Ses doigts furent pris de tremblements.

– Trois jours, bredouilla-t-il. Que des miettes... Trois jours...

– Eh ben mon vieux, si tu t'attends à ce qu'on joue les livreurs, tu te fourres sérieusement le doigt dans l'œil.

– On peut bien faire l'économie d'un ou deux cakes, coupa Maddy sur un ton qui se voulait conciliant. Le visage rouge vif de Caspar lui répondit :

– Non, madame, on ne peut pas ! Car je vous rappelle que nous sommes en mission spéciale, d'une importance capitale, et que nous avons besoin de nos réserves pour la réussir. Point barre.

– Il peut avoir un des miens, lança Lina qui, de son abri, avait pris fait et cause pour Maddy.

– Non ! trancha Caspar pivotant sur lui-même en un éclair. Et à toi aussi, je rappelle que tu vas avoir besoin de toutes tes forces.

– Ne sois pas ridicule, sourit Maddy.

Pour toute réponse, Caspar avança les bras et la poussa suffisamment pour qu'elle perde l'équilibre.

– T'occupe ! Remonte dans le pick-up ! Puis, se retournant vers l'errant :

– Quant à toi, enlève ton épave de mon chemin si tu veux rester entier.

L'errant répondit par un étrange chuintement, un son que Lina n'avait jamais entendu chez aucun être humain, un long souffle rauque, comme s'il crachait un torrent de feu au visage de Caspar. Il cracha ainsi deux fois puis il tourna les talons et se précipita vers son vieux pick-up. Il tira sur les rênes de son bœuf qui avança de quelques pas, juste assez pour que le leur puisse passer derrière.

– Cherche pas mon pote... Tu ferais mieux de lâcher l'errance si tu ne sais pas te nourrir ! lança encore Caspar en le dépassant.

Il fit claquer une dernière fois son fouet dans la direction du malheureux et poursuivit sa route.

Après l'incident, Lina sauta dans une caisse et demeura un moment immobile, la tête entre les genoux. Elle était horrifiée par cette sinistre apparition de la faim, du dénuement et de la crasse. Comment avait-il pu se retrouver dans cet état ? Est-ce que c'était de sa faute ? Était-il fou ? Et puis Caspar aurait tout de même pu lui donner un petit quelque chose ou bien étaient-ils si à court que donner la moindre miette pouvait vraiment leur faire défaut plus tard ? Son estomac se rappela à son souvenir. Elle eut un léger haut-le-cœur, mais ignorait s'il était dû à la faim ou au spectacle auquel elle venait d'assister.

Cette nuit-là, son sommeil fut agité. Lors d'un de ses réveils, alors qu'elle écoutait la nuit en essayant de se rendormir, elle entendit les bœufs qui bougeaient ainsi qu'un petit grincement. Mais ces bruits avaient vite cessé aussi s'était-elle rapidement rendormie. Au matin, Maddy découvrit qu'ils avaient été volés.

– Eh bien, dit-elle en ouvrant le garde-manger. Regardez-moi ça...

– Quoi donc ? demanda Caspar sans cesser de tourner ses moustaches qu'il ourlait entre deux doigts humectés de salive.

– Quelqu'un a visité le garde-manger, dit Maddy avant d'ironiser :

– Je me demande bien qui ça peut être.

Caspar s'était levé d'un bond.

– Quoi ? On nous a piqué notre bouffe ?

– Il n'a pas tout pris. Juste trois ou quatre trucs on dirait, dit Maddy en plongeant le bras au fond du coffre pour en faire l'inventaire. Ah ! Il nous a aussi laissé quelque chose en échange.

Bouillant de rage, Caspar sauta à l'arrière du pick-up et ouvrit le coffre. Ce qu'il y découvrit lui inspira un flot de jurons furieux.

Lina, réveillée par les cris de Caspar, s'extirpa lentement de sa couverture pour aller voir.

– Qu'y a-t-il ? Que s'est-il passé ? demanda-t-elle encore un peu endormie.

– Notre ami d'hier nous a rendu visite. On ne voulait pas lui donner ce qu'il demandait, alors il s'est servi et puis il nous a aussi laissé un souvenir.

– Un souvenir ? C'est quoi ?

Caspar tremblait de fureur, le visage cramoisi.

– Je ne sais pas, on dirait de la boue, répondit Maddy. On dirait qu'il a pris ce qu'il voulait et jeté un seau de saleté sur le reste. Elle se pinça le nez. Il y aurait un peu de bouse avec que ça ne m'étonnerait pas.

– Le putois ! grogna Caspar hors de lui. L'immonde charognard !

– Tu vois ! On n'aurait pas mieux fait de lui donner directement un ou deux cakes ? demanda Maddy soudain virulente. Non ! Monsieur préfère montrer les crocs, jouer aux durs sans même essayer de savoir à qui il a affaire. Toujours la même histoire. Résultat ? Regarde ! Il t'aura suffi de deux minutes pour transformer un inoffensif vieux fou en voleur sournois. Bravo.

– J'ai appris à être toujours prêt à me défendre, dit Caspar en se renfrognant. Ça fait partie de ma politique.

– Parfait, rétorqua Maddy. Alors disons que grâce à ta politique on a perdu quatre cakes au lieu de deux et qu'en plus, on a un tas de cochonneries sur le reste.

Elle referma le coffre, se redressa et toisa Caspar avec un mélange de colère et de mépris.

– Si tu veux mon avis, se faire des amis vaut mieux que se faire des ennemis.

– Ton avis, tu peux te le garder, se contenta de répondre Caspar.

Le quatrième jour, ils n'arrêtèrent pas de monter. La côte semblait sans fin et l'ascension dura des heures, dans une chaleur accablante. Le seul point d'eau qu'ils dénichèrent se trouvait au fond d'un profond ravin. Tous trois s'engagèrent dans la côte escarpée, chargés des plus gros jerricans que Caspar possédait. Hors d'haleine et suant, glissant dans la descente à chacun de leur pas, ils gagnèrent le fond du ravin puis remontèrent les jerricans pleins en les traînant sur le sol pour donner à boire aux bœufs.

Ensuite, ils continuèrent à grimper. Ce n'est qu'en fin d'après-midi qu'ils parvinrent au sommet et qu'ils atteignirent enfin une crête. Lina, éreintée par les efforts autant que par la chaleur, somnolait à l'arrière. Elle se sentait comme un légume à l'étuvée, molle et moite. Le sursaut du pick-up qui s'arrête, et les exclamations de Caspar et Maddy, la firent sortir de sa torpeur. Elle sauta de la remorque et fit quelques pas à côté de l'attelage. Une vue fantastique s'offrait à elle. Un mélange de terre et d'eau. En proportions presque égales. Elle n'avait jamais vu pareille étendue d'eau, une eau bleu verte, scintillante dans les rayons du couchant et zébrée d'ondulations blanches qui couraient à sa surface. Sur la droite, l'eau s'étendait à perte de vue, tandis que, droit devant elle, apparaissait la côte, boisée et vallonnée.

– La baie ! s'exclama Caspar. Ça veut dire qu'on y est presque. On n'a plus qu'à suivre la côte jusqu'à l'autre bout puis cap au Nord.

– Quand arriverons-nous en ville ? demanda Lina.

– Demain, lui répondit-il enthousiaste.

Un immense sourire éclaira son visage et le hennissement invraisemblable qui lui servait de rire monta dans les airs. Ensuite, l'œil brillant, il tendit ses mains et plia plusieurs fois les doigts, comme s'il se saisissait de quelque chose.

– On y sera demain. Et là, notre travail va commencer.

17
Doon accusé

La nouvelle du massacre des tomates et de la mise en accusation de Doon par Torren se répandit comme une traînée de poudre dans le village. Certains habitants de Sparks croyaient Torren, d'autres non. Le problème était que ni l'un ni l'autre ne pouvait apporter la preuve de ce qu'il affirmait. Torren déclara qu'il avait assisté à la scène alors que, ne pouvant trouver le sommeil, il s'était rendu dans les champs, en pleine nuit, pour regarder les étoiles, ce à quoi Doon répondait qu'il avait passé toute la nuit dans sa chambre, au Pionnier et que tous ses compagnons de chambrée pouvaient le confirmer. Les gens objectaient qu'il aurait très bien pu se glisser hors de la chambre, commettre son méfait puis retourner se coucher sans éveiller l'attention des autres.

Ce jour-là, quand ils se présentèrent à la maison des Parton, pour la pause déjeuner, personne ne leur adressa la parole. Quand Martha les fit entrer, la table était mise. Ils prirent leurs places habituelles. Le père de Doon tenta de rompre le silence par un

« Bonjour », que Miss Polster compléta aussitôt par un « Comment allez-vous ? ». Miss Thorn et Edward Pocket regardèrent les visages impassibles de leurs hôtes en tentant de sourire. Ordney versa une ration à chacun, peut-être était-elle encore plus réduite que d'habitude, puis il fit passer les assiettes. Kenny mangea à minuscules bouchées, ses yeux oscillant nerveusement d'un visage à un autre. Personne ne disait mot.

Finalement, le père de Doon déclara :

– Excusez-moi, mais, une erreur est toujours possible.

Martha lui lança un regard noir.

– Je ne crois pas qu'il s'agisse d'une erreur, répondit-elle sur un ton glacial.

– Vous pensez peut-être que mon fils Doon est coupable de ce dont on l'accuse…

– Monsieur, le coupa Martha, dans cette maison, on n'apprécie guère le gâchis de nourriture.

– Dans la nôtre non plus, hurla soudain Doon.

Tous les regards se tournèrent vers lui.

– Je ne ferais jamais une chose pareille, reprit-il plus doucement. C'est pas moi. Puis, recroquevillé sur sa chaise, le rouge aux joues, il ajouta :

– Vraiment. Je ne l'ai pas fait.

– Alors qui ? demanda Ordney.

– Je l'ignore, répondit Doon.

– Personne ne sait, intervint Miss Polster sur le ton le plus définitif qu'elle pouvait trouver. Et nous n'allons certainement pas prendre pour argent comptant la parole d'un jeune garçon mal dans sa peau face à celle de ce jeune homme, dont nous connaissons tous l'immense valeur.

– Et pourquoi pas, dit Martha. Torren Crane est un bon garçon, à ce que je sache. Je ne vois pas pourquoi vous dites qu'il est mal dans sa peau.

– Il suffit pourtant de le regarder pour s'en apercevoir, conclut Miss Polster.

– Absolument, murmura Miss Thorn avec un lent hochement de tête.

– Peut-être, poursuivit Martha, mais il y a bien quelqu'un qui l'a fait. Et comme ce n'est certainement pas quelqu'un de chez nous... C'est forcément un des vôtres.

– Pour l'instant, rien ne permet de l'affirmer, nuança le père de Doon. Le coupable peut se trouver dans l'une ou l'autre communauté. Il faut se garder des conclusions hâtives.

Un silence pesant suivit. Tout le monde se concentrait sur son assiette. Au moment de partir, c'est Kenny qui distribua les petits colis de nourriture. En servant celui de Doon, il mima trois mots :

– Je te crois.

« Il y a au moins une personne de mon côté », pensa Doon. L'idée le réconforta. Un peu.

Au bout du compte, comme aucune preuve ne venait étayer la discussion qui en restait à un stérile jeu de parole contre parole, rien ne fut fait. Officiellement, l'identité de l'éventreur de tomates n'était pas établie, le mystère demeurait entier. Ce qui était parfaitement clair en revanche c'est que l'incident avait fait monter d'un cran la méfiance, le ressentiment et la peur de l'autre qui gangrenaient déjà les relations entre Ember et Sparks.

Où qu'il aille, Doon sentait des regards hostiles se poser sur lui. Dans un premier temps, il essaya de se justifier et d'argumenter avec logique.

– Pourquoi me lèverais-je au milieu de la nuit pour jeter des tomates contre un mur qui se trouve au milieu des champs ? Ça n'a pas de sens.

Malheureusement, les gens écoutent rarement la voix de la raison. Il était de l'autre bord. Voulà tout. Il appartenait à une autre communauté et cela sous-entendait que, par nature, il était différent et pouvait faire n'importe quoi. Doon abandonna donc toute tentative d'explication, préférant ignorer les gens qui murmuraient de façon hostile sur son passage. Il les ignorait en marchant la tête baissée.

Doon ne fut pas le seul à souffrir de l'incident des tomates. Tous les réfugiés en pâtirent et, de plus en plus souvent, les habitants d'Ember devaient essuyer les insultes des villageois, qui les apostrophaient parfois en pleine rue, comme si l'incident avait fait ressortir à la surface toute l'animosité qui couvait depuis quelque temps déjà. Tout le village mijotait comme une cocotte-minute prête à passer en mode vapeur.

Un matin, se rendant en ville pour son travail, Doon aperçut un rassemblement sur la grand-place. Il y avait à la fois des gens d'Ember et des gens de Sparks, collés les uns aux autres et regardant tous dans la même direction. Il se faufila dans la foule pour voir ce que c'était. Quelqu'un avait gribouillé, semblait-il avec de la boue, un message en travers de la chaussée. Les lettres, grossières et dégoulinantes, disaient seulement :

– Dehors !

La foule contemplait le spectacle. Un silence de mort régnait sur l'esplanade. Quelques-uns des villageois semblaient embarrassés. Ils lançaient des regards par en dessous aux Emberiens en secouant la tête.

– C'est moche, murmura quelqu'un.

Mais d'autres semblaient approuver le message et le faisaient comprendre aux gens d'Ember par des regards qui ne valaient rien de bon. Un homme, remarquant la présence de Doon, le toisa d'un air si mauvais que celui-ci en ressentit un choc, comme si on l'avait frappé à l'estomac. Ce message était là à cause de lui. Il le savait. Il rentra le menton et s'en alla à grandes enjambées.

Ce soir-là, au Pionnier, tout le monde était bouleversé. De petits groupes bourdonnants se rassemblaient spontanément sur et autour de l'escalier principal pour évoquer l'incident de la grand-place. Tick, le rouge aux joues et l'œil brillant, virevoltait d'un goupe à un autre, avec un mot pour chacun. Quand il s'approcha de Doon, il s'interrompit un instant avant de lancer :

– Ils se retournent contre nous. Je savais que ça arriverait. Nous ne pouvons pas le tolérer.

Puis il replongea dans la foule.

Un jour passa, puis un autre. Le soleil brillait toujours aussi fort, pourtant Doon sentait la confusion l'envahir. Les questions sans réponses se bousculaient dans sa tête. Pourquoi Torren l'avait-il désigné lui ? L'avait-il choisi au hasard ou pour un motif bien réel ? Pourquoi Chugger croyait Torren et pas lui ? Qui avait rédigé ce message dégoûtant sur les pavés de la grand-place ?

Le fait que Lina ne soit toujours pas rentrée n'arrangeait rien pour lui. Si on s'en tenait au message qu'elle avait laissé à Mme Murdo, où qu'elle soit allée, elle aurait dû être rentrée maintenant. Doon se sentait partagé, entre inquiétude et colère. Il se résigna finalement à évacuer le sujet puisque, de toute façon, il ne pouvait rien y faire.

Dès qu'il avait un instant de liberté, il allait se terrer dans un coin avec un livre et essayait d'oublier ce qui se passait au village. Edward Pocket assurait la distribution avec un zèle qui devenait presque inquiétant. Il s'était pris de passion pour son activité. Quand, de temps à autre, Doon lui demandait comment il allait, il répondait avec une lueur fiévreuse dans le regard :

– Ah ! Jeune Doon. Eh bien ça ne recule pas. J'ai fait à peu près ça – il montrait à Doon son index s'arrêter à quelques millimètres de son pouce – alors qu'il me reste encore ça, et il écartait les bras autant qu'il pouvait. C'est une tâche herculéenne. J'y mets du mien, mais est-ce que ma vie sera assez longue pour en venir à bout ? J'en doute.

Les doigts noirs d'encre et de poussière, il rentrait souvent plus tard que ceux qui partaient travailler au village et dans un état de fatigue si avancée que, le plus souvent, il allait se coucher immédiatement après la collation du soir. Même s'il faisait encore jour. La nuit, le réduit qui abritait son sommeil résonnait de marmonnements inintelligibles parfois ponctués d'une suite de mots compréhensibles.

– Cathédrale, disait Edward, cathodique, cauchemar, causalité…

Après quoi il grognait et s'agitait, cognant ses membres squelettiques contre les parois du placard. Quand il reprenait son murmure, il avait changé de lettre.

– Paléoclimat, Louis Pasteur, Harry Potter, poulet d'élevage.

Pour Doon, l'esprit d'Edward avait tout simplement ingurgité plus d'informations qu'il ne pouvait en contenir. La nuit, il évacuait le trop-plein.

Parfois, le matin, en se rendant au travail, Doon passait devant l'école de Sparks. C'était une petite bâtisse avec un grand préau tout autour où les élèves s'asseyaient souvent pour faire leurs devoirs. Les enfants du village, en assez petit nombre, n'allaient à l'école que quelques heures par jour, et seulement jusqu'à dix ans. Kenny Parton en faisait partie. Avant l'affaire des tomates, quand il voyait Doon passer à proximité, il ne manquait jamais de le saluer par de grands signes et les autres enfants, intrigués, regardaient passer l'inconnu en souriant. Mais la première fois qu'il repassa devant l'école après l'incident, il se heurta à une vingtaine de visages hostiles.

– Dégage d'ici, cria une voix avant que quelqu'un ne lance une boule de papier dans sa direction.

Regardant droit devant lui, Doon accéléra le pas. Dans son sillage, il entendit le maître qui réprimandait la classe pour son incorrection. Mais sans grande conviction.

Le lendemain, alors que Doon et les autres arrivaient chez les Parton pour le déjeuner, Kenny apparut soudain au coin de la maison, faisant signe à Doon d'approcher. Les yeux écarquillés, la voix encore plus faible et plus timide que d'habitude, il déclara :

– Tu sais à l'école hier ?

Doon hocha la tête.

– Je suis désolé qu'ils t'aient crié dessus. Ils n'auraient pas dû. Tu n'es pas responsable.

– Et comment tu sais ça, toi, hein ? répondit Doon qui voyait maintenant d'un œil sévère tous les habitants de Sparks. Après tout, peut-être que c'est moi…

– Je ne pense pas, répondit Kenny en secouant la tête.

– Et pourquoi ça ?

– Parce que je le sais. Je vois clair dans les gens. Et toi, tu ne ferais jamais ça, c'est tout, dit-il en faisant un petit sourire timide à Doon.

Doon était à la fois touché et surpris. Kenny avait beau ressembler à une ablette, il y avait quelque chose de fort en lui.

– J'aimerais bien que tu ne sois pas obligé de partir.

Doon sourit avant de répondre.

– Nous sommes encore là pour quelque mois...

– Et après ?

– Après, nous partirons pour bâtir notre propre ville.

– Où ?

– Je ne sais pas, répondit Doon avec un haussement d'épaules. Quelque part dans les Espaces Vides.

Kenny, silencieux, regarda ses pieds un long moment, puis il déclara :

– Ça va être très dur. Comment allez-vous vous nourrir ?

– On va cultiver la terre. Exactement comme vous le faites ici.

– Mais vous allez partir au mois de frissonnant. C'est le début de l'hiver. On ne peut pas faire de récolte en hiver, répondit Kenny en levant la tête vers Doon d'un air inquiet.

– L'hiver ? C'est quoi l'hiver ?

– Vous n'aviez pas d'hiver là où vous étiez ? demanda Kenny avec des yeux ronds. Tu veux dire que c'était toujours l'été là-bas ?

Doon était troublé et le ton de la voix de Kenny l'inquiétait.

– Je ne connais pas le sens de ces mots.

Kenny regardait Doon d'un air effaré, le visage figé par la stupeur.

– Les saisons, dit-il. Tu connais les saisons quand même ? L'été, il fait chaud, l'hiver, il fait froid.

– Ah, ça ! Ce n'est rien, répondit Doon avec un soupir de soulagement. Nous on est habitués au froid.

– Mais on ne peut pas planter en hiver. Il fait vraiment froid. Les nuages masquent le soleil. Il pleut.

– Il pleut ?

Kenny était si atterré qu'il resta bouche bée. Il leva les bras très haut au-dessus de sa tête et, les poignets repliés en direction du sol, il tortilla ses doigts pour signifier l'eau qui tombe.

– La pluie ! dit-il. Quand l'eau vient du ciel ! Que les rivières grossissent et parfois même débordent ! Quand, partout, la terre se change en boue.

Doon avait l'impression que son esprit avait soudain cessé de fonctionner. Il fixait les doigts agités de Kenny en essayant de comprendre ce qu'il voulait dire. De l'eau qui tombe du ciel ? Mais, les vêtements des gens allaient être trempés. Tout devrait rester à l'intérieur. Et s'ils ne pouvaient pas faire de cultures ?...

– Attends voir, reprit Doon soucieux. Est-ce que les conseillers municipaux savent que ce sera l'hiver quand nous devrons partir ? Est-ce qu'ils savent qu'il fera froid et humide ?

– J'imagine, répondit Kenny en baissant les yeux.

Puis il releva le menton.

– Ils ont sûrement l'intention de vous donner de la nourriture. Pour que vous passiez l'hiver. Ça doit être ça.

Il lança un petit sourire plein d'espoir à Doon, répéta une dernière fois « ça doit être ça » et partit à grandes enjambées vers la porte de la maison où il s'engouffra.

Doon lui emboîta le pas. Sa vision de l'avenir, déjà sérieusement assombrie par de moroses perspectives, venait de prendre un tour encore plus noir.

Environ une semaine s'était écoulée depuis la terrible nouvelle. Un matin, en sortant de la 215, Doon faillit entrer en collision avec Tick, qui descendait le couloir à toutes jambes.

– Il s'est passé quelque chose, dit-il sans ralentir sa course.

– Quoi ? demanda Doon en se mettant lui aussi à courir pour rester à sa hauteur.

– Je ne sais pas. Mais j'ai entendu des cris en bas. Devant l'escalier.

Visiblement, Tick n'avait eu que le temps de sauter de son lit et de jeter quelque chose sur lui. Ses cheveux n'étaient pas peignés, ses lacets défaits, il ne s'était même pas lavé le visage (il avait des traces noires sur le cou et derrière l'oreille), toutes choses qui, sur un garçon aussi soigné que Tick, prenaient un caractère alarmant. Le pouls de Doon s'accéléra. Il descendit les escaliers quatre à quatre, traversa le hall d'entrée en trombe et, toujours sur les talons de Tick, fit irruption dehors.

Une foule compacte s'était rassemblée au pied des marches. Tous les visages étaient tournés dans la même direction, face au Pionnier. Doon courut se joindre à eux pour voir ce qu'ils regardaient.

Quelqu'un avait gribouillé des mots sur la façade. D'immenses lettres noires, aux contours accidentés et couvertes de rayures, comme si elles avaient été grattées au charbon de bois, s'étalaient sur le mur. « RETOURNEZ DANS VOTRE CAVERNE » disait le message encore et encore, sur une bonne longueur de la façade, « RETOURNEZ DANS VOTRE CAVERNE, RETOURNEZ DANS VOTRE CAVERNE ». Les rares baies vitrées du rez-de-chaussée qui étaient encore debout avaient été saccagées.

Face à ce sinistre spectacle, Doon, écœuré, demeura un moment silencieux. Puis, lentement et inexorablement, il sentit la colère monter en lui. La personne qui avait rédigé l'immonde message de la grand-place leur en envoyait un nouveau. Et cette fois, elle avait vu les choses en grand. Autour de lui, beaucoup de gens, fous de colère, criaient vengeance en levant le poing. D'autres, au contraire, prenaient une mine mélancolique et regardaient les graffitis en silence, les bras croisés devant eux, ou les mains dans les poches. Tick était le plus furieux de tous. Mais il ne hurlait pas. Doon l'observa. Il sillonnait la foule en long, en large et en travers, saisissant les gens par le bras pour leur parler d'une voix tranchante comme une lame et plantant son regard brillant comme de l'acier dans celui de ses interlocuteurs.

– C'est ce que je pensais, dit-il finalement à haute voix. Ceci en est la preuve. Ils ont fait semblant d'être gentils à notre égard, mais aujourd'hui le masque tombe. Et s'il y a une chose dont nous pouvons être sûrs, c'est qu'en fait, ils nous haïssent.

Il ferma légèrement les yeux, baissa la voix et, dans un souffle, répéta à nouveau :

– Ils nous haïssent. Ils veulent se débarrasser de nous ? Eh bien moi je vais vous dire…

Tous les visages se tournèrent vers lui.

– Je ne partirai pas. Ils veulent qu'on parte… Eh bien moi, je reste. Et vous ?

Il jeta un regard circulaire à la foule.

– On reste, dit une voix.

Doon repensa à ce que Kenny lui avait dit : l'hiver, le froid, la pluie. Peut-être que Tick a raison. Peut-être qu'effectivement ils nous haïssent.

– Est-ce que vous appréciez qu'on vous traite d'hommes des cavernes ? cria Tick. Est-ce que vous appréciez qu'on vous suggère de retourner dans votre grotte ?

Des dizaines de voix en colère lui répondirent.

– Non ! Non !

Doon s'approcha du mur souillé et examina les mots qui avaient été inscrits là. Il imaginait ceux qui les avaient tracés. Il imaginait les mains crispées sur les charbons de bois, mues par un esprit malsain, dessinant ces mots dans la nuit. Oui, Tick avait raison. La haine suintait de ces marques. Doon les sentait presque pénétrer sa propre chair.

Le deuxième conseil municipal

A la suite à cette déplaisante série d'incidents, le saccage des tomates puis les graffitis sur la grand-place et sur la façade du Pionnier, les trois conseillers municipaux organisèrent une nouvelle réunion. Rendez-vous était donné, à la mairie, dans la salle de la tour, pour évoquer ces douloureuses questions.

– C'est fâcheux, déclara Mary. J'ai bien peur que ces actes de malveillance n'augmentent les conflits dans les deux camps.

Wilmer hocha la tête, avant d'ajouter, morose :

– Les relations sont déjà très tendues.

– Ces gens venus des cavernes ne sont pas aussi civilisés que nous, dit Ben. Il faut s'attendre à tout de la part de gens capables de détruire deux cageots de tomates.

– Nous ne savons pas avec certitude si c'est quelqu'un de chez eux qui a détruit les tomates, objecta Mary.

– Je t'en prie, Mary, dit Ben. Je pense qu'on peut le supposer sans crainte.

– Et que doit-on imaginer de ceux qui ont écrit

« retournez dans votre caverne » sur les murs du Pionnier ? demanda Mary.

Le problème, répondit Ben, c'est que nous ne connaissons pas les auteurs de ces actes. Tout ce qu'on peut dire, c'est qu'ils ont voulu exprimer par là une frustration à mon sens bien compréhensible. Ces gens ont un impact néfaste sur notre équilibre de vie. Nous ôtons le pain de la bouche de nos concitoyens pour les nourrir eux.

– Il ne faut rien exagérer, dit Mary. Nous avons encore du stock dans l'entrepôt général.

– Mais pourquoi devrions-nous leur donner à eux ? Nous avons constitué ces provisions en prévision des périodes difficiles.

Ben passa une main dans sa barbe et poursuivit :

– Je propose une nouvelle règle car je pense qu'il serait souhaitable que ces gens venus des cavernes ne mangent plus avec nos familles. C'est trop dur pour elles d'être obligées d'accueillir des étrangers à table, chaque jour. Il serait préférable que leur rôle se borne à une simple distribution de colis et qu'ensuite, ils aillent manger ailleurs.

– Mais où ça ? demanda Mary incrédule.

Ben fit un geste vague du bras, en direction de la rivière.

– Au bord de la rivière… Ou au bord d'un champ… Sur la route. A vrai dire, peu m'importe de savoir où ils mangent du moment qu'ils ne pénètrent pas dans nos foyers.

– Il est vrai que de nombreuses personnes se sont

plaintes, dit Wilmer. La famille Parton semble être la plus mécontente de toutes.

– C'est parce qu'ils ont ce démon, dit Ben, celui qui a saccagé les tomates.

– Nous ne savons pas si c'est lui qui les a jetées, objecta Mary.

– Nous en savons largement assez, coupa Ben.

Ensuite ils passèrent au vote de la nouvelle directive.

Mary vota non. Ben vota oui. Wilmer hésita quelques instants, fixant tour à tour Mary et Ben, puis, finalement, se décida pour le oui.

– J'espère seulement que ça pourra arranger les choses, se justifia-t-il timidement.

– J'en suis sûr, dit Ben. Nous devons montrer à ces gens que cet endroit nous appartient, qu'ils sont ici chez nous, et que s'ils y séjournent, c'est juste grâce à notre générosité.

– Je croyais que ce message-là était déjà passé, dit Mary avec un petit sourire. Quand je repense à tout ce raffut pour fabriquer un drapeau et le faire flotter sur la mairie.

– Il fallait le faire ! Mais cela ne doit pas nous empêcher de constamment répéter notre message : s'ils ne se comportent pas correctement, ils ne doivent pas espérer que nous continuions à les accueillir, même pour les six mois convenus, répondit Ben.

– Ils commencent seulement à s'acclimater et à s'habituer à leur nouvel environnement, dit Mary. Ils sont loin d'être prêts à partir.

– Ça, conclut Ben, ce n'est pas notre problème.

18
La quête improbable de Caspar

Le trio nomade passa la dernière nuit de son voyage vers la ville dans une vraie maison. Elle n'avait plus de toit, en revanche, la plupart des murs étaient encore debout, ce qui leur fournissait un rempart efficace contre le vent marin qui soufflait durement. Bien entendu, il n'y avait aucun meuble et ils s'installèrent directement par terre.

Caspar était très excité ce soir-là. Il parlait tellement qu'il en oubliait presque de manger – son troisième cake du voyageur resta longtemps posé sur son genou jusqu'à refroidir complètement.

– Maintenant, écoute-moi bien, dit-il sur un ton grave en se tournant vers Lina. Je vais te dire une chose pour que tu comprennes l'importance de ce que nous allons entreprendre.

Il fit une pause, puis reprit d'une voix basse et vibrante :

– Il se trouve que j'ai appris qu'il y a un trésor en ville.

– Vraiment ? demanda Lina. Et comment le sais-tu ?

– De vieux poèmes et d'anciennes chansons en parlent, répondit Caspar sûr de son fait.

– Le problème, l'interrompit Maddy, c'est que ces vieilles ritournelles n'ont plus aucun sens aujourd'hui… Si tant est qu'elles en aient jamais eu un.

– Moi je les comprends, intervint Caspar. Mais c'est parce que je les ai étudiées attentivement… Et que j'en ai découvert le sens caché.

– Que disent ces chansons ? demanda Lina.

– Différents trucs, répondit Caspar. Ça dépend des versions. Mais toutes parlent d'un trésor enfoui dans une ancienne cité.

Il leva les yeux au ciel et se mit à chanter, incroyablement faux.

– « *Au cœur d'une ancienne cité, enfoui, un trésor attend dans l'oubli. Souviens-toi, souviens-toi des temps anciens…* » L'une d'elles commence comme ça.

– Pourquoi est-ce que personne n'a cherché ce trésor avant ? demanda Lina.

– Je suis sûr que beaucoup ont essayé, mais qu'aucun ne l'a trouvé, répondit Caspar.

– Et comment peux-tu en être si sûr ? reprit Lina.

– Ben, c'est évident ! Si quelqu'un l'avait trouvé… Ça se saurait !

Lina se répéta ce qu'elle venait d'entendre. Elle trouvait qu'il y avait pas mal de lacunes dans le raisonnement de Caspar. Si quelqu'un avait trouvé le trésor, il aurait très bien pu l'emporter sans rien dire à personne.

– L'autre problème, ajouta Maddy, c'est que ces

rumeurs ne disent jamais dans quelle ville le trésor se cache. Si ça se trouve, cette ville est à des centaines de kilomètres.

Caspar poussa un long soupir, exaspéré, il reposa lentement la tasse qui lui servait de verre à eau puis, levant deux doigts accusateurs vers Maddy, il déclara :

– Écoute, soyons logiques. Les rumeurs viennent d'ici. C'est ici qu'on se les raconte. Je ne les ai jamais entendues lors de mes tournées dans le Grand Nord, ou, comme l'an dernier, dans l'Est. Cette histoire de trésor caché dans une ville, je ne l'entends qu'ici et à cent kilomètres à la ronde.

– Et alors ? objecta Maddy. Il y a au moins trois anciennes villes dans ce périmètre.

– Oui, mais une seule grande ville, répliqua Caspar. Et c'est là que nous allons.

– OK pour la ville, dit Lina en se remémorant le dédale de rues et de ruelles qu'elle parcourait à Ember lorsqu'elle était messager. Mais comment allez-vous savoir où chercher ?

Une lueur de malice éclaira le visage de Caspar. Il plissa légèrement les yeux et pinça ses lèvres en un petit sourire entendu.

– C'est là qu'interviennent mes analyses approfondies des textes. Des heures et des heures d'étude. J'ai pris en note toutes les versions que j'ai entendues – et ça en fait beaucoup, quarante-sept pour être parfaitement exact – puis je les ai comparées, mot par mot, lettre par lettre. Ensuite...

Caspar marqua une pause et les regarda d'une

manière qui n'était pas étrangère à Lina. C'était exactement la façon dont Torren vous regardait quand il était sur le point de faire une déclaration sensationnelle.

– Ensuite, j'ai appliqué mes compétences d'analyse aux chiffres.

– Aux chiffres ? s'étonna Lina.

– Absolument. Tout ce qu'il faut faire c'est compter le nombre de lettres de chaque mot. Il faut compter dans tous les sens jusqu'à ce qu'un motif se dessine. Le motif est la clé qui déchiffre le code et le code donne le secret du message.

Il s'étira, l'air très content de lui.

– Et le secret du message ?... risqua Lina un peu embrouillée.

– L'emplacement du trésor, bien sûr !

Puis il abattit sa main sur son énorme cuisse et poursuivit.

– C'est évident, une fois que tu as compris le principe, tout y est. Les numéros de rues, ceux des immeubles... Tout.

– Très bien, dit Maddy. Alors quel est l'emplacement du trésor ?

Caspar jeta la tête en arrière.

– Tu crois peut-être que je vais te le dire ?

– Je croyais qu'on faisait équipe, dit Maddy.

– Tu le sauras quand il sera temps, coupa Caspar. D'ici là, l'information est classée « stricto perso ».

Lina surprit Maddy qui levait les yeux au ciel.

Cette nuit-là, Lina eut du mal à trouver le sommeil. Les bruits des bêtes, qui bougeaient et soufflaient de l'autre côté du mur ainsi qu'un étrange hululement dans le lointain, la maintenaient éveillée. Les sombres pressentiments qui l'envahissaient ne faisaient rien pour arranger les choses. Le projet de Caspar paraissait reposer sur des bases bien fragiles. Elle aurait préféré ne pas y être mêlée. Pourtant elle devrait y participer. Cette seule pensée l'angoissait. Elle s'allongea sur le dur sol de la maison et fixa le ciel nocturne, se sentant de plus en plus mal. Elle se décida donc à penser à autre chose et se répéta longuement :

– Demain je vais voir la ville, demain je vais voir la ville.

Le jour suivant, ils cheminèrent sur une longue route pratiquement droite, ce qui ne les empêchait pas d'avancer en zigzag, à cause des détours qu'ils devaient régulièrement faire pour éviter les endroits où le revêtement avait disparu et qui étaient parsemés de nids de poules et d'ornières. Sur leur droite s'étalait l'immense étendue d'eau verte, bordée par de hautes herbes qui dansaient dans la brise et où des centaines de petites flaques accueillaient de magnifiques oiseaux blancs qui semblaient flotter sur l'eau comme des cocottes en papier. Dans le ciel, des vols d'oiseaux noirs, la gorge rouge sang, virevoltaient en lançant des trilles. Sur la gauche, s'étendait une forêt aux arbres si épais qu'ils dissimulaient presque totalement les quelques ruines qui s'y trouvaient.

Lina sentit l'excitation monter en elle. Graduellement. Elle se tint debout sur le plateau du pick-up un moment, puis estimant qu'elle pouvait disposer d'un meilleur point de vue, escalada la grosse caisse de bois et coinça ses pieds entre la troisième et la quatrième latte. Elle disposait ainsi d'un parfait panorama. Au-dessus des têtes de Caspar et Maddy, elle pouvait voir l'arrière-train anguleux des bœufs, avec leurs os qui saillaient à chacun de leurs pas, gauche droite, gauche droite – et leurs queues à pompon qui fouettaient l'air en cadence. Le soleil baissa jusqu'à se trouver pile face à eux, dardant ses rayons directement dans leurs yeux.

– On y sera avant la nuit, dit Caspar.

Finalement, la route se mit à monter. Les collines se firent plus hautes de chaque côté du pick-up et Lina ne pouvait plus voir l'eau, seulement les coteaux brunâtres des collines, ponctués çà et là par un massif d'arbres, une ancienne route ou quelques ruines. L'air était plus frais. Et puis, à la sortie d'un virage, elle leur apparut soudain. La ville.

19

De l'injustice et comment y faire face

Les jours qui suivirent l'apparition du message nauséabond sur le mur du Pionnier, Doon alla travailler à contrecœur. Il ne voulait tout simplement pas travailler aux côtés de gens capables d'écrire de telles horreurs. Il devait se rappeler lui-même à l'ordre régulièrement pour se souvenir que tous n'étaient pas des brutes épaisses et qu'ils fournissaient encore abri et nourriture au peuple d'Ember (même si celui-ci n'était plus invité à prendre place autour de la table familiale lors du déjeuner et même s'ils prévoyaient de les envoyer se débrouiller tout seuls en plein hiver). En outre, ceux qui avaient écrit ces mots – et que personne ne recherchait vraiment – n'allaient pas être punis. Et en attendant, qui était l'objet de tous les regards méchants, des insultes ? Lui. Le parfait innocent. Il ne pouvait pas supporter pareil non-sens. C'était physique. Il se sentait engoncé, avait l'impression de porter des vêtements trop petits, une chemise qui le piquait à un coude, des pantalons trop courts et trop serrés. « Injuste, injuste,

injuste », se répétait-il sans cesse. Et il ne pouvait supporter l'injustice.

Un jour, il fut assigné au nettoyage de la fontaine, au centre de la grand-place. Chugger lui tendit ses outils. Un seau, un grattoir et un tas de chiffons. Ensuite, il retira un pavé, non loin de la fontaine sous lequel se trouvait une cavité renfermant une manette arrondie.

– D'abord, il faut couper ça, dit-il en tournant la molette. Ça arrête l'eau qui vient de la rivière.

Il fit plusieurs tours de vis. Le jet s'affaissa puis disparut.

– Maintenant, l'eau du bassin va se vider dans le conduit d'évacuation, poursuivit Chugger, pour retourner à la rivière. Quand le bassin sera vide, tu sautes là-dedans et tu récures. Je veux qu'à mon retour ça brille comme du verre.

Sur ce, il tourna les talons et s'en alla, laissant Doon regarder le niveau de l'eau descendre lentement. Plus il descendait, plus le spectacle prenait un tour désolant. Les bords du bassin étaient couverts d'une visqueuse fange verte qui faisait comme une fourrure.

Il plongea son grattoir dans l'eau et racla sans attendre la paroi de la fontaine. Quand il le ressortit, de longs fils verts et dégoulinants dansaient au bout du long manche de bois. Il les secoua au-dessus du seau. Il réitéra l'opération. Encore et encore, pendant les dix minutes suivantes. Les fils verts – ainsi que quelques noyaux d'abricots, cadavres d'insectes et croupissantes feuilles d'arbre – s'entassaient dans le seau.

L'eau avait en grande partie été évacuée maintenant, mais elle semblait s'écouler très lentement. Doon en déduisit aussitôt que la vidange devait être obstruée par quelque ordure flottante, attirée là par le courant du siphon.

Mais l'eau était si trouble qu'il ne pouvait distinguer l'endroit où elle s'écoulait.

C'est le moment que choisit Chugger pour réapparaître dans son dos.

– Alors, c'est pour aujourd'hui ou pour demain ? Si tu avais un brin de jugeote, tu aurais compris que la vidange était bouchée, dit-il en arrachant le grattoir des mains de Doon et en l'agitant précipitamment dans l'eau.

– Merci, j'avais compris, répondit Doon, mais je ne pouvais pas voir où ça se trouvait pour la simple et bonne rai...

– Là ! cria Chugger, qui ne l'avait pas écouté, en retirant une grosse poignée de résidu visqueux du fond de la vasque.

Le niveau d'eau se remit à baisser.

– Maintenant, au boulot ! aboya Chugger en lui rendant son outil. Et, si tu en as un, n'hésite pas à l'utiliser une fois de temps en temps... Un cerveau...

Et il décampa, pas peu fier de son bon mot.

Doon serra les mâchoires pour retenir la rage qui bouillait en lui. Il regarda Chugger s'éloigner, rêvant qu'il utilisait son grattoir comme une lance, qui atteignait sa cible entre les deux omoplates.

« Je déteste qu'on me parle comme ça. Comme si

j'étais demeuré... Pourquoi est-ce qu'il me parle comme ça ? » se dit-il.

Quand l'eau fut totalement évacuée, Doon retira ses chaussures, attrapa une poignée de chiffons et sauta dans la fontaine. A genoux dans la vase verte qui recouvrait le fond du bassin, il gratta, frotta et épongea. De temps à autre, un passant jetait un œil interrogateur par-dessus le rebord du bassin en lâchant un « beurk » ou au contraire un « hum » ironique qui semblait directement lui être destiné. Pas étonnant puisque après quelques minutes de ce traitement, il était aussi sale que les chiffons qu'il utilisait. En tout cas, personne ne disait « bon travail ! », personne n'exprimait la moindre satisfaction de voir la fontaine enfin nettoyée.

Quand il eut fini, il ouvrit la valve d'alimentation. Le jet de la fontaine reprit son envol et le bassin recommença à se remplir. Doon s'assit alors sur le bord, laissant pendre ses pieds nus dans l'eau claire, pour les rincer. Il resta là une minute, se reposant dans la douce caresse de l'onde.

Chugger déboula d'un coin de la place.

– Qu'est-ce que tu fabriques ? hurla-t-il en approchant à grands pas. Je ne sais pas comment on fait chez toi, mais nous, ici, quand on travaille, on travaille. On ne bâille pas aux corneilles en regardant le ciel.

Doon était sur le point de répondre qu'il ne contemplait pas le ciel, qu'il prenait seulement une minute de repos, mais quand il ouvrit la bouche pour parler, le flot de colère qu'il sentit l'envahir lui suggéra de refermer les mâchoires, de peur d'exploser. Il se rassit sans dire un mot, tremblant, fiévreux, le visage rouge et brûlant. « Ne te mets pas en colère », comme il avait si souvent entendu la voix de son père lui répéter. Quand la colère prend le dessus, les conséquences sont toujours… imprévisibles.

– Tu ne réponds pas quand on te parle ? demanda Chugger méchamment. Peut-être que tu ne m'as pas bien entendu. Peut-être que je dois être plus clair.

Puis il prit une profonde inspiration et hurla dans un beuglement rauque :

– Bouge-toi, stupide barbare ! Allez !

Dans le même temps, il avait saisi Doon par le bras et l'avait violemment poussé en arrière.

C'est là que Doon sentit céder son sang-froid et la rage le gagner.

– Bas les pattes ! hurla-t-il. Ce n'est pas moi le barbare ! C'est toi le barbare ! C'est toi !

Il se démena pour échapper à la prise de Chugger, mais celui-ci tenait bon. Doon tira plus fort, se rebiffa en secouant les épaules. Dans sa ruade, il heurta le seau qui se trouvait à côté de lui sur le rebord de la fontaine et le fit basculer. Le seau s'envola, larguant son ignoble contenu sur une jeune fille qui avait eu la mauvaise idée de passer par là. Elle hurla en portant les mains sur son torse, essayant de déloger de son chemisier les mèches vertes répugnantes qui s'y étaient accrochées. Les gens accouraient vers elle, rugissant de colère contre Doon, qui dans un dernier sursaut effréné réussit finalement à échapper à la poigne de Chugger.

Pendant un instant, tous deux demeurèrent face à face, se fusillant du regard. Doon savait l'image qu'il devait renvoyer aux gens qui l'entouraient : maladroit, crasseux, le regard fou et, pire que tout ça , violent, le genre capable de gâcher des légumes pour épancher sa fureur, et chez qui la colère peut mener à tous les débordements.

Il détourna la tête. Lentement et dignement, il s'éloigna. Personne ne tenta de l'en empêcher. Il lui fallut une vingtaine de pas pour réaliser qu'il avait oublié ses souliers. Mais il n'allait sûrement pas faire demi-tour pour aller les chercher et il courut pieds nus jusqu'au Pionnier.

« Eh bien, voilà ! C'est gagné ! se dit-il intérieurement. Voilà le résultat ! Et pourtant, rien n'est de ma faute. J'essayais juste de bien faire mon travail, de ne pas me mettre en colère. Résultat ? »

L'immense injustice de la situation s'empara de lui.

– On ne va pas rester les bras croisés, crois-moi, avait déclaré Tick lors de la discussion impromptue qu'ils avaient eue ce soir-là sur les marches de l'escalier de service où, revenant tous deux des toilettes, ils s'étaient rencontrés. Il t'a agressé. Nous sommes tous agressés. C'est une chose que nous ne pouvons tolérer.

Doon acquiesça en opinant du chef. Il avait raconté à Tick ce qu'il savait au sujet de l'hiver et celui-ci était plus remonté que jamais. Son visage affichait un air dur et déterminé. Doon admirait la force de Tick, et aussi sa capacité à toujours paraître savoir ce qu'il convenait de faire face à une situation donnée. Doon lui-même n'était jamais aussi convaincu. Au contraire, plus il étudiait une question, plus il l'observait sous différents angles, et plus il demeurait indécis.

– Qu'allons-nous faire ? demanda-t-il doucement à Tick.

– Contre-attaquer, répondit-il sans hésiter. Ils nous ont attaqués. Plus d'une fois. Et de plusieurs manières. Il est temps pour eux de comprendre que s'ils nous agressent, ils souffriront à leur tour.

Souffrir. Était-ce vraiment la solution ? En même temps, ça semblait équitable. Après tout, les coupables devaient être châtiés et l'injustice réparée.

– Comment fait-on ? demanda Doon.

– Plein de possibilités, répondit Tick en s'adossant au mur au pied de l'escalier.

Il avait une marque rouge au bras, qu'il grattait régulièrement. C'était la première fois que Doon le voyait souffrir des piqûres et des morsures qui tourmentaient tous les autres gens d'Ember. « Il est comme tout un chacun, essaya de se rappeler Doon. Il n'a pas raison sur tout. »

– On pourrait refuser de travailler, poursuivit Tick. Mais il faudrait que tout le monde refuse et je ne suis pas sûr que ce serait le cas. Il vaudrait mieux passer directement à l'offensive.

– Une offensive dans quel domaine ?

– La nourriture. On n'en a pas assez. Et, en plus, c'est une injustice dont tout le monde souffre tous les jours. Qu'est-ce que tu dirais d'un raid musclé dans l'entrepôt général, pour prendre ce dont nous avons besoin ?

– Voler de la nourriture ?

– Ce n'est pas du vol, répondit Tick sans la moindre hésitation dans la voix. Simple retour des choses. C'est récupérer ce qui nous revient de droit.

Doon repensa à ce qu'il venait d'entendre. C'était logique. Il fallait se battre. Réagir. Passer à l'offensive. Sinon quoi ? Face à l'injustice, on ne pouvait se contenter de dénoncer et de laisser faire.

– Je connais beaucoup de gens susceptibles de se joindre à nous. Je vais les rassembler. Ensuite nous nous réunirons pour élaborer un plan, dit Tick en s'engageant dans l'escalier.

Il grimpa quelques marches, s'arrêta, puis jeta un dernier regard à Doon en contrebas :

– Mais d'abord, il faut qu'on s'arme.

– Qu'on s'arme ? s'étrangla Doon.

– Bien sûr. Il faut être certain de pouvoir défaire son ennemi avant de l'attaquer.

– Et avec quoi allons-nous nous armer ?

– Je te le dirai la prochaine fois qu'on se verra, répondit Tick. Demain soir, après dîner, à l'embranchement de la route.

20
La ville dévastée

La vue de la cité depuis le surplomb de la colline laissa les trois voyageurs sans voix. Leur regard se perdait dans cet immense décor chaotique où l'on voyait bien qu'il y avait eu un jour une ville. Sur la droite, un groupe de hauts bâtiments, plus hauts que tout ce que Lina avait imaginé, étaient encore debout. Mais il ne restait plus que quelques murs formant comme des coquilles vides, aux fenêtres éventrées à travers lesquelles elle pouvait même distinguer les teintes écarlates du couchant.

Tout le reste n'était qu'un no man's land battu par les vents et quelles qu'aient été les constructions qui avaient pu un jour s'y élever, elles s'étaient depuis longtemps écroulées. Un vent chargé de sable, de terre et de poussière les avait réduites en amas de ruines que la végétation entendait bien envahir. Çà et là, quelques vestiges, guère plus hauts qu'un homme, subsistaient, évoquant, avec la distance, des cultures de cailloux. Des traces tout en longueur et un peu incurvées indiquaient qu'il y avait eu autrefois des rues.

En contemplant ce spectacle désolant, Lina fut prise d'un léger tremblement car il était loin, très loin, de correspondre à celui de la cité qu'elle avait imaginée. Tout ce qu'elle avait pu apprendre sur le Grand Malheur était en deçà de la vérité. Ce qu'elle avait sous les yeux ne méritait pas le nom de ville. C'était le fantôme d'une ville.

Même Caspar semblait quelque peu désappointé par ce qu'il voyait. Il tendit le cou, la main au-dessus des yeux et déclara simplement :

– On dirait que c'est un peu esquinté.

– On dirait qu'il ne reste que des décombres, corrigea Maddy.

Ils descendirent du pick-up et se placèrent à côté des bœufs.

– Un effet d'optique, tenta d'expliquer Caspar, plissant les paupières. Sûr que quand on sera plus près – il sortit ses lunettes de sa poche et les chaussa sur son nez – ça sera complètement différent.

– Et c'est quoi ton idée pour aller plus près ? lui demanda ironiquement Maddy.

Lina jeta alors un œil inquisiteur devant le pick-up. La route s'arrêtait à quelques mètres des bœufs. Il y avait une coupure nette et, au-delà, une grande plaque de revêtement penchait en travers de la route. Un jour, elle avait reposé sur des poteaux, quelques-uns étaient encore debout, de gros bouts de ferraille tordus à leur extrémité.

Au-delà, la route n'était plus qu'un chaos de plaques de béton et de blocs de pierre posés les uns contre les autres. Un terrain totalement impraticable pour le pick-up.

Le soleil était presque couché maintenant, l'incandescence rougeâtre faiblissait. Au milieu des tours en ruine passaient les premières nappes d'un brouillard gris, poussées par un vent qui se renforçait. Au-dessus d'eux, des oiseaux blancs montaient en flèche dans le ciel en piaillant.

– C'était tellement beau avant, dit Maddy. J'ai vu des photos... Dans des livres...

Soudain, sa voix chevrota. Lina se tourna vers elle et constata que ses yeux étaient mouillés.

– Je savais que ça avait été détruit, ajouta-t-elle. Mais pas à ce point...

– Que s'est-il passé ici ? demanda Lina.

– Il y a eu des guerres... dit-elle tristement avant de secouer la tête et d'ajouter : elles ont dû être terribles...

– Pourquoi il y a eu les guerres ?

– Je l'ignore, répondit Maddy en haussant les épaules.

– Et les gens qui vivaient ici, que leur est-il arrivé ?

– Tous tués j'imagine, répondit Maddy. Ou en tout cas, la majorité.

Caspar fronça les sourcils en contemplant les ombres faiblissantes dans l'obscur désert de ruines qui s'étalait devant lui.

– Si au moins il faisait jour... Je pourrais trouver un moyen de passer, dit-il songeur.

– Passer ! hurla Maddy en lui attrapant le bras et en

le faisant pivoter vers elle. Tu as perdu la tête, ou quoi ?

– Absolument pas, répondit Caspar en se dégageant d'un brusque mouvement d'épaules.

Maddy se tourna vers la ville et étendit le bras vers le champ de ruines.

– Des décombres sur des kilomètres et des kilomètres ! cria-t-elle. Des rues ensevelies sous des couches de briques, de béton, de métal et de verre ! Des montagnes de gravats. Balayées par la poussière et les vents de sable. Et rien que de la friche par-dessus !

Caspar secouait doucement la tête, l'air lugubre.

– D'accord... Un défi. Tu as eu raison de vouloir emmener celle-là avec nous, dit-il en désignant Lina du menton. Quelqu'un de petit et de léger, c'est exactement ce dont nous allons avoir besoin... Pour creuser quelques tunnels.

– Non, Caspar, répondit Maddy. Tu dois oublier cette idée. On ne pourra rien trouver là-dedans.

– Moi je peux. Moi je peux trouver. J'ai les chiffres. J'ai tout prévu, dit-il en plongeant une main dans sa poche d'où il extirpa, après avoir fouillé un instant, un petit bout de papier froissé.

Ôtant ses lunettes d'un geste brusque, il approcha le papier à quelques centimètres de ses yeux puis le fixa en plissant les paupières.

Lina fit un pas vers lui, regardant de biais pour voir le plan. Il était entièrement noirci d'un impossible imbroglio de mots et de chiffres, lisibles dans tous les sens.

– Quarante-septième rue Est, marmonna Caspar. Trois cent quatre-vingt-quinzième Ouest.

Ses yeux allaient du papier aux sombres collines devant lui, de plus en plus vite.

– Soixante et onzième, murmura-t-il à nouveau. C'est juste une question de… En plein jour, je pourrais…

Il remarqua que Lina regardait.

– Qu'est-ce que tu regardes ?

– Rien, rien, répondit-elle, se sentant soudain prise de vertige, probablement lié à la terreur qui s'était emparée d'elle depuis qu'elle avait vu le papier entre les mains de Caspar.

Maddy avait raison, c'était vraiment imbécile.

Le soleil disparut derrière la crête des plus lointaines collines et l'obscurité s'abattit sur le trio.

– Ce soir, on campe ici même, affirma Maddy en retournant au pick-up. Il nous reste assez d'eau.

Ils installèrent leurs couvertures à côté du chariot, à l'abri du vent, ce qui n'empêcha pas Lina de frissonner en tentant de trouver un sommeil qui se dérobait. Après des jours d'attente anxieuse, au cours desquels son fol espoir de voir la ville avait occupé tout son temps, un seul aperçu de l'objet de ses rêves avait suffi à la convaincre de repartir. Cet endroit était atroce. Plein de fantômes tristes ou en colère. Quand elle fermait les yeux, elle avait l'impression qu'elle pouvait presque les entendre, poussant des cris affreux, hurlant et pleurant. Elle imaginait les nappes de flammes balayant les rues.

Un gémissement lui échappa. Il était sorti tout seul. Elle se sentait si démunie face à cet effrayant spectacle. Quelques secondes plus tard, la voix de Maddy lui murmura au creux de l'oreille :

– Parlons un peu. Tu veux ?

– Je veux bien, répondit Lina en s'asseyant, les épaules emmitouflées dans sa couverture.

De l'autre côté de la remorque, Caspar faisait les cent pas en bougonnant.

– Et lui ? demanda Lina.

– Ne t'inquiète pas, il est parti dans ses calculs.

Une bourrasque de vent secoua le pick-up. Ses pare-chocs branlants cognèrent contre la carrosserie.

– Je déteste cet endroit.

– Je comprends, dit Maddy. Des choses terribles se sont produites ici... Et l'on peut toujours les sentir.

– Est-ce que la nature des gens en ce temps-là était mauvaise à ce point ? demanda Lina.

– Non, pas plus mauvaise que celle des gens d'aujourd'hui, répondit Maddy.

– Alors, comment les guerres sont-elles apparues ? Seuls des êtres diaboliques peuvent mener leur propre ville – et pratiquement leur propre monde – à sa perte.

– Non, pas diaboliques. En tout cas pas au début. Ils étaient juste très en colère... Et affolés, répondit Maddy avant d'observer un silence.

Les pas de Caspar, qui crissaient sur le sol caillouteux, approchaient... puis s'éloignaient. Lina se rapprocha encore un peu de Maddy en se tortillant. Elle reprit :

– Ça s'est passé comme ça. Imagine que les gens de la colonie A se disputent avec les gens de la colonie B.

Les premiers agressent les seconds. Ceux-ci contre-attaquent pour riposter ; ce qui a pour conséquence d'attiser la colère des gens de A. Ils se disent, « vous nous avez fait du mal, très bien, alors nous aussi nous allons vous faire du mal ». Et ça continue comme ça, chaque mauvaise action entraînant une riposte encore pire, et ainsi de suite. Rapidement, c'est l'escalade.

Les termes avaient beau être différents, ça ressemblait fort à ce que Torren lui avait raconté à propos du Grand Malheur. Lui, il avait appelé ça la vengeance.

– On ne peut rien faire contre ça ? Arrêter le processus ? demanda-t-elle en se déplaçant sous sa couverture pour trouver une position où les cailloux lui feraient un peu moins mal aux fesses.

– Si. Pris au début ça peut sûrement être étouffé. A condition que quelqu'un comprenne la situation et qu'il soit suffisamment brave pour renverser la vapeur.

– Renverser la vapeur ?

– Oui, en s'opposant, en agissant de façon contraire.

– Comment ça ? demanda Lina.

– En faisant quelque chose de bien, ou au moins en s'interdisant de faire le mal.

– Mais ce n'est pas possible. Quand des gens ont été méchants avec toi, pourquoi vouloir être bon avec eux ? Tu pourrais, toi ?

– Ce n'est pas une question de volonté, répondit Maddy. Et c'est justement ça qui rend la chose si difficile. Dans ces cas-là, il faut agir contre sa volonté. Même si c'est dur. Faire le bien est toujours difficile… Bien plus que de faire le mal.

Lina se demanda si elle serait assez forte pour faire le bien. Mais, pour l'heure, elle se sentait bien faible.

– C'est l'heure de dormir, dit Maddy.

Lina tira les couvertures sur sa tête, mais elle sentait encore le vent. Et puis les sourds grognements des bœufs, ainsi que les allées et venues de Caspar, maugréant dans sa barbe, l'empêchaient de dormir.

« Je veux rentrer à la maison », pensa-t-elle... Et pour la première fois, l'image qu'elle associa spontanément à cette idée fut, non plus les sombres silhouettes familières des maisons d'Ember, mais celles de Sparks, sous leur ciel éclatant. Elle imaginait la maison de Mme Hester, la floraison ensoleillée de son jardin, la guérisseuse bricolant au milieu de sa collection de plantes ; et aussi Mme Murdo, assise dans la cour, profitant d'un rayon de soleil, Poppy jouant avec une cuiller à côté d'elle. Même Torren faisait partie du décor, alignant consciencieusement ses trésors sur le rebord de fenêtre.

Quand elle pensait à la maison, elle voyait Doon aussi. Ils auraient dû faire équipe pour ce voyage. S'il s'était trouvé là, à ses côtés, elle aurait eu moins peur. Il lui manquait. Peut-être que si elle retournait à Sparks, il en aurait assez de traîner avec Tick et aurait à nouveau du temps à lui consacrer.

21
Attaques et représailles

Le matin suivant l'incident de la fontaine, Doon fut réveillé par une clameur qui s'élevait juste sous ses fenêtres. Il se pencha pour voir, mais ne distingua que des têtes, toutes massées au pied de l'escalier principal. Il se précipita, descendit les étages, sa chemise, qu'il n'avait pas pris le temps de boutonner, flottant au vent dans son sillage.

Les portes du Pionnier étaient grandes ouvertes. Il découvrit qu'un monceau d'ordures avait été éparpillé sur l'escalier extérieur. Du tas essentiellement constitué de légumes pourris et de chiffons dégoûtants, émergeaient de brillantes feuilles vertes, quelques branches pointues ainsi que de longues plantes rampantes qui avaient été soigneusement déracinées, comme en témoignaient les petites mottes de terre encore accrochées à leurs bases.

Doon regardait la scène avec le même dégoût que lorsqu'il avait découvert les mots dessinés au noir de fumée sur la façade. Ce n'était pas tant les ordures qui le rendaient malade, mais la haine dont elles témoignaient.

Qui que soit l'auteur de ces actes, il haïssait les gens d'Ember en général et Doon en particulier. C'était un acte de vengeance.

Il sortit en contournant le tas. Debout sur une des premières marches de l'escalier, Clary, les yeux baissés, observait curieusement l'amas de feuilles et de branchages.

– Pourquoi ont-ils répandu des feuilles mortes partout ? demanda-t-elle. Et toutes les mêmes en plus…

Elle tira sur un brin, examina attentivement les brillantes feuilles vertes, puis en frotta une entre ses doigts et renifla.

– Étonnant, déclara-t-elle simplement.

Mais la plupart des gens étaient beaucoup trop bouleversés pour prêter la moindre attention à la composition du tas. Un bourdonnement belliqueux emplissait l'air. Des voix commencèrent alors à s'élever.

– C'est un scandale !

C'était une voix claire et tranchante, que Doon identifia immédiatement comme étant celle de Tick, suivie dans la seconde d'une autre, beaucoup plus aiguë et beaucoup moins bien posée :

– Je les hais, je les hais !

C'était Lizzie sans doute qui, effectivement, se tenait à côté de Tick, plongeant ses chaussures dans un seau d'eau pour en retirer les traces de boue.

Tick grimpa quelques marches et tapa dans ses mains.

– Bon, tout le monde ! appela-t-il d'un ton autoritaire. Une fois de plus, nous avons été agressés – c'est même pire que la première fois. Mais, même si cet acte odieux et insultant nous remplit de haine, tout ce que nous pouvons faire, pour l'instant, c'est retirer ces saletés de l'entrée. Retroussons-nous les manches et nettoyons cette cochonnerie.

Son conseil fut immédiatement suivi d'effet. Tout le monde se mit à l'ouvrage, emportant à l'écart des pleines brassées de plantes. La pourriture proprement dite fut poussée au bas de l'escalier avant d'être évacuée dans les buissons. Une chaîne humaine se constitua pour remonter de la rivière des seaux d'eau, qui furent répandus un à un sur les marches jusqu'à ce que celles-ci soient à peu près propres. Tick supervisait les opérations, donnant moult conseils et directives bien que lui-même ne participât pas directement au travail, comme le nota Doon. Il ne veut pas salir ses vêtements en conclut-il d'un air maussade.

Une fois le nettoyage effectué, les gens se rassemblèrent et commencèrent à débattre. Certains voulaient marcher sur la village immédiatement, pour en appeler aux conseillers municipaux et leur demander que les vandales soient punis. D'autres s'opposaient à une telle démarche, arguant qu'il n'était jamais bon de créer du désordre, que ça ne faisait qu'envenimer la situation et que, de toute façon, ce n'était pas le village dans son ensemble qui était contre eux, mais seulement quelques habitants.

– Mais lesquels ? hurla une voix. Et qu'est-ce qu'on peut faire contre eux ? Il faudra bien que ça cesse !

– J'en ai assez d'être accusé. Exclu ! cria quelqu'un d'autre.

– J'en ai marre d'avoir faim !

– Et ils vont nous chasser en plein hiver ?

Un motif de plus pour en vouloir aux habitants de Sparks.

– Est-ce qu'on va rester assis là ? A attendre ?

– Non ! Non ! Non !

Doon observait Tick, se faufilant dans la foule, glissant un mot à l'oreille de quelqu'un puis passant à un d'autre. En l'écoutant, les gens plissaient les yeux et serraient les lèvres puis ils se tournaient vers lui en hochant la tête d'un air entendu.

Les cris cessèrent bientôt. Personne n'était d'accord sur la marche à suivre. S'ils n'allaient pas travailler, ils n'auraient rien à manger au déjeuner.

Aussi la plupart des Emberiens reprirent-ils leur routine, ils se lavèrent les mains et le visage à la rivière, mangèrent ce qui restait puis prirent la route du village.

Doon et son père étaient du voyage, mais Doon avançait à contrecœur.

– Papa ! C'est la troisième fois qu'ils nous attaquent. Ne crois-tu pas qu'il est temps de réagir ?

– Et que proposes-tu ? demanda son père.

– Je ne sais pas. Mais il faut qu'on fasse quelque chose. On ne peut pas se laisser humilier comme ça...

– Mon fils, je n'ai pas la réponse. La situation ici a beaucoup dégénéré.

Il croisa les mains dans son dos et fit quelques pas en regardant la route.

– Il semblerait que cette fois, les gens exigent des

représailles, finit-il par dire. Mais la violence ne mène qu'à plus de violence. Alors... Je ne sais pas...

Ce jour-là, l'équipe de Doon fut assignée au champ de maïs. Son père et lui passèrent des heures à genoux, arrachant du sol de jeunes pousses pleines de tiges piquantes. Le bras de Doon le grattait. Des moustiques ? Il se gratta, encore et encore. C'était comme si cinquante moustiques l'avaient piqué. Et il en avait sur l'autre bras aussi. Ses deux bras le démangeaient à devenir fou. Finalement, il arrêta son travail et étendit les bras devant lui. Du poignet au coude, ils étaient devenus tout rouges.

– Papa ! Regarde ! Mes bras ! Des plaques de boutons ! C'est quoi ?

– Je ne sais pas, répondit son père, mais si ça peut te rassurer, j'ai les mêmes.

L'éruption cutanée se répandit sur les mains, les bras et les visages de tous les Emberiens qui avaient participé au nettoyage de l'escalier ce matin-là.

– Qu'est-ce que c'est que ce truc ? demandaient les gens qui travaillaient à la boulangerie, au garage à vélos, à la briqueterie ou dans les champs de tomates.

Ça les piquait, ça les brûlait et ça les grattait. Les plaques rouges gagnaient toutes les parties de leur corps, gonflaient, suppuraient. Et ça les grattait encore davantage.

Les villageois savaient ce que c'était. « Sumac » avaient-ils simplement déclaré en voyant les symptômes. Puis ils expliquèrent qu'il suffisait de toucher l'huile sur les feuilles vertes pour avoir une affreuse poussée d'urticaire.

– Vous avez certainement crapahuté dans la forêt, concluaient les villageois.

Mais aucun des Emberiens n'était allé en forêt. Non, ils avaient été volontairement empoisonnés.

La fureur s'empara du peuple d'Ember comme le feu s'empare d'un fétu de paille. Ceux qui avaient entendu l'histoire du sumac couraient annoncer l'atroce nouvelle à ceux qui l'ignoraient encore. Rapidement, tout le monde fut au courant. Ceux qui creusaient des trous jetèrent leur pelle, ceux qui ramassaient des fruits renversèrent leurs échelles et quittèrent le verger sur-le-champ. A la boulangerie, quelqu'un lança un gros morceau de pâte à pain sur son contremaître et, à la crémerie, quelqu'un jeta trois œufs sur le mur. Les terribles démangeaisons ne faisaient qu'attiser la colère de tous. Bientôt, spontanément, les Emberiens se rassemblèrent dans les rues. Par petits groupes d'abord, puis en flot continu, ils envahirent la grand-place où la foule laissa exploser sa colère.

Doon avait couru vers le centre du village avec les autres ouvriers du champ et s'était retrouvé au milieu de la cohue. Non loin de lui, il entendit Tick s'exclamer :

– Ils nous ont empoisonnés ! Et nous, on fait quoi ?

Comme la seule réponse qu'il obtint fut un brouhaha incompréhensible, il répéta, plus fort.

– Nous, on fait quoi ?

Cette fois il y eut une réponse. Un fracas suivi d'un

bruit de verre brisé. Quelqu'un avait jeté une pierre dans une fenêtre de la mairie. Les acclamations de la foule lui répondirent. Partout autour de lui, Doon voyait des gens baisser les yeux à la recherche d'une pierre à lancer. Sous les huées, les vitres de la mairie volèrent en éclats.

La foule se tourna ensuite vers les étals qui bordaient la place. Un pot de confiture vola au-dessus des têtes. Des bras se levèrent pour l'attraper, mais il les dépassa et alla s'écraser à un mètre de Doon. L'explosion projeta le contenu du pot – et une partie du contenant – sur ses jambes, maintenant couvertes d'une gelée collante et rouge plus quelques morceaux de verre. Il vit des gens fourrer des petits pains dans leurs poches et Tick, le bras rejeté en arrière, prêt à lancer une pierre dans les fenêtres de la tour. Il aperçut également Miss Thorn, qui accourait en se protégeant le sommet du crâne avec les mains, et les sœurs Hoover qui se barricadaient dans la crémerie. Soudain, il eut peur.

C'est le moment que choisit Ben Barlow pour apparaître dans l'encadrement de la porte de la mairie. Il grimaçait de rage.

– Arrêtez-les ! Arrêtez cette bande de voleurs et de casseurs !

– Vous nous avez empoisonnés ! hurla une voix dans la foule.

– Ça a assez duré ! cria quelqu'un d'autre avant de lancer une pomme de terre sur Ben.

Atteint à l'estomac, Ben se plia, la bouche ouverte.

Un rugissement s'empara de la foule, bientôt couvert par les cris de Tick :

– Remplissez vos poches. Remplissez vos poches et courez !

Une indescriptible mêlée s'ensuivit, puis, sans que la bousculade ne cesse vraiment, les Emberiens quittèrent la place à toutes jambes, en direction de la route menant à la rivière. Doon courait aussi. Juste devant lui, il voyait le dos de Tick, courant comme un fou, la chemise au vent.

« Maintenant nous sommes vraiment devenus des voleurs et des vandales », se dit Doon. Était-ce une chose regrettable ? Ou exactement ce que les habitants de Sparks méritaient ?

Ce soir-là, Tick arpenta les couloirs du Pionnier en long en large et en travers. Il frappa à chaque porte, pressant chacun de venir assister à sa réunion. Ce que firent au moins une centaine d'entre eux, dont Doon. Ils se réunirent à l'embranchement de la route, juste avant le crépuscule. Dans la masse, Doon identifia quelques visages connus. Il y avait d'anciens camarades de classe (Chet, Gill, Allie et Elvan), des gens qu'il avait connus dans les Galeries Souterraines, des commerçants et d'autres. La foule était essentiellement composée de jeunes garçons et d'hommes, mais quelques filles et quelques femmes étaient là aussi. La plupart restaient silencieux, mais d'autres se chuchotaient avec excitation des choses à l'oreille. Peu à peu, ils formèrent un demi-cercle devant Tick, juché sur une souche d'arbre, et avidement suivi des yeux par Lizzie, postée à ses pieds. La lune apparut dans le dos de Tick. Ses rayons faisaient briller ses cheveux d'un reflet argenté tout en laissant son visage dans l'ombre.

– Très bien, déclara Tick sans forcer sa voix, ce qui eut pourtant pour effet de faire cesser les chuchotements dans l'instant. Notre heure est venue. Ils nous ont déjà attaqués trois fois. Aujourd'hui, on leur a montré de quoi on était capables. On leur a fait comprendre qu'on ne se laisserait plus marcher sur les pieds. Mais il faut qu'ils comprennent autre chose. Qu'ils comprennent qu'en cas d'agression, il y aura des représailles car nous sommes devenus des guerriers maintenant.

Un grand murmure approbateur monta de la foule. Doon, qui se tenait en arrière, entendit plusieurs personnes faire écho aux paroles de Tick.

– Des représailles, oui ! Toujours contre-attaquer ! Des guerriers.

– Nous devons nous tenir prêts, poursuivit Tick. Prêts à la confrontation suivante, afin de ne pas être aussi désorganisés qu'aujourd'hui. La prochaine fois, on aura un plan, et on sera armés.

Un bourdonnement d'excitation parcourut le groupe.

– Et avec quoi allons-nous nous armer, vous demandez-vous sûrement ? Eh bien, nous disposons de tout ce qu'il nous faut ici même, là où nous dormons, continua Tick avec l'assurance dont il était coutumier. Regardez dans vos salles de bains, vous trouverez de jolis porte-serviettes. C'est juste à la bonne taille. Et il y en a en quantité suffisante pour équiper tout le monde.

Les gens se regardaient avec perplexité. Les porte-serviettes des salles de bains ? Doon, lui, avait immédiatement compris ce que Tick voulait dire. Les barres des porte-serviettes. Il suffisait de les arracher du mur pour avoir une arme redoutablement solide, une belle barre de fer capable de rompre des os et de provoquer des blessures sérieuses.

Tick attendit que l'information fasse le tour du groupe et que tout le monde ait saisi ce qu'il voulait dire par les porte-serviettes, puis il reprit :

– Il y a aussi d'autres façons de vous armer. Avez-vous emporté des couteaux avec vous ? Reste-t-il des morceaux de vitres aux fenêtres des chambres ? Avez-vous remarqué que certains cailloux près de la rivière sont pile de la taille d'un poing ?

Une fois encore, il attendit. Doon était entouré de gens qui hochaient la tête en murmurant. Il essaya d'imaginer comment l'émeute du matin aurait pu évoluer si la foule avait été armée de barres de fer, de couteaux et de tessons de verre. Il y aurait certainement eu des blessés, et du sang. Mais il fallait mettre ça en balance avec ce que les villageois de Sparks avaient fait subir aux gens d'Ember : les affres de la faim, les humiliations et les insultes et enfin cette terrible poussée de boutons. Les souffrances ne commandaient-elles pas d'autres souffrances en retour ? Se montrait-il pusillanime en redoutant l'affrontement ? Il allait devoir s'endurcir, pensa-t-il, et pas seulement physiquement, mais aussi mentalement. Il lui faudrait acquérir une force qu'il ne possédait pas encore s'il voulait attaquer au risque de blesser quelqu'un.

Tick s'était penché en avant. Il parlait d'une voix plus douce. Tout le monde fit signe de se taire et écouta.

– Allez, mes guerriers ! Dormez, reprenez des forces. Utilisez les jours qui viennent pour vous préparer au combat. Soyez prêts à dégainer vos armes… Et à vous en servir. Rappelez-vous la haine que vous avez ressentie quand vous avez découvert ces mots atroces sur le mur, rappelez-vous la haine que vous avez ressentie quand vous vous grattiez les bras jusqu'au sang. Les gens de Sparks s'en prendront encore à nous. Nous pouvons en être certains. Mais la prochaine fois que ça arrivera, nous serons prêts !

La réunion achevée, Doon retourna vers le Pionnier avec un vague sentiment de malaise. Tick avait sûrement raison ; pour autant, Doon avait des doutes. Et voir ses concitoyens évoquer la guerre ne l'enchantait pas. Était-il lâche ? Certainement pas. Alors où était le problème ?

22
Découvertes

Quand Lina se réveilla le lendemain matin, elle crut d'abord qu'elle avait un problème de vue. Tout était devenu gris. Elle s'assit et regarda autour d'elle. Non, ce n'était pas sa vue qui lui jouait un tour, c'était l'air. Il était si épais qu'elle n'y voyait rien. Le pick-up n'était plus qu'une ombre et les gratte-ciel de la ville avaient totalement disparu.

Un grognement sourd et inintelligible montait au milieu de la purée de pois. Caspar marmonnait dans sa barbe, comme il l'avait fait la veille.

Une forme sombre apparut et s'approcha d'elle. C'était Maddy. Elle se pencha et murmura :

– Ne te lève pas tout de suite. Recouche-toi.

– Pourquoi l'air est comme ça ? demanda Lina.

– On appelle cela du brouillard. Ça vient de la mer. Maintenant allonge-toi et reste bien au chaud sous ta couverture.

Lina se recoucha et tira la couverture sous son menton. Maddy s'agenouilla à ses côtés et murmura à nouveau.

– Fais semblant d'être malade. Plains-toi de quelque chose en gémissant. Refuse de te lever, je t'expliquerai plus tard.

Lina suivit les instructions de Maddy à la lettre. Elle regarda passer une nappe de brouillard juste au-dessus d'elle et se mit à geindre faiblement. Il lui était aisé de feindre une maladie car elle avait rarement autant souffert du froid et du vague à l'âme.

Deux ombres informes se serraient l'une contre l'autre dans le brouillard. Caspar et Maddy avaient quelque chose à se dire. Leurs voix s'élevèrent, mais Lina ne pouvait saisir le contenu de la discussion.

Elle s'était sûrement rendormie car, quand elle ouvrit à nouveau les yeux, le brouillard s'était en partie dissipé. Comme à travers une loupe, un soleil pâle et translucide éclairait faiblement le ciel gris. Sans se relever, elle chercha Maddy du regard. Elle la découvrit en train de manger, assise à l'arrière du pick-up. Caspar n'était pas en vue.

– Maddy, appela-t-elle doucement.

Elle descendit du pick-up et s'approcha.

– Tu peux te lever maintenant. Il est parti.

– Parti ? demanda Lina en se redressant.

Maddy acquiesça de la tête.

– Dans les ruines. Il ne veut pas lâcher son idée de chasse au trésor. J'ai l'impression qu'il y a eu un déclic dans sa tête. Il n'était pas aussi borné au début, mais maintenant il semble avoir complètement perdu les pédales.

Elle prit la main de Lina et l'aida à se lever.

Puis ensemble, elles plièrent la couverture.

– Il veut que tu l'aides dans ses fouilles, que tu ailles dans des endroits difficiles d'accès où il ne peut pas aller. Je lui ai dit que tu l'aiderais demain, mais que, pour l'instant, tu ne te sentais pas bien, alors il est parti pour inspecter les lieux lui-même. « Repérage préliminaire », comme il a dit.

– Je ne veux pas l'aider, répondit Lina.

– Tu n'auras pas à le faire, nous partons.

– Ah bon ? On part ? Quand ? Comment ?

– Maintenant, répondit Maddy. Allez viens m'aider.

Maddy grimpa sur le plateau, détacha les deux bicyclettes qui s'y trouvaient et les tendit à Lina. Ensuite, elle ouvrit le coffre qui servait de garde-manger et prit quelques-uns des cakes du voyageur qui s'y trouvaient encore ainsi que deux bouteilles d'eau. Elle emballa le tout dans des couvertures qu'elle attacha à l'aide d'une corde.

– Tiens, ce sac est pour toi, dit-elle à Lina, et ce vélo aussi.

– Tu veux dire qu'on va retourner jusqu'à Sparks à vélo ? demanda Lina d'une voix tremblante s'imaginant pédaler sous la fournaise au milieu des immensités désertiques qu'ils avaient traversées.

– On ne sera pas obligées de pédaler tout du long. Il y a plein d'errants sur la route. On trouvera bien quelqu'un pour nous aider.

– Et on laisse Caspar tout seul ici ? demanda Lina en trouvant que Mady lui réservait un sort bien cruel même pour quelqu'un d'aussi détestable que lui.

– Il s'en sortira très bien, dit Maddy. Il a le pick-up et tout l'équipement. Il n'a pas besoin de nous.

Elles s'accrochèrent ensuite leurs balluchons dans le dos et poussèrent leurs bicyclettes dans les décombres de la route jusqu'à l'endroit où elle s'ouvrait sur la longue courbe qui descendait la colline. C'est le moment que choisit le brouillard pour se lever définitivement. Lina se retourna pour lancer un dernier regard à la ville, celle qui avait suscité chez elle tant d'espoir, celle qui, pensait-elle, aurait pu abriter le peuple d'Ember. Dans le soleil, le spectacle était plus affligeant que terrifiant. Au-dessus de la crête arrondie des vertes collines, se dressaient, guetteurs impuissants, les squelettes des vieilles tours. Près de la côte, les arbres se tordaient sous la force du vent et la surface de l'eau verte qui ceinturait la ville était balayée d'ondulations. Peut-être, pensa Lina, que la cité étincelante qu'elle avait imaginée était une vision d'un avenir lointain et non celle d'un passé depuis longtemps oublié. Peut-être qu'un jour, les habitants d'Ember – ou leurs arrière-arrière-petits-enfants – viendraient ici et la reconstruiraient.

– OK, dit Maddy. On y va ?

Lina enfourcha sa bicyclette. Ce vélo était plus grand que celui auquel elle était habituée. Elle agrippa les poignées, appuya puissamment sur la pédale. C'était parti.

Dès les premiers tours de roues, elle sentit qu'il était si rapide qu'elle avait à peine besoin de pédaler. Elle roulait en trombe, bien plus vite que la plus rapide de ses courses à pied. Le vent frappait son visage, faisant voler ses cheveux dans son sillage, s'insinuant dans ses vêtements. Il était si violent qu'elle avait l'impression qu'il allait retourner ses paupières. Les irrégularités de la route faisaient ruer son guidon, tel un animal sauvage. Elle le serra d'une poigne de fer. C'était à la fois proprement terrifiant et absolument délicieux. Maddy et Lina, minuscules silhouettes perdues sur cette autoroute déserte qui dévalait la colline, ne pédalaient même pas, se contentant d'éviter les trous et les divers débris qui parsemaient leur chemin. En ouvrant la bouche, Lina sentait l'air gonfler ses joues et s'engouffrer dans ses poumons. L'excitation et l'immense sentiment de liberté qui la submergèrent lui fit pousser un cri aigu. Dès que la pente diminua, Lina dessina de longues courbes sur l'asphalte. Maddy fit de même. Elles se dépassèrent à tour de rôle en hurlant et en riant. Dans le ciel, quelques oiseaux blancs semblaient s'être pris au jeu de la course et fondaient en piqué vers la route, accompagnant leurs arabesques de cris stridents.

Vint ensuite un long plat sur lequel il fallut pédaler dur. Elles roulèrent ainsi toute la journée, marquant de nombreux arrêts pour se reposer, manger et boire, ce qui n'empêcha pas Lina d'avoir mal aux fesses et aux jambes après ces longues heures de route. Elle avait même des ampoules aux mains à force de serrer le guidon. Mais Maddy ne cessait de répéter :

– Roule encore un peu. On va un peu plus loin et on s'arrête.

Aussi Lina continuait-elle d'avancer, se découvrant des réserves insoupçonnées jusqu'à ce que, finalement, le soir venu, elles atteignent l'endroit où l'eau s'arrêtait et où il fallait prendre à l'est, en direction des collines.

C'est là qu'elles firent halte pour la nuit. Elles trouvèrent une crique où coulait un filet d'eau claire. Maddy déclara que les feuilles rondes et vertes qui poussaient sur les parois de la falaise étaient comestibles. Avec quelques oignons sauvages et quelques mûres qu'elles avaient dénichées au cœur d'un massif de ronces, elles fournirent un appréciable accompagnement à leurs cakes du voyageur. Il n'y avait pas de vent froid ici, comme c'était le cas près de la ville. Le soir était doux et calme, mis à part le coassement des grenouilles au fond de la crique. Elles étalèrent leurs couvertures sur le sol. Un hibou hulula dans le lointain, un autre lui répondit. Maddy était allongée sur le dos, les mains jointes sur son gros ventre. Aux yeux de Lina, qui la regardait de profil, la silhouette qui se détachait sur le ciel nocturne évoquait une série de collines, solides et réconfortantes. Aussi Lina osa-t-elle poser une question qui la turlupinait depuis un moment.

– Maddy ? Tu crois qu'il pourrait y avoir un nouveau Grand Malheur comme celui qui s'est produit, ou même pire ? Qu'est-ce qui se passerait si tous les humains et tous les animaux étaient tués ?

– Ne t'inquiète pas, répondit Maddy. Les hommes n'ont pas créé la vie, donc ils ne peuvent pas la détruire. Même s'ils supprimaient toute forme de vie de la surface de la terre, ils ne pourraient pas atteindre la source de la vie. Quelle que soit la force qui donna naissance aux plantes, aux animaux et aux humains, elle sera toujours là et, quoi qu'il arrive, la vie jaillira à nouveau.

Après quoi elle se retourna et tira la couverture sur sa nuque.

– Il est l'heure de dormir maintenant. Demain, une dure journée de vélo nous attend.

Le matin suivant, elles étaient déjà en route quand le soleil se leva. Lina grogna en remontant sur sa machine – elle avait des courbatures de la veille. Mais, passé un rapide échauffement, elle se sentit à nouveau bien. En outre, la route était plate et elle avançait facilement.

Au bout d'une heure environ, Lina remarqua quelque chose au loin, quelque chose en mouvement.

– Regarde ! hurla-t-elle, le doigt tendu devant elle, à Maddy qui se trouvait quelques mètres en arrière. Je crois que c'est un pick-up ! Peut-être un errant !

Dix minutes plus tard, elles l'avaient rattrapé. Le conducteur s'était retourné quand il les avait entendues crier derrière lui. Un immense sourire un peu surpris avait illuminé son visage, il avait arrêté ses bœufs et mis pied à terre.

– Salutations ! cria-t-il. Heureux de croiser des voyageurs. Je n'ai vu personne sur cette route depuis quatre jours.

Il s'agissait d'un petit homme trapu, au crâne hérissé d'une épaisse et sauvage touffe de cheveux bruns. Il s'appelait Pelton Moss et il s'agissait bien d'un errant, comme l'indiquaient les caisses, cageots et tonneaux à l'arrière de son pick-up. Malheureusement, il voyageait pratiquement à vide. Il venait de vendre son dernier lot dans une colonie éloignée du sud de la baie.

– Si, en chemin, vous acceptez de me donner un coup de main pour ma collecte, je vous emmène, proposa-t-il.

Ainsi, pendant cinq jours, Lina devint une errante. Ils s'arrêtaient dans toutes les anciennes villes abandonnées qu'ils croisaient et ratissaient les décombres des maisons. Il ne restait pas grand-chose. Ces habitations avaient été presque totalement nettoyées de leur contenu au cours des deux cents dernières années. Pourtant, il arrivait qu'en faisant bien attention, ils trouvent des choses que les errants précédents n'avaient pas remarquées – ou qu'ils n'avaient pas jugées dignes d'intérêt.

Lina adorait ces recherches. Dans un sens c'était comme être messager à Ember. Elle pouvait aller partout, inspecter tous les recoins oubliés et, quand elle avait de la chance, dégoter quelque chose. Et de la chance, elle en avait.

Elle dénicha ainsi un médaillon en argent avec une photo à l'intérieur. Mais l'image était si ancienne et tachée qu'elle ne pouvait voir s'il s'agissait d'une femme ou d'un bébé. Elle trouva aussi une petite plaque de verre ronde, équipée d'un manche. Quand on regardait au travers, tout paraissait plus grand.

– Une loupe, s'exclama Pelton en voyant l'objet. Super !

Elle tomba aussi sur un petit camion rouge dont les roues tournaient encore, une lanière de cuir avec une boucle et deux pièces de métal arrondies attachées dessus.

C'était trop court pour être une ceinture. Il y avait des mots gravés dans le métal, mais ils étaient si usés qu'elle ne pouvait les lire.

– C'est un collier de chien, lui dit Pelton. Pas très utile, mais intéressant tout de même.

Dans une maison isolée au milieu d'un champ, sous une véranda située sur la façade arrière du bâtiment où des stores en lambeaux, de couleur brune, battaient au gré du vent, elle ouvrit un bahut dans lequel elle découvrit une boîte dont le couvercle aux lettres passées disait : « Monopoly ». A l'intérieur se trouvaient de petits cubes avec des points sur chacune de leurs faces et de minuscules maisons stylisées.

– Magnifique ! s'extasia Pelton. Extrêmement rare !

Il y avait aussi une autre boîte dans le bahut, avec une image de jardin sur le couvercle et une quantité d'étranges formes en carton à l'intérieur. Au fond du meuble, au milieu d'un amas de poupées cassées, de pages de livres en partie déchirées et de petits pots de peinture séchée, Lina mit la main sur une barre de métal d'environ dix centimètres de long dont Pelton dit que c'était un aimant.

– Mets-le contre la paroi du pick-up, tu verras, il ne bougera plus.

Même si elle appréciait ces fouilles, Lina ne pouvait s'empêcher d'imaginer la situation du peuple d'Ember s'il devait se retrouver perdu au milieu de ces terres désertes et d'essayer d'y créer une ville. Comment feraient-ils pour changer ce sol aride, sec et dur, en champs fertiles ? Avec quoi construiraient-ils leurs maisons ? Que mangeraient-ils pendant qu'ils retourneraient le sol et construiraient leurs abris ? L'image des quatre cents réfugiés d'Ember, éparpillés, comme une volée d'oiseaux égarés, au milieu de ces étendues arides et hostiles, grattant les quelques herbes du sol à la recherche de graines et d'insectes, se pressant à l'ombre des rares arbres et tentant de construire des maisons à partir de branchages et de paille, s'imposa à elle. Une image qui faisait froid dans le dos et qu'elle se hâta d'évacuer de son esprit. Il valait mieux se concentrer sur les fouilles.

Maddy ne chinait guère. Elle n'avait aucun plaisir à se baisser pour inspecter les coins et recoins des maisons, à ramper sous les meubles pour chercher ce qui s'y trouvait ou à tortiller sa grande carcasse pour accéder à des endroits exigus. Pendant que Lina et Pelton fouillaient à l'intérieur, elle se promenait dans les champs ou dans les jardins en friche derrière les maisons à la recherche d'arbres fruitiers, de vigne sauvage et de toutes les feuilles, racines, noix et champignons bons à manger. Quand Lina jetait un œil par la fenêtre de la pièce qu'elle était en train de passer au peigne fin, elle découvrait Maddy, se frayant un chemin dans les hautes herbes jusqu'à un vieux pommier biscornu au tronc noueux ou se penchant sur un roncier pour y cueillir des baies. Il lui arrivait aussi de ne pas bouger du tout. Lina la voyait installée dans une vieille chaise longue, parfaitement immobile, contemplant la campagne ou le bout d'une route. A quoi pensait-elle ? Lina se posait souvent la question quand elle la voyait ainsi. Elle avait l'air si grave.

Le soir du troisième jour, ils firent halte près de la rivière, à un endroit où la rive était large et plate. Le soleil déclinait, ils s'assirent sur la berge et burent une infusion de menthe fraîche – que Pelton avait préparée avec des feuilles qu'il avait trouvées – et palabrèrent. Pelton évoqua les endroits où il était allé, Lina et Maddy lui racontèrent l'histoire de Caspar et de son hypothétique quête en ville, fondée sur une étude maniaque de vieilles chansons parlant d'un trésor.

– Ah oui, répondit Pelton. J'ai entendu cette légende toute ma vie et, avant moi, mon père l'a entendue aussi. C'est une ancienne poésie, ou une vieille chanson, qui a voyagé à travers les âges et qui s'est sans doute transformée en passant de génération en génération. Chacun a sa façon de la raconter. En gros ça donne ça…

Et il se mit à chanter d'une voix douce, et fausse.

« Il y a un trésor enfoui dans l'ancienne cité.
Souvenez-vous ! Souvenez-vous des temps anciens !
Un jour, ce qui a été caché retrouvera la lumière.
Un bien plus précieux que l'or ou le diamant. »

– C’est comme ça que je l’ai entendue, de la bouche d’un vieil homme qui vivait dans les montagnes, près d’Angel Rock. Plus tard, à Falter, j’ai entendu une autre version, chantée par Maggie Pierce. Ça donnait quelque chose comme :

« Remember the city, the city remember.
Là où un trésor est caché sous terre.
La ville s’en souvient. Elle se souvient de tout.
Remember the city, the city remember.
C’est là qu’on trouvera le trésor.

Lina le fixait, la bouche entrouverte, les sourcils en l’air et le cœur battant. Pelton éclata de rire.

– Qu’est-ce que tu regardes avec cet air ahuri ? Tu penses que tu vas trouver ce trésor ? Personne ne croit plus à ces vieilles légendes aujourd’hui. Ce sont des comptines sans queue ni tête, de vieux airs inventés pour endormir les petits enfants.

– Certains y croient encore, dit Maddy rêveuse. Mais seulement ceux qui ont un grain… Et une bonne dose de cupidité.

– Absolument. Et j’en ai connu quelques-uns comme ça. L’un d’eux était persuadé que le trésor était dans la vieille ville de Sanazay. Il a passé sa vie à creuser et à fouiller les ruines. Il en est même mort. Une cheminée s’est effondrée sur lui.

– Les gens croient à de telles sornettes, soupira Maddy.

Lina hochait la tête.

Consciencieusement, de gauche à droite, avec un sourire grandissant.

– Non, non, non, finit-elle par dire. Vous avez tout faux…

Un éclat de rire s'échappa spontanément de sa bouche.

– Ce ne sont pas des sornettes. C'est la vérité. J'en suis sûre, j'en suis sûre !

Ce qu'elle venait de découvrir était si merveilleux et si ahurissant que, d'un geste, elle bondit sur ses pieds, frappa dans ses mains et éclata à nouveau de rire.

– Ne sois pas ridicule, dit l'errant.

– Je ne plaisante pas ! La ville dont parle le poème, c'est la ville d'où je viens !

– L'errant lança un regard de côté à Maddy.

– Qu'est-ce qu'elle a ? Elle a de la fièvre ?

Maddy attrapa Lina par la main.

– Calme-toi maintenant. Explique ce que tu veux dire.

– Répète-moi le premier vers, ordonna Lina toujours aussi excitée. Le premier vers de la deuxième chanson.

Pelton la regarda bizarrement, mais il chanta :

– *« Remember the city, the city remember, là où un trésor est enfoui sous la terre. »*

– Ce début de couplet, je suis certaine que cela devait être : *« remember the city, the city of Ember »*. Souvenez-vous de la ville, la cité d'Ember, qui est le nom de la ville où je suis née et qui se trouve sous la terre.

– Je crois que je vais avoir du mal à avaler ça, coupa Pelton.

– Moi je pense que c'est vrai, répondit Maddy calmement. Ils disaient tous ça, tous ceux qui venaient du même endroit qu'elle.

– Et le trésor alors ? demanda Pelton.

– C'était nous ! cria Lina d'une voix suraiguë. Le trésor, c'est le peuple d'Ember !

Une vague d'amour pour son ancienne ville la submergea tout à coup.

– Chante la première chanson une fois encore. Les dernières lignes.

Et Pelton chanta :

« Un jour, ce qui a été caché retrouvera la lumière. Un bien plus précieux que l'or ou le diamant. »

– Vous voyez ? les interpella Lina. Retrouver la lumière ! Mon peuple et moi, nous avons retrouvé la lumière ! Et nous sommes bien plus précieux que l'or ou le diamant puisqu'ils pensaient que nous pourrions être les seuls êtres humains encore présents à la surface de la terre.

Tous trois se regardaient interloqués.

– Moi je crois qu'elle a raison ! conclut Maddy.

– Peut-être bien, ajouta Pelton avant de jeter un regard incrédule à Lina et de lancer : tu as vraiment vécu sous terre ?

Lina passa le reste de la soirée à leur parler de la ville d'Ember, de son poste de messager et à leur expliquer comment Doon et elle avaient déniché une sortie. Il était tard quand ils s'allongèrent pour dormir. Pourtant, Lina ne s'endormit pas immédiatement, repensant aux vieilles chansons et à ce qu'elles pouvaient signifier. Quelqu'un, il y a très longtemps, avait espéré qu'au moins quelques personnes pourraient survivre, quoi qu'il arrive à la surface. Pour cela, il avait construit une ville secrète, souterraine, un écrin pour le plus précieux de tous les trésors : Lina, sa famille et toutes les générations qui, avant elles, avaient peuplé la ville d'Ember et, sans le savoir, assuré la survie de l'espèce humaine. Enfin, pour que les gens s'en souviennent, il en avait fait une chanson.

Le troisième conseil municipal

Après le saccage de la grand-place, les trois responsables de la communauté villageoise organisèrent en hâte une réunion extraordinaire dans la salle de la tour. Elle s'ouvrit de manière morose. Les trois protagonistes s'affalèrent à tour de rôle sur leurs sièges et contemplèrent silencieusement le désordre qui régnait à leurs pieds.

– Maintenant qu'est-ce qu'on fait ? demanda finalement Wilmer.

Ben ferma les deux poings et les posa lentement sur la table avant de déclarer :

– Le peuple des souterrains doit partir.

– Partir ? s'exclama Mary.

– Partir, répéta Ben en la fixant dans les yeux. Ils doivent quitter le village.

– Mais ça ne fait pas encore six mois, objecta Wilmer.

– Ils doivent partir sur-le-champ, poursuivit Ben. De toute façon, c'est mieux pour eux de partir avant que l'hiver ne s'installe.

– Ils ne voudront pas partir, rétorqua Wilmer en tripotant anxieusement une mèche de ses cheveux. Je pense qu'ils ont compris qu'ils ne peuvent aller nulle part.

– Ils doivent partir, s'emporta Ben. On ne sera plus jamais tranquille tant qu'ils seront là. S'ils refusent de partir, nous les y forcerons. On en a les moyens.

Un long silence suivit. Ben et Mary se fixaient du regard. Les yeux de Wilmer allaient et venaient nerveusement de l'un à l'autre.

Finalement, Mary posa ses mains à plat sur la table et prit une profonde inspiration.

– Tu veux parler de la Terrible ?

– Absolument, répondit Ben. Nous l'avons justement pour faire face à des situations d'extrême urgence et j'estime que c'est le cas.

– On ne l'a jamais utilisée, dit Wilmer. On ne sait même pas comment la faire marcher.

– Je pense qu'il ne serait pas sage de l'utiliser, déclara Mary. Nous avons toujours fait de notre mieux pour ne pas répéter les erreurs de nos ancêtres. Utiliser la Terrible reviendrait à franchir une première étape dans un processus dont on sait où il a mené.

– Nous n'aurions peut-être pas besoin d'utiliser notre arme, nuança Ben. Tout ce que nous avons à faire c'est de les en menacer. A la simple vue de la Terrible, ils feront ce qu'on leur dira. Ils partiront.

– Si je résume bien, poursuivit Mary, tu proposes d'envoyer quatre cents personnes vers une mort certaine ?

– Pas nécessairement, répondit Ben. Le village

de Sparks est parti de presque rien, pourquoi n'y arriveraient-ils pas ?

– Dire que nous sommes partis de rien est un mensonge. Quand les fondateurs sont arrivés ici après avoir quitté leurs villes, ils avaient un gros camion rempli à ras bord de nourriture et de matériel. Suffisamment pour tenir des mois. Les gens dont nous parlons ne possèdent rien.

– Qu'à cela ne tienne, on leur donnera un camion, proposa Ben. Avec des tonneaux d'eau potable, de la nourriture et quelques outils essentiels.

– De quoi tenir une semaine ? demanda Mary. Et puis ils n'ont aucun savoir-faire puisqu'ils n'ont pas eu le temps d'apprendre.

Ben eut un mouvement d'impatience.

– Ainsi nous devrions exposer nos propres familles aux privations et au danger à cause d'une bande de réfugiés tout droit sortis de terre ? Ne devons-nous pas, au contraire, protéger notre peuple ?

– Et s'ils refusent d'obéir à cet ordre ? demanda Wilmer. S'ils se soulèvent ? On fait quoi ?

– Je pensais avoir déjà éclairci ce point, dit Ben sur un ton coupant. En cas de nécessité, il faut utiliser la force. C'est la seule solution.

Puis il s'arrêta et réfléchit pendant un moment, le regard perdu au-dessus de la tête de Wilmer.

– Nous installerons la Terrible sur un pick-up et nous l'amènerons jusqu'au Pionnier, reprit-il après réflexion. S'ils résistent d'une façon ou d'une autre, elle sera là, prête à l'emploi.

Il cogna du poing sur la table.

– Je dis qu'on leur donne une journée pour se préparer. Après-demain, ils débarrassent le plancher une bonne fois pour toutes. Tous sans exception. Vous voulez passer au vote ?

Ils se regardèrent et hochèrent la tête.

– Je vote pour, dit Ben. Ils doivent partir.

– Je vote contre, répondit Mary.

Wilmer contempla timidement ses mains, déglutit, puis prenant une fébrile inspiration, il bégaya :

– Je... Je... Je vote... Pour.

Ainsi fut-il décidé. Décidé aussi qu'ils annonceraient publiquement leur décision le soir même, lors d'un rassemblement des gens d'Ember qui devait avoir lieu au moment où ceux-ci rentraient de leur travail, juste avant qu'ils ne retournent au Pionnier. Ben se chargerait de leur annoncer la nouvelle, et de leur faire comprendre qu'elle n'était pas négociable.

23
Préparatifs de guerre

L'annonce fut un immense choc pour les Emberiens. Ce soir-là, dans les couloirs du Pionnier et les anciennes salles de réception l'agitation fut extrême. Les gens se lamentaient, criaient manifestant leur mécontentement. Dans le hall d'entrée, Doon croisa un petit groupe plongé dans un vif débat.

– C'est la faute de ce Hassler, criait quelqu'un. C'est lui qui à déclenché l'émeute. Il poussait les gens à se battre.

– Pas du tout. Il s'est levé contre l'oppresseur. Pour défendre nos intérêts ! hurlait un d'autre. Il leur a donné ce qu'ils méritaient.

– C'est un fauteur de troubles !

– C'est un héros !

Doon laissa là l'empoignade et s'engagea dans les escaliers. Arrivé à mi-étage, il croisa Lizzie. Son visage était rouge d'excitation. Elle lui attrapa le bras.

– Il ne va pas les laisser nous jeter dehors, n'est-ce pas ? demanda-t-elle anxieuse.

– Qui « il » ? demanda Doon.

– Tick. Je suis certaine qu'il va nous sauver. Il est si courageux, tu ne trouves pas ? Il va les faire changer d'avis, et elle dégringola les escaliers.

Il se passa plusieurs heures avant que les gens d'Ember aillent se coucher. Dans les couloirs, le bruit ne cessait pas. Certains gémissaient qu'ils allaient tous mourir, d'autres appelaient à l'insurrection tandis que d'autres enfin rassemblaient leurs affaires et commençaient à les fourrer dans des sacs. Sadge était si terrorisé par ce qui se passait qu'il s'était recroquevillé dans un coin de la chambre avec sa couverture sur la tête, ce qui n'empêcha pas Doon, son père et Edward Pocket de discuter longtemps pour tenter de faire le point sur la situation.

– Je ne vois pas comment on pourrait construire une ville dans les Espaces Vides en partant de rien, dit Doon. D'ailleurs je les soupçonne d'avoir toujours su que c'était impossible. On serait mort de faim avant d'avoir achevé la moindre construction. On ne peut pas partir. De toute façon, ils ne peuvent pas nous y contraindre.

Son père, assis dos au mur, les genoux bien hauts, secoua la tête tristement.

– Je n'en suis pas si sûr, dit-il. Ils possèdent la Terrible et pourraient très bien l'utiliser pour nous forcer à partir.

– Et alors ? demanda Doon. Qu'est-ce que ça peut faire ? Une seule arme… Je ne vois pas où est le problème.

– Pour être efficace, déclara Edward Pocket de son

ton le plus doctoral, une arme doit entrer en contact avec la ou les personnes contre lesquelles elle doit être utilisée. La question est : « Comment une seule arme peut-elle être efficace contre quatre cents personnes ? » Il pourrait s'agir de quelque chose d'énorme, conçu pour nous attaquer et nous écraser.

– Mais où pourraient-ils la cacher, si c'est si grand ? demanda Doon. A t'en croire, il faudrait que ça soit de la taille d'une montagne.

– Il pourrait s'agir d'un animal, dit le père de Doon. Ils pourraient le garder dans une cage, dans le sous-sol de la mairie. Un animal féroce qu'ils lâcheraient sur nous.

– Ça pourrait aussi être quelque chose comme le sumac, mais en plus violent, déclara Doon. Un poison dont ils pourraient nous asperger.

Son père hocha la tête, pensif.

– Oui ! Ça se pourrait.

– Mais papa, ajouta Doon. On doit se battre, non ? Peu importe la nature de leur arsenal. On ne peut pas partir comme ça. C'est trop injuste !

Edward Pocket, qui était longtemps resté assis en tailleur, déplia les jambes et se leva lentement, puis il ferma ses poings et les leva en l'air, comme s'il s'apprêtait à cogner quelqu'un.

– Je ne partirai pas ! hurla-t-il. Qu'ils y viennent. Qu'ils essaient de me déloger quand je serai enchaîné à un arbre !

Un grognement plaintif monta de la couverture qui abritait Sadge :

– En plus, poursuivit Edward, j'ai un travail à finir. Ils ont besoin de moi. Ils ont besoin de nous tous !

Il se rassit.

– Ils auront sûrement changé d'avis d'ici demain.

– J'en doute, dit le père de Doon. Le type qui nous a parlé, Ben, m'a paru tout à fait sérieux.

– Alors qu'est-ce qu'on va faire dis ? Nous battre pas vrai ?

Le père soupira, étira ses longues jambes devant lui, les yeux fixés sur ses genoux.

– Essaie de réfléchir à ce que se battre implique, répondit son père. Supposons que nous nous barricadions dans l'hôtel et refusions de partir. Ils marchent sur nous avec leur arme, quelle qu'elle soit. Certains d'entre nous sont blessés, d'autres tués. En réponse, on les attaque en retour avec tout ce qu'on peut trouver, gourdins, morceaux de verre... et on s'affronte.

Il se passa une main dans les cheveux et soupira à nouveau.

– Ça pourrait aussi bien se terminer par l'incendie du Pionnier, ou par une marche sur le village où nous volerions leurs réserves de nourriture. Après quoi ils nous poursuivraient, nous tabasseraient. Et nous on riposterait. Au bout du compte, il se pourrait aussi qu'on réussisse notre coup et qu'ils soient dans l'incapacité de nous jeter dehors. Et après ? Qu'est-ce qu'on aurait gagné ? Des amis, des voisins et des proches disparus pour toujours. Un endroit à moitié détruit et ceux qui l'habitent encore remplis de haine à notre égard, sans compter qu'on serait forcés de vivre avec le souvenir des atrocités commises.

Les mots de son père avaient fait naître des images d'une précision redoutable dans l'esprit de Doon. Il n'avait jamais pris le temps d'étudier screinement les conséquences d'un affrontement direct.

– Mais même si ça se passait comme tu le dis, certains des nôtres survivraient malgré tout, et auraient un endroit où vivre, alors que si on allait dans les Espaces Vides, on mourrait tous.

Son père secoua la tête.

– Je ne sais pas, fils. Je dois admettre que j'ignore ce qu'il faut faire.

– En tout cas, je sais ce que moi je vais faire, claironna Edward Pocket.

– Quoi donc ? demanda Doon.

– Me coucher, répondit Edward en secouant ses jambes avant de se diriger vers son placard et de s'y enfermer. Réveillez-moi quand vous aurez trouvé quelque chose.

Environ une heure plus tard, des bruits de pas retentirent dans le couloir, suivis de sourds martèlements contre les portes des chambres, les unes après les autres et des éclats de voix de Tick.

– Tous les combattants à l'appel ! Tous ceux qui refusent d'être bannis ! Tous les combattants à l'appel ! Rendez-vous à l'embranchement de la route. Nous devons nous préparer.

Les pas s'éloignèrent. Doon entendit le même message

répété plus loin dans le couloir et une autre fois plus loin encore.

Il remit ses vêtements et ses chaussures. En dépit de ce que son père disait, il ne pensait pas que le peuple d'Ember dût accepter de quitter calmement les lieux pour s'aventurer tête baissée dans des contrées sauvages. D'une manière ou d'une autre, ils devaient résister. Et Tick était le seul à avoir un plan.

Le hall était noir de monde. Mis à part quelques chuchotements furtifs, la foule était silencieuse. Elle se dirigeait vers les escaliers. Dehors, la nuit était douce, mais un vent violent soufflait dans les arbres et des bribes de nuages volaient sous les étoiles. Doon et les autres se dirigèrent vers le point de rendez-vous.

Tick se dressait dans la lumière de la lune. En arrière-fond, s'étalait l'épaisse frondaison de la forêt. Quand tout le monde fut rassemblé devant lui, il leva sa barre de fer dans les airs et tous les chuchotements cessèrent.

– Écoutez-moi bien, dit-il d'une voix claire.

Il ne criait pas. Il parlait fort, articulant si parfaitement chaque mot qu'il en devenait tranchant.

– Il nous a été ordonné de quitter le pays après-demain. Ce jour-là nous nous rassemblerons devant le Pionnier à l'aube. Soyez armés. Certes il y a encore des gens qui ne sont pas résolus à se battre et d'autres même qui s'apprêtent à partir sans broncher dans les Espaces Vides, pour obéir aux ordres. Nous devons les faire changer d'avis. Brandissez vos armes ! Hurlez notre cri de guerre : « On y est, on y reste ! » Rappelez-leur les mots haineux griffonnés au noir de fumée sur la façade et avec de la boue sur la grand-place. Et les feuilles empoisonnées sur le pas de notre porte. Il faut leur faire honte. Honte de leur lâcheté et de leur faiblesse. Nous devons leur faire admettre qu'obéir aux ordres du diable, c'est lui vendre son âme. La plupart d'entre eux – peut-être tous – changeront d'avis et se joindront à nous. Une fois que cela sera fait, nous descendrons au village. Fiers de notre unité et conscients de notre force, nous exigerons de rencontrer les responsables sur la grand-place afin de formuler nos exigences. Et nous nous montrerons intraitables.

Quelques poings se levèrent, quelques cris d'encouragement jaillirent.

– Et qu'exigerons-nous ? demanda Doon, qui se tenait au premier rang de la foule, à seulement un mètre de Tick.

– Nos exigences sont les suivantes, entama Tick. Nous exigeons d'être intégrés à la communauté villageoise en tant que citoyens de plein droit. Nous exigeons d'être correctement nourris. Nous exigeons des endroits décents où nous installer. Enfin nous exigeons la fin de la discrimination, des insultes et des règles iniques.

« Des exigences somme toute raisonnables », pensa Doon avant de demander :

– Et s'ils refusent de s'y conformer ?

– Dans ce cas, il est entendu que nous devrons nous battre.

– Mais ils possèdent la Terrible comme ils disent. On fait quoi face à ça ?

Sa question fut reprise en chœur.

– Oui, qu'est-ce qu'on peut faire contre ça ?

Tick répondit par un sourire. La blancheur de ses dents, accentuée par le rayon de lune, scintilla dans la nuit.

– Ils ont une arme. Certes. Mais nous en possédons plusieurs. Et chaque arme, entre de bonnes mains, est une source de pouvoir.

Il éleva la voix.

– Nous les attaquerons ! Comme ça !

Et il leva dans les airs sa barre de fer, l'abattant assez fort pour que le vent souffle dans le tube. La barre mordit le sol. Il la leva à nouveau et donna de grands coups autour de lui, frappant les troncs d'arbres si fort qu'il entailla leur écorce. Il virevoltait, frappait, ruait.

– Vous ne pouvez pas nous battre ! criait-il à un ennemi imaginaire. La justice est de notre côté ! Nous allons vous étriper ! Vous briser !

Puis il se perdit dans une folle série de coups qui rossèrent, brisèrent et tranchèrent les buissons qui avaient le malheur de se trouver sur son chemin. Des feuilles volèrent, des branches craquèrent.

Quelque chose monta dans les airs en papillonnant avant de tomber par terre. Doon le remarqua. Tick aussi. Il s'arrêta net et contempla le sol. A ses pieds se trouvait un oisillon qui devait être blotti au fond d'un des buissons. Le poussin s'écroula sur le côté, le bec grand ouvert.

– Vous voyez ? L'ennemi tombe à mes pieds ! cria

Tick en levant sa barre de fer. Je n'aurai besoin que d'un coup pour…

Doon fit quelque pas en avant et arrêta le bras de Tick.

– Arrête.

Tick tenta d'abord de se dégager puis il se relâcha et baissa son arme. Il grimaça.

– OK… dit-il finalement. De toutes façons je crois qu'il est déjà mort.

Il glissa le bout de sa chaussure sous l'oiseau et l'envoya valdinguer au loin, dans l'herbe.

– Au moins, vous voyez l'idée, dit-il en se retournant vers ses guerriers. Imaginez plusieurs centaines d'entre nous faisant ça ! Nous serons invincibles.

Son visage s'illumina. Il jubilait.

C'est à ce moment précis que les vagues et désagréables pressentiments de Doon se cristallisèrent en une idée simple : Tick voulait la guerre. La seule évocation du combat suffit à l'exciter et à le rendre heureux. « Mais pas moi. L'idée de la guerre me dégoûte », se dit-il.

Cette nuit-là, la route de Doon se sépara de celle de Tick. Doon retourna au Pionnier la tête basse, gravit lentement les escaliers, le cœur gros, ne sachant plus quelle position il allait adopter le surlendemain. Une chose était sûre, il ne voulait pas de Tick comme chef. C'est lui qui allait prendre les commandes.

Troisième partie :
Le verdict

24
Le plan de bataille de Torren

Torren avait appris la nouvelle en fin de journée par le vieux Sal Ramirez, venu faire ausculter son œil infecté.

– Ils sont expulsés, annonça Sal tandis que le docteur Hester se penchait sur lui et tirait sur sa paupière inférieure. Les gens des cavernes. Il faut qu'ils partent, poursuivit-il. Après-demain.

– Ce n'est pas possible, répondit la guérisseuse en plongeant une cuiller dans un bocal rempli d'un liquide transparent. Penche ta tête en arrière, ordonna-t-elle à Sal avant de lui mettre quelques gouttes de liquide dans l'œil.

– C'est vrai, ajouta Sal. Ben leur a dit de partir.

– Mais comment une chose pareille est-elle possible ? demanda Mme Hester. Ils n'ont pas d'endroit où aller.

– Certains ont refusé, précisa Sal. Ils ont dit qu'ils allaient se battre.

Il s'essuya l'œil.

– Ben a dit qu'il se servirait de la Terrible, s'ils venaient à se rebeller.

– La Terrible ! hurla le docteur en reposant le flacon sur la table tout en fixant Sal. Est-ce que Ben a perdu la tête ?

– Je ne sais pas, répondit Sal.

Torren, assis sur son perchoir près de la fenêtre, n'en perdait pas une miette. Il frissonnait de bonheur. Une guerre allait se produire. Ici même, à Sparks ! Et la Terrible serait enfin utilisée... Contre le peuple des cavernes ! Il avait toujours voulu savoir ce qu'était cette machine. Le suspense touchait à sa fin.

Sal partit avec un pansement sur l'œil. Mme Hester s'assit devant la table puis jeta un regard au couchant à travers la fenêtre. Le ciel s'incendiait.

– Comment avons-nous pu en arriver là ? demanda-t-elle à voix haute bien qu'elle ne semblait pas s'adresser à Torren.

L'expression de son visage refroidit les ardeurs guerrières de Torren. Il ne voulait pas faire la guerre. Il pourrait être blessé. La Terrible pourrait le toucher lui au lieu des gens des cavernes. Il voulait juste voir la guerre. Pas la faire.

– Où la guerre va-t-elle avoir lieu ? demanda-t-il à Mme Hester.

– Quoi ?

Elle le regarda comme si elle avait oublié jusqu'à sa présence.

– La guerre, reprit-il. Après-demain. Elle va avoir lieu où ?

– Tu dis n'importe quoi, maugréa la guérisseuse. S'il y a la guerre, elle sera partout.

Ce disant, elle se leva lentement, en prenant appui sur la table, le visage grave, puis, d'un pas traînant, regagna sa chambre sans dire bonne nuit.

Une fois couché, Torren demeura longtemps éveillé, essayant d'imaginer ce qui allait se passer. Après mûre réflexion, il décida qu'après-demain, le jour du début des hostilités, il accomplirait une suite de tâches bien précises. Un, il se lèverait et s'habillerait avant tout le monde ; deux, il prendrait un morceau de pain de maïs dans la cuisine et le fourrerait dans sa poche – il prendrait aussi un couteau au cas où la guerre se rapprocherait de lui ; trois, il se rendrait sur la grand-place et grimperait au sommet du grand pin, si haut qu'il serait invisible d'en bas. De là-haut, il pourrait tout voir.

25
Menaces à l'arrivée

Plus le pick-up de Pelton approchait de Sparks, plus Lina était survoltée. Elle avait hâte de retrouver Poppy, Mme Murdo et Doon.

– Encore un jour de route, dit Pelton. Nous serons à Sparks demain matin.

Lina était trop excitée pour dormir ce soir-là, aussi garda-t-elle les yeux ouverts une bonne partie de la nuit, son esprit galopant vers les gens qu'elle allait retrouver le lendemain ou, au contraire, retraçant le fil de ce qu'elle avait vécu durant son voyage. Finalement, elle sombra dans les limbes quelques heures avant le lever du jour. Quand elle rouvrit les yeux, elle nota immédiatement que l'atmosphère avait changé. Un vent chaud, soufflant en rafales, couchait les hautes herbes brunes et faisait bruire les feuilles des arbres. Le bleu du ciel s'était changé en un grand flou grisâtre et la chaleur semblait plus ardente que jamais. Il y avait quelque chose d'inquiétant dans l'air, une sorte d'avertissement, comme les premiers signes de fièvre quand on couve une maladie.

– Ça va peut-être monter à plus de quarante aujourd'hui, dit Pelton. Mais dans une semaine ou deux, ce sera fini. La chaleur va tomber. Changement de saison... On peut le sentir dans le vent.

Ils démarrèrent très tôt. Après seulement une heure de route, Lina, assise sur le siège avant du pick-up, entre Maddy et Pelton, aperçut au loin les champs et les maisons de Sparks. Aussitôt, elle se leva, se protégeant les yeux d'une main. Il était là. Son village, avec ses petites constructions trapues de couleur terre et la mosaïque de ses champs, méthodiquement alignés autour, celui que, malgré toutes les difficultés, elle considérait comme son pays, l'endroit où se trouvait sa maison.

Quand ils arrivèrent à la route qui menait au Pionnier, Lina eut soudain une idée.

– Laissez-moi descendre, dit-elle à ses compagnons de voyage. Je veux dire à Doon que je suis revenue. Je ferai le reste du chemin à pied.

Elle remercia Pelton pour son aide. Il lui rendit la politesse.

– Emporte quelques-unes de tes trouvailles. Ce que tu veux...

Elle farfouilla dans la caisse à claire-voie jusqu'à ce qu'elle ait mis la main sur la loupe, l'aimant et le petit camion rouge, puis fourra le tout dans son sac.

– Je vais aller au village pour aider Pelton à troquer ses marchandises, déclara Maddy. Je te retrouverai plus tard chez la guérisseuse.

Lina sauta du pick-up, des fourmis dans les jambes.

Les cheveux au vent, elle courut en direction du Pionnier.

Elle s'attendait à croiser des gens près de la rivière, faisant leur lessive, et d'autres, assis sur l'escalier extérieur, prenant leur petit déjeuner ou s'apprêtant à se rendre à leur travail.

Mais les alentours de l'hôtel étaient déserts. Quand elle y pénétra, elle tomba sur un groupe de personnes qui tournaient en rond dans le hall d'entrée. Certains étaient en pleurs – une des sœurs Hoover gémissait tandis que l'autre essayait de la consoler. La vieille Nammy Proggs, assise dans un coin sur une couverture roulée, grognait dans sa barbe. Les gens se chamaillaient. Dans leurs voix, on sentait poindre la colère, le doute et la peur.

Lina resta un moment interdite devant ce spectacle incompréhensible. Puis quelqu'un remarqua enfin sa présence.

– Lina !

Son nom résonna au-dessus du brouhaha. Tous les visages se tournèrent vers elle. La seconde d'après, elle était submergée par une foule compacte qui se pressait autour d'elle.

– Tu es revenue ! Mais où étais-tu passée ? Nous avons cru que tu avais disparu pour toujours !

Lina aperçut le visage souriant de Clary et reconnut les voix d'élèves de son école, ou encore celle du capitaine Fleery, le haut responsable des messagers, ou encore celle du marchand de chaussures. Elle était assaillie de questions.

– Tu vas bien ?
– Tu as mal choisi ton jour pour rentrer !
– Où étais-tu ?
– Pourquoi es-tu partie ?
Des mains cherchaient son contact, des bras s'ouvraient pour l'embrasser. Elle vit une flamme rousse apparaître par intermittence au-dessus des têtes. C'était Lizzie qui sautait en l'air pour la voir. Elle remarqua également Miss Polster, Miss Thorn à ses côtés, qui la regardait en souriant.
– Je vais bien, je vais bien ! Vous ne pouvez pas savoir comme je suis heureuse d'être de retour. Que se passe-t-il ici ? Où est Doon ?
– Je suis là !
Il descendait l'escalier. Lina s'extirpa de la foule gentiment pressante qui l'entourait et courut à sa rencontre. Il ne parlait pas, se contentant de tendre le bras pour attraper sa main. L'expression de son visage la fit frissonner. Était-il en colère ?
– Sortons de là si tu veux bien, dit-il simplement.
Elle le suivit dans un long corridor menant à une sortie sur la façade arrière du Pionnier. La porte donnait sur une petite terrasse de béton, entourée d'un petit parapet que caressaient les branches tombantes d'un arbre poussiéreux agité par le vent. Doon s'assit sur le muret et, d'un geste du bras, l'obligea à s'asseoir à côté de lui.
Il demeura silencieux un moment. Mais quand il prit la parole, il cria :
– Où étais-tu ? demanda-t-il d'un ton furieux. Tu ne

sais pas que tout le monde s'est fait un sang d'encre ? Tu sais qu'on a cru que tu étais morte ?

Lina se recroquevilla sur elle-même.

– Je ne pensais pas partir si longtemps. C'était une erreur. J'ai pensé…

– Presque un mois que tu es partie.

– Doon ! C'était à cause de la ville. Je croyais qu'elle ressemblait aux dessins que je faisais. Je croyais que nous pourrions peut-être tous y aller… Nous y installer… et y vivre heureux…, dit-elle d'une petite voix.

– Tu aurais pu me dire que tu partais. J'aurais peut-être aimé venir avec toi. Tu as pensé à ça ?

– A dire vrai, je n'ai pas pensé à grand-chose, répondit timidement Lina. J'ai juste vu une chance et je l'ai saisie. Mais si j'y avais bien réfléchi – elle se ravisa, s'arrêtant un instant en fronçant les sourcils – j'aurais probablement pensé que tu refuserais de venir, trop absorbé que tu étais par tes « affaires ». Avec Tick.

Doon s'effondra.

– Ouais… Tu as raison. J'imagine que… Je sais pas… Je pensais que Tick pourrait peut-être…

Troublé, Doon s'arrêta.

– Je suis navré, conclut-il simplement ensuite.

– Moi aussi ! répondit Lina.

Ils restèrent un instant silencieux, pensifs.

– On se pardonne ? finit par demander Lina.

– On se pardonne, répéta Doon en lui adressant un sourire.

– Maintenant, dis-moi ce qui se passe ici, demanda Lina. Pourquoi les gens sont-ils tout retournés ?

– Ils nous ont expulsés, Lina ! Ils nous ont ordonné de quitter la ville demain matin !

– Quoi ? s'étrangla Lina, ne pouvant y croire. Qui doit partir ?

– Nous tous. Le peuple d'Ember !

– Et aller où ?

– Loin. Dans les Espaces Vides. Il faut qu'on commence une nouvelle vie, disent-ils. Et qu'on se la construise nous-mêmes.

Lina demeura interdite. La plus grande confusion régnait dans son esprit.

– Mais... Que pouvons-nous faire dans... ? Comment va-t-on se nourrir, où allons-nous dormir ?

Une fois encore, la terrifiante image du peuple d'Ember errant comme une nuée d'oiseaux malades, incapables de voler au milieu d'une vaste étendue aride et déserte s'imposa à elle.

– Il y a des loups là-bas ! poursuivit-elle affolée. Et des bandits !

– Je sais, répondit Doon. Et en plus ce sera bientôt l'hiver. Tu as déjà entendu parler de l'hiver ?

Elle secoua la tête. Doon expliqua alors à Lina, qui ouvrait de grands yeux, les changements climatiques et le rythme des saisons.

– Tu sais, pendant que tu étais partie, ils nous ont fait des trucs atroces, poursuivit Doon. Le premier, ça a été avec ce garçon qui habite chez la guérisseuse. Torren !

Et il lui raconta l'épisode des tomates écrasées contre la cabane à outils et l'accusation de Torren qui disait l'avoir reconnu.

– Il a dit qu'il t'avait vu ? répéta Lina suffoquée. Mais, pourquoi a-t-il fait ça ?

Doon haussa les épaules.

– Demande-le-lui. Moi j'en sais rien, répondit-il, fataliste, avant de poursuivre son récit. Ensuite, ils nous ont interdit l'accès à leurs maisons ! Ils ont inscrit des slogans haineux sur nos murs et ils nous ont empoisonnés avec des feuilles !

– Mais pourquoi ? Que leur aviez-vous fait ?

Le vent fit voler ses cheveux devant sa bouche. Elle les attrapa entre le pouce et l'index et les maintint attachés sur sa nuque.

– On mange leur nourriture, répondit Doon. C'est le problème principal. Mais il y a eu aussi d'autres incidents.

Il lui retraça par le menu l'émeute de la grand-place, depuis l'incident de la fontaine.

– Maintenant, ils menacent d'utiliser la Terrible si nous refusons de partir. Ce à quoi Tick veut répondre par la lutte armée.

– La lutte armée ? Mais avec quelles armes ?

Doon soupira et, pour la première fois, Lina nota à quel point il était maigre. Elle décela même des cernes sous ses yeux.

– J'ai tant de choses à te raconter, dit Doon. Et l'on n'a qu'une journée pour ça…

– Et je ne suis pas encore retournée à la maison, l'interrompit Lina. Il faut que je voie Poppy et Mme Murdo. Elles sont toujours chez la guérisseuse, n'est-ce pas ? Est-ce que Poppy va bien ?

Un nuage de feuilles mortes, poussé par une bourrasque, s'abattit sur ses jambes. Le vent fouettait son visage. Le temps avait encore changé. Subitement. Une demi-heure avait suffi pour que l'atmosphère devienne sinistre. Sa gorge se noua.

– Oui, elles sont toujours là-bas, répondit Doon. Allez, je t'accompagne, on parlera en chemin.

– Attends, l'arrêta Lina. Je t'ai rapporté un cadeau, ou plutôt... deux.

Elle déplia le balluchon qu'elle avait porté tout au long de son voyage et en sortit la loupe et l'aimant. Elle les tendit à Doon.

– Ça, c'est un aimant, dit-elle fièrement. Si tu le poses contre du métal, il reste accroché. Ce n'est pas très utile, mais c'est tout de même intéressant. Ça, ça sert à grossir toutes les choses, enfin, je veux dire, ça grossit l'image de ce que tu regardes.

– Merci, répondit Doon en examinant ses cadeaux avec curiosité. Il leva la loupe et regarda la façade du Pionnier au travers.

– Regarde quelque chose de petit, conseilla Lina. Une feuille ou un insecte.

Doon balaya les feuilles mortes qui jonchaient le sol d'un geste du bras et trouva une fourmi, qu'il fit monter au creux de sa main. Tenant la lentille au-dessus de l'animal, il se pencha pour regarder.

– Ouah ! Regarde ! On peut voir ses articulations ! Et même...

Puis il se tut, captivé par son observation. Il leva finalement les yeux vers Lina.

– C'est prodigieux !

Il souffla sur la fourmi et chercha autour de lui jusqu'à ce qu'il ait déniché un coléoptère.

– Regarde ça ! hurla-t-il. On peut voir qu'il mastique !

Il essaya ensuite sur une plume, un bout d'aile de papillon de nuit et un brin d'herbe.

– C'est un monde fascinant, dit-il finalement en rangeant la loupe et l'aimant dans sa poche. J'adore cet endroit, si on met à part mes problèmes avec les gens.

Doon et Lina traversèrent le village puis grimpèrent la route menant à la maison de la guérisseuse. Il était encore tôt quand ils y parvinrent. Quand ils passèrent la porte, tout le monde était attablé autour du petit déjeuner. Mme Murdo était placée face à la porte, aussi les remarqua-t-elle la première. Elle se leva, la cuiller à la main. Elle demeura ainsi un instant, parfaitement immobile, bouche bée, incapable de dire un mot, puis elle se rua sur Lina et la serra très fort dans ses bras. Dans le même temps, Poppy avait sauté de son banc et s'était précipitée pour venir se coller aux jambes de sa sœur. Debout, Mme Hester regardait la scène, les yeux écarquillés.

Torren avait bondi sur ses jambes, lui aussi. Mais pas pour embrasser Lina. Il filait déjà vers la porte. Après avoir jeté un œil à l'extérieur, il hurla :

– Où est Caspar ? Pourquoi n'est-il pas là aussi ? Où est-il ?

Mais personne ne faisait attention à lui. Tout le

monde était bien trop occupé à s'affairer autour de Lina, à poser toutes sortes de questions, sans lui laisser le temps d'y répondre.

– Où étais-tu ? Tu vas bien ? Pourquoi ne nous as-tu rien dit ? Tu es au courant de ce qui se trame ici ?

Poppy poussait des cris aigus.

– Wyna, Wyna, porte-moi ! Porte-moi !

Mme Hester, dans un état de confusion encore plus grand que d'habitude, murmura à l'assemblée.

– Du thé... ou bien... Voyons... Pourquoi ne prendrions-nous pas... Je suis si heureuse que vous soyez...

Pendant ce temps, Torren continuait de tourner autour de Lina, en tirant sur sa manche et demandant sans arrêt.

– Où il est ? Pourquoi n'est-il pas avec toi ? Quand va-t-il revenir ?

En vain.

Quand la tension fut un peu retombée, Lina déclara :

– Maddy va bientôt arriver. Elle est au village pour aider l'errant.

Mme Murdo changea brutalement de masque. Le large sourire qu'elle arborait fit place à une expression sévère.

– Lina, dit-elle, comment as-tu pu t'en aller comme ça, sans m'en parler avant ? Juste un petit mot désinvolte, qui, en plus, s'est avéré parfaitement inexact. Tu parlais de trois jours. Ça en fait vingt-huit ! Mais qu'est-ce que tu as dans le crâne ?

– Je sais, répondit Lina. Je suis sincèrement désolée. Je ne savais pas que j'allais partir si longtemps.

Et elle expliqua comment, en épiant Caspar depuis le jardin, elle avait entendu « journée », en avait déduit que la ville se trouvait à un jour de route, alors que lui disait : « si on roule toute la journée, on mettra cinq jours ».

– Ensuite, déclara-t-elle, d'autres choses se sont produites… Ça a pris du temps…

– Ça oui, confirma Mme Murdo. On en a passé des heures et des heures à se faire du souci pour toi.

Elle attrapa le sac de Lina, qu'elle avait laissé tomber par terre, et le posa sur le rebord de fenêtre.

– Et tu sais ce qui se passe ici ? Tu sais qu'on nous a ordonné de quitter la ville avant demain midi ?

– Je sais, répondit Lina, même si je n'arrive pas à y croire.

– Tu devrais, poursuivit Mme Murdo, car c'est la vérité. Ça ne me plaît pas du tout, mais que peut-on y faire ? Allez viens prendre un petit déjeuner.

Lina et Doon prirent place. Il restait des framboises à la crème. Pourtant, bien que Lina soit parfaitement dégoûtée des cakes du voyageur et aurait dû être tentée, elle n'avait pas d'appétit. Son estomac était bien trop noué pour avaler quoi que ce soit.

– Je ne peux pas manger, dit-elle. Je n'ai pas faim et il faut que je… que Doon et moi parlions.

– Prends au moins une pomme, dit Mme Murdo.

– Les premières de la saison, ajouta le docteur. Elles viennent du Nord.

Lina prit un fruit rouge et joufflu puis sortit de la maison en compagnie de Doon. Il commençait à faire très chaud. Ils passèrent la cour, où la plupart des pots de la guérisseuse étaient vides, soit que les plantes aient été replantées en pleine terre, soit qu'elles aient succombé à la fournaise. Celles qui restaient luttaient contre la chaleur. Elles étaient toutes en partie fanées et grillées par le soleil. Ils traversèrent la route et marchèrent jusqu'à la rivière. Celle-ci aussi souffrait de la chaleur. Elle ne coulait plus comme avant. Son débit avait sérieusement baissé et il ne restait dans son lit que de minces filets d'eau contournant des cailloux encore engloutis quelques mois plus tôt. Les berges étaient couvertes d'une malodorante fange jaune et verte.

Ils s'assirent par terre.

– Il me faudrait des heures pour te raconter tout ce que j'ai vu, entama Lina. Mais écoute, le principal enseignement de ce voyage, c'est que le peuple d'avant possédait une ville magnifique et qu'ils l'ont réduite à néant.

– Volontairement ? demanda Doon.

– Avec les guerres. Avec les combats… Doon, c'était horrible !

En y repensant, un frisson lui parcourut le dos.

– Cette guerre… C'était comme si elle me chuchotait à l'oreille. Il y a des moments où je pouvais entendre des hurlements… Où je pouvais voir des flammes.

– Et maintenant, il n'y a plus rien ?

– Presque plus rien.

– Et dans les Espaces Vides ? Est-ce qu'il y a des maisons ?

– Quelques-unes. Mais elles sont vieilles et tombent en ruine. Pour l'essentiel, ce sont des prairies, des prairies et encore des prairies, d'une herbe brune, et qui résonnent parfois des hurlements des animaux. Si nous devions partir là-bas pour essayer d'y vivre… Eh bien nous ne pourrions tout simplement pas le faire.

– C'est pourquoi certains, et ils sont nombreux, préconisent l'affrontement.

Doon lui parla du plan de Tick, des guerriers qu'il avait rassemblés et des armes qu'ils avaient amassées. Son idée était simple : faire une descente au village demain matin, avec une escouade d'hommes en armes prêts à se battre si nécessaire. Il lui raconta aussi le péril de la Terrible dont les avaient menacés les chefs du village.

– Oui, répondit Lina, j'ai déjà entendu parler de cette arme, Torren en a parlé une fois. En quoi ça consiste ?

– On l'ignore.

– Si elle vient de l'autre âge, ajouta Lina, elle est si terrible que les petites armes de Tick seront comme… comme des brindilles face à elle. Les armes des temps passés peuvent incendier des villes entières.

Elle se serra soudain les côtes et se plia en deux. Son ventre n'était que nœuds et crampes. Elle avait les mains moites.

– La guerre ne peut pas avoir lieu, dit-elle.

– Mais nous ne pouvons pas partir non plus, objecta Doon.

Leurs yeux se perdirent un instant dans la contemplation des filets d'eau luttant contre les roches. Le soleil était haut maintenant. Il brûlait leurs nuques.

– Ne crois-tu pas que se battre est toujours mieux que d'accepter l'ordre d'expulsion sans broncher ? demanda Doon. Au moins, c'est tenter quelque chose.

– Je ne sais pas... Cela m'effraie, répondit Lina en passant un doigt sur la pomme à la peau rouge et brillante que Mme Murdo lui avait donnée. Tu sais, j'ai beaucoup parlé à Maddy durant mon voyage. Elle est intelligente. Elle m'a raconté comment les guerres se produisent, quand des gens disent « ah tu m'as fait du mal, eh bien, moi aussi je vais t'en faire ».

– Mais c'est la nature des gens qui est comme ça. Bien sûr que si on te fait du mal, tu as envie de riposter.

– Et ensuite ? Eux aussi veulent répondre à la riposte, en faisant encore plus mal. Et ça continue comme ça sans fin, à moins que quelqu'un n'arrête le processus.

– Comment ?

– Il faut réagir tôt, m'a dit Maddy. Dès les premiers signes d'une possible réaction en chaîne. Sinon, c'est trop tard.

– Mais comment est-ce qu'on stoppe ce processus ?

– Il faut le renverser, répondit Lina. Faire comme ce que m'a raconté Maddy. Elle m'a dit que si quelqu'un avait eu le courage de s'opposer assez tôt à ce cercle vicieux, les guerres n'auraient peut-être jamais commencé.

– Mais Lina ! cria Doon en frappant sa main sur le sol. Comment est-ce qu'on fait concrètement ?

Lina n'était pas certaine de savoir ce qu'il fallait faire. Elle croqua dans la pomme. Elle était dure et brillante comme un caillou, mais le jus qui coula dans sa bouche était sucré.

– Voilà ce que je pense, dit-elle en mâchant la chair du fruit.

Après avoir dégluti, elle reprit :

– Au lieu de répondre à l'autre camp en lui faisant autant de mal, sinon plus, il faut faire du bien. Ou au moins, s'empêcher de faire du mal.

Elle croqua un nouveau morceau de pomme.

– C'est ça qu'il faut faire… Un acte de violence répondant à un acte de violence ne peut mener qu'au pire. Au contraire, en faisant quelque chose de bien, tu inverses le processus.

Doon soupira.

– Ce n'est pas très réaliste. Pourquoi est-ce qu'on souhaiterait du bien à des gens qui nous ont déjà fait tant de mal ?

– Justement, enchaîna Lina en essuyant d'un revers de main le jus de pomme qui avait coulé sur son menton. C'est quelque chose que tu ne souhaites pas, mais tu le fais quand même. C'est ce qui donne toute sa valeur à ton geste et en même temps ce qui le rend particulièrement difficile à accomplir. Comme me l'a dit Maddy, il est beaucoup plus facile d'être méchant que d'être bon.

– Conclusion ? demanda Doon sur un ton amer. On

fait quoi ? On rigole pendant qu'on travaille le ventre vide ? On répond gentiment et poliment à toutes les humiliations ?

– Non, répondit Lina. Ça n'est pas possible.

– Alors on devrait peut-être nous en aller calmement dans les Espaces Vides et ne plus les ennuyer davantage, c'est ça que tu veux ?

– Non. Ça n'est pas possible non plus.

Elle regardait couler l'eau de la rivière, en se concentrant de toutes ses forces.

– Nous ne voulons pas partir, marmonna-t-elle. Et nous ne voulons pas nous battre. Tu crois vraiment qu'il n'y a que ces deux possibilités ?

– Que pourrait-on faire d'autre ? Si nous ne combattons pas, ils nous jettent dehors et si nous refusons de partir, nous devons nous battre.

Lina avait fini sa pomme. Elle n'avait plus que le trognon à la main, cette partie dure qui entoure des pépins presque noirs. Elle fit sauter un pépin du bout de l'ongle.

– Il doit y avoir une autre solution, dit-elle pensive. Et si nous décidions de nous asseoir devant le Pionnier et de ne plus bouger ? Nous ne partons pas et nous ne nous battons pas. Ils n'utiliseraient pas leur arme contre des gens qui ne veulent pas se battre, n'est-ce pas ?

– Je l'ignore, répondit Doon. Ils pourraient.

– Moi je crois qu'ils ne le feraient pas. Ils ne sont pas si mauvais.

– Mais on ne pourrait pas rester assis là éternellement... A un moment ou un autre, ils nous feraient décamper. Ils nous cueilleraient un par un, nous chargeraient sur des pick-up et nous emmèneraient au loin.

– Peut-être que non, répliqua Lina. Peut-être même qu'on pourrait discuter et régler le problème.

– J'en doute, ajouta Doon. En plus, Tick et ses guerriers n'accepteraient jamais de s'asseoir sans rien dire. Ils veulent se battre.

Lina plia les jambes et posa son menton sur son genou. « Une chose bonne, pensa-t-elle. Quelle bonne action serait susceptible d'inverser le processus ? »

– Une bonne partie d'entre nous pourrait se porter volontaires en tant qu'errants ? proposa-t-elle enthousiaste. Ils n'auraient pas à nous nourrir et nous, on leur rapporterait des trucs.

– Mais nous ne connaissons rien au métier d'errant, objecta Doon. On n'a pas de pick-up, pas d'animaux de trait… On ne saurait même pas où aller.

– On pourrait proposer de faire les pires boulots…

– Et pourquoi ça ? Ce serait parfaitement injuste, coupa impatiemment Doon. Non, ça ne va pas.

Il se leva et secoua son pantalon.

– Je crois qu'il est trop tard pour les belles paroles. Rien de tout cela ne marcherait.

Lina n'avait pas bougé et réfléchissait toujours. Elle cherchait désespérément une réponse, mais rien ne venait. Son esprit finit par lâcher prise et, subitement, elle se sentit épuisée.

– On doit au moins garder les yeux grands ouverts, dit-elle. Une chance peut se présenter, il faudra être prêt à la saisir. Je ne vois pas d'autre solution pour l'instant.

Elle avait tout à fait conscience de la vacuité de ce qu'elle venait de dire et de l'aveu d'impuissance que cela représentait. Mais à sa grande surprise, Doon la regarda avec un petit sourire.

– On croirait entendre mon père. « Fais attention, observe » me disait-il quand je travaillais dans les Galeries Souterraines. Son conseil s'était avéré très utile, j'imagine que ce sera à nouveau le cas... De toute façon, je crois que c'est de loin la meilleure chose à faire.

Lina jeta son trognon de pomme et, du bout du pied, le recouvrit de terre. D'un pas lent, ils retournèrent à la maison de la guérisseuse. Doon resta déjeuner, au lieu d'aller chez les Parton, après quoi il reprit le chemin du Pionnier. Lina voulait passer le reste de la journée à réfléchir et à étudier le choix qu'elle devrait faire le lendemain. Elle s'installa sur le rebord de fenêtre, les jambes allongées, et se mit en quête d'idées neuves. Mais elle ne parvenait pas à s'extraire du dilemme : combattre ou partir. Elle ne voulait ni l'un ni l'autre. Une mouche virevolta de l'autre côté de la vitre. Le vent agita les feuilles de la vigne. « Réfléchis, se dit Lina. Concentre-toi. » Et elle s'endormit.

26
La Terrible

Vint le matin. Doon se leva, préparé au pire. Il roula ses couvertures et fourra ses affaires dans un sac, tout ce qu'il possédait. Son père et les autres firent de même. En bas, devant le Pionnier, les gens d'Ember, affligés et perturbés, commençaient à se rassembler. Une agitation fébrile régnait au sein de la foule. Tick rôdait parmi eux, redonnant courage aux uns, incitant les autres à défendre leurs droits, armes à la main. Ses yeux brillaient d'un éclat froid, sa voix sonnait avec l'insistance d'une cloche de beffroi battant le rappel des troupes. Souvent, les gens à qui il s'adressait semblaient s'embraser sous l'effet de son discours. Il les quittait remplis d'une rage belliqueuse.

Plus de la moitié du peuple d'Ember avait rejoint Tick et était décidé à se battre. Certains avaient suivi ses conseils et s'étaient armés des barres porte-serviettes qui se trouvaient dans leur salle de bains, d'autres avaient préféré des pierres et des gros bouts de bois. Ils firent bientôt mouvement et s'engagèrent sur la route menant au village.

Le reste des Emberiens les suivait dans le plus grand désordre.

Doon faisait partie du lot. Le soleil matinal, déjà brûlant, l'éblouissait, le vent jouait avec ses cheveux et faisait voler sa chemise. Une immense confusion régnait dans son esprit et son cœur cognait comme un poing contre sa poitrine. Tick et ses guerriers, armés de barres de fer, de gourdins et de tessons de verre avançaient à grands pas, scandant en chœur leur cri de guerre « on y est, on y reste ! ». De plus en plus de voix le reprirent et quand ils entrèrent dans le village, toute la foule hurlait. « On y est, on y reste ! ». Des visages outrés et choqués apparaissaient aux portes et aux fenêtres, certains villageois étaient encore en habit de nuit. Ils se criaient les uns aux autres :

– Regarde ! C'est le peuple des cavernes ! Ils entrent dans le village !

D'autres fenêtres et d'autres portes s'ouvraient, des gens se montraient sur le pas de leur porte, hésitant entre la colère et la peur.

Tout le peuple d'Ember s'était déplacé. Personne n'avait voulu rester à l'écart pour attendre les pick-up qui allaient les emmener sans aucun doute au loin, dans les Espaces Vides. Tout le monde voulait savoir ce qui allait se passer. Les gens l'ignoraient mais ils étaient tous là.

Ils débouchèrent bientôt sur la grand-place où ils se regroupèrent. Les guerriers hurlaient toujours, tandis que d'autres, nerveux, effrayés par ce qui pouvait arriver, et ne sachant plus trop s'ils voulaient participer à l'insurrection ou pas, tentaient de se cacher derrière un arbre ou dans l'encadrement d'une porte.

Tick hurla sa sommation :

– Peuple de Sparks ! Nous refusons de partir ! Nous sommes venus pour vous exposer nos exigences. Si vous ne les respectez pas, nous nous battrons !

– Hourra, hurlèrent les guerriers.

Les autres se jetaient des regards apeurés.

– Vraiment, on va se battre ?

Ben Barlow déboucha d'une petite rue en courant. Il bondit sur les marches de la mairie, fit face à la foule et hurla :

– Que faites-vous ici ? C'est un scandale. C'est inacceptable ! Vous devez quitter la village aujourd'hui même. Le quitter pour de bon.

– On y est, on y reste ! lui répondit la foule en hurlant.

– Wilmer ! Mary ! cria Ben. Approchez !

Les deux autres conseillers municipaux le rejoignirent sur l'escalier.

– Dispersez-vous, hurlèrent-ils. Retournez tous au Pionnier ! Reculez ! Reculez !

Ils tentèrent de faire barrage à la foule et de la repousser. Sans résultat. Elle était trop nombreuse. Ben se précipita alors sur Tick, essayant de l'attraper. Celui-ci répondit à l'assaut par un coup de barre de fer, suivi d'un rapide pas chassé, bras replié, menaçant. Personne n'imaginait que les Emberiens avaient des armes.

Doon se tenait sur le côté de la grand-place bordé par la rivière, légèrement en retrait par rapport au gros de la foule. Il avait le sentiment que les choses pouvaient basculer dans le chaos d'un moment à l'autre, que tout tenait à un fil : soit il était encore possible de contrôler la situation, soit, on la regardait nous échapper, impuissant. C'était effrayant. Les cris, les armes brandies, les gens d'Ember emplissant la grand-place et ceux de Sparks se pressant dans les angles, de plus en plus nombreux, le visage à la fois rageur et inquiet. « Le conseil va peut-être accepter de discuter nos exigences, pensa Doon. Alors on parlera et les choses finiront par s'arranger. » C'était la seule lueur d'espoir envisageable.

– Voici nos exigences ! hurla Tick. Écoutez-moi bien !

Mais ce fut Ben qui lui répondit, avec un hurlement semblable.

– On en a déjà trop entendu ! Assez discuté ! Vous pouvez remballer vos exigences !

A ces mots, Doon fut pris d'un vif accès de colère. Une colère impérieuse qui dictait ses gestes. Il se jucha d'un bond sur le banc le plus proche et hurla de toutes ses forces :

– Au moins écoutez ce qu'on a à vous dire !

Son cri attira l'attention de Chugger, qui se trouvait non loin de là. Il fit un rapide mouvement vers Doon, mais celui-ci l'évita et partit en courant. Dans sa fuite, il entendit la voix de Ben qui hurlait :

– Attrapez ce garçon !

Des faces pleines de rage se tournèrent vers lui, des mains essayèrent de l'agripper. Il se baissa, tangua, se cogna, mais poursuivit sa course à la lisière de la foule puis, dè qu'il eut trouvé une issue, il se mit à courir à toutes jambes.

Il n'alla pas bien loin. Il devait rester dans les environs de la grand-place pour savoir ce qui allait se passer. Il prit la route de la rivière et fit un vif crochet au coin de la mairie dont la porte arrière était encombrée de tonneaux d'ordures. Il marqua une pause. L'avait-on suivi ? Un hurlement collectif monta de la grand-place, auquel succéda l'éclat d'une voix solitaire. Qu'est-ce que ça voulait dire ? Il devait savoir.

Il poussa la porte de la mairie. Elle s'ouvrit facilement. Il se glissa à l'intérieur. Un corridor menait à l'avant du bâtiment. Sur sa droite montait une volée de marches. « Il n'y a sûrement personne, pensa-t-il. Ils sont tous dehors, autour de l'armée d'Ember. » Il se rua dans l'escalier. Arrivé en haut, il se retrouva dans la salle de la tour.

La pièce était carrée et percée de fenêtres sur tous ses côtés. Au centre se trouvait une table, entourée de chaises à hauts dossiers droits. A ses pieds s'étalait la grand-place, noire de monde. Le vacarme évoquait le bruit d'une énorme chute d'eau. Tick se tenait aux avant-postes. Doon distinguait clairement le sommet de son crâne, comme une brillante pierre noire, et l'éclat de sa barre de fer dans le soleil.

Juste sous la fenêtre se trouvait l'escalier extérieur de la mairie, où se tenaient les trois responsables du village. Sur sa droite, les ouvertures étaient pratiquement obstruées par les branches du grand pin qui jouxtait le bâtiment ; quant aux dernières, elles donnaient sur l'arrière de l'immeuble dont le toit était visible en contrebas.

C'était parfait. Il pouvait assister à ce qui allait se passer et même entendre ce qui se disait puisque les fenêtres étaient ouvertes. En outre, il réalisa que, s'il restait là, il n'aurait pas à choisir entre se battre ou rester à l'écart. Bon, il trichait un peu, mais c'était aussi un soulagement. La pensée de participer à une bagarre sanglante le terrorisait.

Debout à côté de la fenêtre de façade, Doon jeta un œil en contrebas. Juste en dessous de lui se trouvait Ben Barlow, il reconnaissait sa touffe de cheveux gris et ses grosses mains qui battaient furieusement l'air. Mary Waters et Wilmer Dent se tenaient légèrement en retrait derrière lui. Mary essaya de prendre Ben par le bras, mais celui-ci le retira d'un vif mouvement d'épaules puis arrondit ses mains autour de sa bouche pour que sa voix porte mieux.

– Nous ne céderons pas à la menace, cria-t-il. Nous commandons ce village. C'est le nôtre. Nous l'avons bâti. C'est notre pays !

Il hurlait si fort que sa voix s'enrouait, s'étranglait.

– Vous mettez en péril notre mode de vie. Vous devez partir !

La foule gronda et s'avança. Un nuage masqua le soleil. Une ombre immense balaya la grand-place.

– Vous pouvez toujours essayer de nous faire partir, hurla Tick. Mais nous sommes là et nous y resterons !

L'atmosphère était électrique, un vent de colère soufflait sur la place. A moins que ce ne fût simplement la fureur du climat ? Tout bougeait. Les nuages filaient dans le ciel, les branches des arbres fouettaient l'air tandis que les Emberiens brandissaient leur armement hétéroclite. Sur le toit de la mairie, la bannière de Sparks claquait au vent. Doon ne la voyait pas, mais il l'entendait clairement.

Le vent semblait tourbillonner aussi dans sa tête. Les mots de son père lui revenaient en mémoire. « Quand la bataille sera finie, qu'est-ce qui nous restera ? Un endroit détruit et deux communautés se haïssant l'une l'autre. » Surplombant la situation du haut de la tour, il avait l'étrange sentiment d'être à l'écart, de n'appartenir ni à l'un ni à l'autre camp. De quel côté était-il ? Certainement pas de celui de Ben. Mais pas davantage de celui de Tick, avec sa meute de guerriers hurlant des menaces aux gens de Sparks et pressés de livrer bataille.

Ben leva la main et reprit la parole.

– Vous êtes prévenus ! Nous ne nous laisserons pas faire.

Sa voix était cassée.

– Je vais vous laisser une dernière chance de vous en tirer indemne. Allez-vous déguerpir, oui ou non ?

La tête penchée en avant, les poings serrés, il attendit une réponse.

– Non ! hurla Tick.

Son armée se joignit à lui en vociférant.

– Non ! Jamais !

Furieux, Ben tourna les talons et s'engouffra dans la mairie, Wilmer sur ses talons. Doon s'immobilisa, pétrifié à l'idée qu'ils puissent monter dans la tour. Mais ils réapparurent bien vite sur les escaliers, tirant un lourd objet de métal monté sur roues. La clameur de la foule cessa. Chacun tendait le cou pour voir par-dessus la tête de son voisin. De là où il se trouvait, Doon, lui, avait une vue parfaite de la situation, mais il n'avait pas la moindre idée de ce que cet engin pouvait bien être. Il se doutait bien qu'il devait s'agir de la Terrible, mais, à ses yeux, elle ne ressemblait qu'à un vague insecte monstrueux. La chose reposait sur des pieds d'acier noir. Le corps principal, presque aussi long qu'un pick-up, consistait en un enchevêtrement compliqué de pièces de métal noir, hérissé de crochets, d'aiguilles et de boîtes. Une chaîne de métal constituée de dizaines de tubes pendait sur le côté. C'était affreux. « On dirait le squelette d'un monstre », pensa Doon. »

Ben tourna la machine vers la foule puis se plaça derrière, les pieds légèrement écartés, solidement campés au sol.

– C'est votre dernière chance, hurla-t-il en direction des émeutiers. Dispersez-vous ! Sinon, préparez-vous à assumer les conséquences de vos actes.

Mary Waters s'élança vers lui.

– Ben, non ! cria-t-elle. Nous ne pouvons pas faire ça !

D'un revers de bras, Ben la repoussa.

– On s'est mis d'accord ! Pousse-toi Mary !

La foule de la grand-place, pressentant le danger, recula doucement.

– Restez en place ! hurla Tick tout en faisant un pas en arrière, comme le nota Doon du haut de son observatoire.

Ben se ramassa derrière son engin.

– Déguerpissez sur-le-champ ! Et emmenez votre bande de voyous avec vous, hurla-t-il, ou j'ouvre le feu !

« Le feu ? pensa Doon. De quoi voulait-il parler ? »

Il paraissait évident que Tick n'en savait pas plus que lui.

– Vous avez une arme, cria-t-il, mais nous en avons des dizaines ! ajouta-t-il avant de lever sa matraque improvisée dans les airs.

Derrière lui, comme un seul homme, ses guerriers l'imitèrent.

Ben poussa un cri furieux. Il était presque couché sur la Terrible. Doon voyait son dos voûté et son bras qui s'activait nerveusement sur la machine. Rien ne se passa. Il tira à nouveau d'un coup sec sur l'engin, plus fort. Au même instant, Mary se précipita en avant et décocha un violent coup de pied à l'extrémité de la Terrible, qui la fit vibrer. La voix rêche et criarde de cet enfer mécanique se fit alors entendre. « Stomp-stomp-stomp », faisait-elle tandis que son museau s'agitait d'avant en arrière. Dans la foule, des gens se mirent à crier.

D'abord, Doon ne comprit pas ce qui se passait, encore moins à quoi correspondaient ces furieuses et bruyantes trépidations. Le bruit était affreux, mais la Terrible ne bougeait pas. Elle ne volait pas à l'assaut de la foule. Est-ce qu'il en sortait quelque chose...

Oui ! De l'autre côté de la grand-place, au-dessus des têtes, Doon vit une série d'impacts trouer un mur et faire exploser une fenêtre.

La Terrible s'arrêta soudain de trépider. Doon regarda les escaliers et vit Ben qui la secouait furieusement, martelant son extrémité pour viser plus bas. Une énorme bousculade s'empara de la foule, au moment où celle-ci, prise de panique, voulut faire marche arrière. Mary cria et tenta de se précipiter sur Ben, mais Wilmer l'en empêcha en agrippant son bras.

C'est alors que la Terrible explosa.

Pas de claquements trépidants cette fois, seulement une puissante flamme qui jaillit de l'arrière de l'arme. Le souffle projeta Ben au sol et fit rouler la Terrible dans les escaliers où elle se renversa, s'immobilisant sur son museau. Le feu s'élevait maintenant droit dans les airs. La vive colonne de flammes orange, crépitante d'étincelles, monta jusqu'à lécher les plus basses branches du grand pin, qui surplombaient l'escalier de la mairie.

Depuis son poste d'observation dans la tour, Doon regardait la scène, horrifié. Était-il arrivé quelque chose sà son père au milieu de cette foule en furie ? Où était Lina ? Le grand pin était en feu. Dans une minute, celui-ci allait sans doute se propager au bâtiment du fait de la proximité de l'arbre. Des volutes de fumée s'immisçaient déjà par les fenêtres. Il fallait qu'il s'en aille.

C'est à ce moment précis qu'il entendit un cri. Un cri qui ne venait pas de la place, mais de quelque part au-dessus de lui. Un oiseau ? Un animal qui se serait aventuré dans l'arbre ? Une seconde plus tard, un autre cri retentit, dans la foule cette fois, et Doon entendit clairement quelqu'un hurler :

– Dans l'arbre ! Il y a quelqu'un dans l'arbre !

Doon se trouvait près de la porte, prêt à se ruer dans les escaliers. Mais il entendit à nouveau le cri de détresse, qui semblait tout proche. Il se précipita dans la pièce et courut jusqu'à la fenêtre donnant sur l'arbre. Les branches basses n'étaient plus qu'un intense brasier. Il pouvait entendre le souffle des flammes et le crépitement des aiguilles du pin qui éclataient sous l'assaut du feu. Quand il leva la tête, il comprit d'où venaient les cris. Un jeune garçon se cramponnait à une branche, juste au-dessus du sommet de la tour. Il enlaça ensuite le tronc de l'arbre, hurlant de terreur tandis que le feu montait à grande vitesse vers lui.

« Kenny ! » pensa Doon. C'était lui vraiment ? Il n'en était pas certain. Qui que ce fût, il savait qu'il ne pourrait pas l'abandonner ainsi. Peut-être pourrait-il le faire passer par la fenêtre. Il ouvrit en grand l'unique battant – c'était une fenêtre basculante, qui pivotait autour d'une charnière centrale – puis attrapa une des chaises qui se trouvaient autour de la table. La tenant par le dossier, il la poussa dehors aussi loin qu'il pouvait.

– Descends, hurla-t-il au garçon perché dans l'arbre. Dépêche-toi !

Il l'aperçut. Doon tressaillit en comprenant qui il

était. Ce n'était pas du tout Kenny, mais Torren, celui qui était à l'origine de toute cette fureur, celui qui l'avait injustement accusé. Pendant une fraction de seconde, Doon fut submergé par l'envie de l'abandonner à son sort et de quitter la tour au plus vite.

Il repoussa cette idée et cria plus fort.

– Dépêche-toi ! Descends par ici !

Torren dégringola précipitamment les branches, se rapprochant de plus en plus du foyer de l'incendie qui faisait rage sous lui. Descendu aussi bas que le lui permettaient les flammes, il était encore beaucoup trop loin pour attraper les pieds de la chaise. Il s'avança le long d'une branche, mais celle-ci n'était pas assez grosse et elle ploya sous son poids.

– Saute ! hurla Doon. Saute et attrape les pieds de la chaise ! Je te remonterai.

Torren, toujours à quatre pattes, recula de quelques pas. Quand il fut à nouveau là où la branche était plus solide, il se releva et s'immobilisa, les bras enlacés autour du tronc. Pétrifié, il fixait les flammes des yeux en poussant un cri interminable.

– Saute ! cria Doon à nouveau.

La fumée emplissait la pièce maintenant.

– Dépêche-toi ! Tu peux le faire !

Une bourrasque de vent souffla sur l'arbre, attisant les flammes. Sous les pieds de Torren, les branches s'embrasaient. Soudainement, il changea d'avis, comme le laissait voir l'expression de son visage. Il serra les lèvres en fixant la chaise suspendue dans le vide, devant la fenêtre. Les paumes sur le tronc, il exerça alors une vive poussée qui le fit décoller de l'arbre. Tel un acrobate, il se retourna dans les airs, ses mains agrippèrent le barreau de la chaise. Le corps de Doon bascula en avant. Il faillit lâcher prise, mais parvint néanmoins à garder son équilibre.

– Accroche-toi ! cria-t-il.

Puisant au plus profond de ses réserves, bandant ses muscles au maximum, il tira sur la chaise et commença à la remonter ; dès que les mains de Torren furent à sa portée, il en attrapa une, puis deux, laissant la chaise retomber dans la pièce. Un dernier effort et Torren fut dans la salle de la tour, tremblant si violemment qu'il tenait à peine debout.

– Maintenant, dit Doon. Allons-nous en.

Il se dirigea vers la porte tandis que de puissantes flammes comme une rangée de griffes acérées léchaient déjà le rebord de fenêtre. Torren sentit le souffle des flammes sur sa nuque.

27
Soldats du feu

Lina se trouvait de l'autre côté de la grand-place, à l'opposé de la rivière, quand Tick avait aboyé ses exigences et que Doon avait crié :

– Au moins vous pourriez écouter !

Quand elle avait entendu sa voix, elle avait tenté de s'approcher de lui, mais la foule était trop compacte et trop agitée pour lui permettre de passer. Les guerriers de Tick étaient partout. Le soleil faisait briller leurs barres de fer, leurs bouts de tuyau et leurs tessons de verre. Elle tentait de se frayer un chemin au milieu de cette cohue hurlante quand Ben avait actionné la Terrible.

Elle avait d'abord entendu le bruit, une rafale d'énormes « pan ! », qui avait fait trembler le sol et reculer dans la panique les gens qui se trouvaient au premier rang. Elle s'était alors aussitôt baissée, les mains sur la tête et était restée ainsi au milieu de la débandade. On l'avait bousculée, piétinée, cognée sans ménagement. Certains étaient même tombés à la renverse en trébuchant sur elle, puis, aussi subitement qu'il était apparu, le bruit cessa. Il y eut ensuite une puissante détonation, suivie de nouveaux cris. Quand elle eut enfin trouvé le courage de se relever pour voir ce qui se passait, le grand pin était en flammes.

Au début, le feu n'était pas très violent. Il courait nonchalamment sur une seule branche, avec de soudains éclairs lumineux quand une touffe d'épines bien sèches se mettait à brûler. Mais, rapidement, les choses se gâtèrent et les flammes grandirent. Elles bondissaient en crépitant d'une branche à l'autre et une colonne de fumée noire s'éleva bientôt dans les airs. La foule eut un mouvement de recul, chacun se pressant contre son voisin. Les gens d'Ember, pour qui le feu était une chose rare et effrayante, levaient les yeux au ciel, pétrifiés, bouche bée. Certains criaient alors que d'autres étaient tout simplement trop terrorisés pour émettre le moindre son.

L'épouvante s'empara de Lina. Elle ne pouvait plus bouger, sinon vaciller de quelques pas, au rythme de la foule. Elle avait les yeux fixés sur les flammes – ces horribles mains orange qui se lançaient à l'assaut des branches supérieures. Une petite voix se mit à hurler dans sa tête : « Cours ! Cours ! ». Mais elle en était incapable. Ses jambes ne répondaient plus. Tout juste pouvaient-elles encore la porter.

Une voix hurla :

– Il y a quelqu'un dans l'arbre !

Lina leva les yeux. Derrière l'épaisse fumée, au milieu des hautes branches qui s'agitaient en tous sens, elle aperçut une chose blanche qui bougeait. Une fois encore, elle se retrouva pressée de tous côtés par la foule. Elle glissa sur un morceau de tuyau qui traînait par terre et tomba sur les genoux. Quand elle parvint à se relever, la masse avait reculé et elle se retrouvait pratiquement au premier rang de la foule.

Sur les marches de la mairie, elle remarqua Ben, étendu sur le dos, parfaitement immobile, Wilmer penché sur lui.

– Les pompiers ! Les pompiers ! hurlait Mary Waters.

Le feu qui faisait rage dans le pin s'était propagé à la tour de la mairie, et les flammes léchaient maintenant le mur.

C'est à cet instant que Lina entendit derrière elle un éclat de rire aux accents hystériques.

– Laissez brûler ! hurla quelqu'un. Laissez brûler, c'est leur châtiment ! Ils l'ont mérité.

Elle avait reconnu la voix. C'était celle de Tick. Très vite, d'autres reprirent son cri.

– Laissez brûler ! hurlaient-ils sous les hourras criards de la foule en délire.

Le peuple d'Ember était rassemblé à l'extrémité sud de la grand-place, aussi loin de l'incendie qu'il pouvait. Quelques-uns choisirent de fuir en courant dans les rues du village, mais la majorité attendait de voir ce qui allait se passer. Ils restaient à distance, hésitant entre terreur et fascination, fixant les flammes qui zébraient la tour.

Les habitants de Sparks couraient dans tous les sens. Les marchands avaient empoigné des seaux et fonçaient à la rivière pour les remplir d'eau, mais le foyer de l'incendie était beaucoup trop haut pour qu'ils l'atteignent ainsi. Ils lançaient leur eau dans les airs puis, leur seau vide pendant au bout de leur bras, ils regardaient la tour qui brûlait.

Les deux pick-up des pompiers finirent par arriver. Leurs conducteurs se tenaient debout et fouettaient les bœufs pour les faire avancer plus vite. De l'eau coulait des gros tonneaux qu'ils transportaient. Dès qu'ils s'arrêtèrent, les gens sautèrent sur les plateaux, saisirent les seaux et les plongèrent dans l'eau.

– Ligne de feu ! Ligne de feu !

Le cri retentit un peu partout sur la grand-place et les villageois, qui avaient dû souvent pratiquer l'exercice, s'alignèrent en une longue chaîne humaine allant des camions au foyer de l'incendie. Des brindilles enflammées s'envolèrent de l'arbre, déclenchant un peu partout de nouveaux départs de feu. Les gens des chaînes ne savaient plus où donner du seau car, pour les quelques flammes dont leurs jets venaient à bout, dix nouveaux foyers apparaissaient.

Le cœur de Lina battait si fort qu'elle n'était plus capable de penser. Elle voulait courir, fuir cet endroit, mais une force mystérieuse la paralysait, une force due à sa peur du feu, bien sûr, mais aussi à une autre peur. Une terreur qui sourdait du fond de son âme et dont elle craignait qu'elle s'empare d'elle. Elle ne voulait pas l'entendre. « Concentre-toi », lui murmura une petite voix intérieure. Elle tenta aussitôt de la repousser.

Les gens grimpés sur les pick-up des pompiers, remplissaient leurs seaux de plus en plus vite, répétant frénétiquement les mêmes gestes : saisie du seau vide, plongée dans le tonneau puis départ du seau dans le sens de la chaîne où il passait à toute allure de main en main. Le dernier maillon, celui qui se trouvait au plus près du foyer, vidait le seau d'eau sur les flammes. Il y avait un chuintement, de la vapeur et quelques flammes s'éteignaient.

Tick et ses guerriers, regroupés avec le reste des gens d'Ember, regardaient la scène comme s'il s'agissait d'un spectacle. Un spectacle à la fois effrayant et fascinant. Tick et quelques autres se réjouissaient, mais l'immense majorité du peuple d'Ember fixait avec des yeux ronds les flammes qui noircissaient les murs de la mairie. Quand le vent soufflait des étincelles dans leur direction, ils poussaient des cris aigus et se pressaient les uns contre les autres.

Lina scruta la foule. Où était Doon ? Où était Mme Murdo ? Elle ne voyait ni l'un ni l'autre – de fait elle ne distinguait presque plus rien. Une épaisse fumée emplissait l'air. Il n'y avait plus que des ombres qui s'agitaient dans l'air opaque. Seules les flammes brillaient dans la pénombre. Le grand pin n'était plus qu'une colonne de feu au centre de laquelle se dessinait le noir squelette de l'arbre. Soudain, une lourde branche se détacha du tronc et s'abattit sur les buissons qui se trouvaient à quelques pas du tronc. Ils s'embrasèrent presque aussitôt. Une clameur horrifiée monta dans les rangs du peuple d'Ember et, cette fois, plutôt que de reculer, nombreux furent ceux qui choisirent de partir en courant.

Lina, elle, ne bougeait toujours pas. Elle avait l'impression d'être la proie de deux mains gigantesques. L'une la tirait en arrière, loin du feu, en direction des ruelles du village qu'elle pourrait prendre en courant jusqu'à être en sécurité, l'autre la poussait en avant, vers le danger, lui ordonnant de faire ce qui, soudain, lui semblait nécessaire et juste. Oui, c'était le bon choix, celui qu'elle attendait, mais elle était toujours incapable de bouger. « Je ne peux pas, pensa-t-elle. J'en suis incapable, j'ai bien trop peur. Quelqu'un d'autre va y aller. Pas moi, pas moi. Je ne peux pas. »

C'est alors que la tour s'écroula. Ses murs se désagrégèrent, le toit s'effondra et des flammes en jaillirent. La hampe du drapeau fendit l'air comme une lance tombée du ciel. Les murs noircis penchèrent un instant sur le côté puis basculèrent définitivement.

Le feu était partout. Les braises incandescentes, poussées par le vent, propageaient l'incendie dans toutes les directions. Bientôt, le parterre d'herbe sèche qui bordait la grand-place, les arbres près de la rivière et les toits de chaume des échoppes furent en feu.

– Par ici ! hurlaient les gens qui faisaient la chaîne avec leurs seaux.

– Par là ! Amenez des seaux par ici ! répondaient d'autres voix affolées par l'urgence.

Les lignes de feu serpentèrent, les seaux passaient toujours plus vite de main en main et ceux qui se trouvaient en tête de ligne les lançaient une fois dans une direction, une fois dans une autre. Mais il y avait trop d'incendies et pas suffisamment de bras pour les contenir.

« Maintenant, pensa Lina. Il faut que je le fasse. Je vais le faire. »

Avant d'avoir eu le temps de changer d'avis, le cœur battant la chamade, la tête baissée et les poings serrés, elle se rua en avant. Elle courait comme si elle se battait contre un puissant vent contraire, elle traversa la grand-place et, dès qu'elle eut atteint une chaîne, s'y joignit.

– Traître ! hurla une voix derrière elle, celle de Tick, tranchante comme une lame.

Lina l'entendit, mais n'y prêta pas attention.

– Traître, traître ! hurla encore Tick dont le cri était repris en chœur par ses guerriers qui faisaient des bonds en arrière dès que des gerbes d'étincelles s'approchaient un peu trop d'eux.

Doon sortit de la tour juste à temps. Il avait dû pratiquement jeter Torren du haut des escaliers puis les dévaler quatre à quatre lui-même. Torren disparut à toutes jambes dès qu'il eut passé la porte de derrière ; Doon, quant à lui, avait fait le tour de la mairie et s'était précipité sur la grand-place. Il avait alors longé les échoppes et avait rejoint la cohue des Emberiens, côté sud. Haletant, il avait contemplé le désastre auquel il venait d'échapper. Les yeux fixés sur la noire épine dorsale du grand pin et sur les murs incandescents de la mairie, il avait assisté, impuissant, à la rage des flammes et à l'écroulement de la tour. Il avait vu les chaînes humaines qui luttaient contre les flammes se contorsionner en tous sens sous les moqueries assassines de Tick qui résonnaient au-dessus de la mêlée générale.

– Brûle, brûle ! martelait-il, bientôt imité par d'autres. Que ça brûle jusqu'au bout, c'est tout ce qu'ils méritent !

Doon resta ainsi un moment, stupéfait, la tête absolument vide. C'était comme si la guerre avait fait rage autour de lui, mais pas celle qu'il avait imaginée. Où était sa place dans cette bataille ? Qui était l'ennemi ? Qui étaient ses frères d'armes ? Le bruit et la fureur l'assaillaient. La fumée lui piquait les yeux. Ses jambes tremblaient.

C'est alors qu'il avait vu Lina s'extraire de la foule et traverser la grand-place en courant sous les insultes de Tick et de ses guerriers, qui la traitaient de traître. Ce fut comme un déclic, comme si, tout à coup, on lui avait ouvert les yeux, ou qu'il eût émergé d'un mauvais rêve. Autour de lui, l'air semblait plus clair. Ses jambes avaient retrouvé leur force. Il se faufila en jouant des coudes dans la foule qui se trouvait devant lui et courut dans la même direction que Lina, vers les lignes de feu.

Voyant ce que Lina et Doon étaient en train de faire, d'autres suivirent. Clary poussa ceux qui lui barraient le passage et courut prendre sa place dans une chaîne. Mme Murdo l'imita aussitôt, traversant l'esplanade à longues enjambées, en relevant sa jupe. Ensuite ce fut au tour des sœurs Hoover, du père de Doon et même de la fragile Miss Thorn. Cinq autres personnes suivirent, puis un groupe de trois.

Ils couraient en se protégeant la bouche avec les mains ou les bras pliés au-dessus de la tête pour faire rempart contre la fumée et contre les braises incandescentes portées par le vent, puis ils prenaient naturellement place au sein des brigades de volontaires et se mettaient à charrier l'eau.

De plus en plus d'Emberiens suivirent jusqu'à ce que, finalement, tout le monde luttât contre les flammes sauf Tick et quelques-uns de ses hommes. L'air mi-rétif, mi-terrorisé, ils se pressaient les uns contre les autres à l'autre bout de la grand-place, leurs armes inutiles pendant au bout de leurs bras et poussant sporadiquement des « traîtres ! » vengeurs à l'adresse de leurs concitoyens qui n'y prêtaient aucune attention.

28
Des révélations édifiantes

Lutter contre les flammes était si prenant que Lina en avait oublié d'avoir peur. Son combat contre le feu l'absorbait tout entière. Ses mains se tendaient d'elles-mêmes vers le seau suivant, encore et encore. Quand un cri s'élevait pour prévenir d'un danger, alors seulement elle levait les yeux et faisait précipitamment un écart pour l'éviter. La réserve d'eau des tonneaux fut rapidement épuisée et les derniers rangs des lignes de feu devaient maintenant puiser directement à la rivière, ce qui signifiaits un plus long trajet pour les seaux. Les chaînes bougeaient de droite à gauche en suivant les feux qui se déclaraient un peu partout et se propageaient comme des traînées de poudre.

Dans l'épais nuage de fumée qui emplissait l'air, les gens ressemblaient à des fantômes grouillant en tous sens, hurlant des invectives, criant des ordres. Un instant, Lina aperçut Doon. Il avait sauté dans la fontaine et était penché dans l'eau comme s'il cherchait quelque chose au fond de la vasque. Il en sortit bientôt, totalement trempé. Quelques instants plus tard, la fontaine commença à déborder. L'eau se répandait sur le sol, coulant en direction du champ d'herbes sèches qui était la proie des flammes.

« Ô Doon ! Bravo », pensa Lina.

Elle aperçut aussi Maddy, à plusieurs reprises. Elle apparaissait et disparaissait au milieu de cette nuée de pompiers improvisés, criant des ordres ou des cris d'alerte et parfois passant simplement les seaux, les cheveux au vent.

Le vent était un ennemi aussi pugnace que le feu lui-même. Il soufflait en bourrasques imprévisibles qui attisaient les flammes et les faisaient se propager à grande vitesse, à la recherche de nouvelles proies à dévorer. Mais maintenant, il y avait deux fois plus de monde pour lutter contre le feu et, petit à petit, les hommes l'emportèrent sur lui. Les flammes commencèrent à vaciller, à se changer en flammèches éteintes par une simple pelletée de terre ou par un seau d'eau. Finalement, toute trace de foyer avait disparu. La grand-place, étrangement dévastée après l'effondrement de l'Hôtel de Ville et la disparition du grand pin, était jonchée de flaques d'eau, de cendres et de tas de matières fumantes et noires.

Les gens reprenaient leurs esprits. Immobiles et silencieux, ils se regardaient les uns les autres. Tous avaient le visage noir de fumée et les cheveux pleins de cendres. Leurs vêtements étaient trempés et tachés. Les gens d'Ember étaient aussi crasseux que ceux de Sparks. Il était impossible de faire la différence entre les membres des deux communautés. Tout le monde se ressemblait plus ou moins.

Lina se mit à la recherche de Doon, mais ne le trouva point. En revanche, elle rencontra Mme Murdo, assise par terre à la lisière nord de la grand-place. Son chignon avait glissé du sommet de son crâne et pendait sous l'oreille. Sa jupe était constellée de petits trous percés par des braises.

– Vous allez bien ? demanda Lina.

– Je crois, répondit Mme Murdo. Et toi ?

– Je vais très bien.

– Oui, ça se voit, ajouta Mme Murdo en regardant longuement Lina. Ça se voit, en effet. Tiens, aide-moi à me lever, dit-elle en tendant un bras à Lina. Nous allons retourner chez la guérisseuse et essayer de retrouver figure humaine.

Quand l'incendie fut enfin maîtrisé, tous les combattants du feu, qui portaient sur eux les traces de la bataille, étaient épuisés et reprenaient lentement leur souffle. Doon sentit alors ses jambes trembler à nouveau. Il s'engagea dans les rues du village jusqu'à trouver un endroit tranquille, à l'ombre d'un arbre où se reposer un moment. Les gens passaient devant lui en traînant les pieds. Parmi eux, de nombreux habitants d'Ember qui s'en retournaient d'un pas lourd vers le Pionnier, que, ce matin encore, ils croyaient devoir quitter pour toujours. Doon n'adressa la parole à personne. Il se sentait trop épuisé pour seulement prononcer un mot et désirait juste prendre quelques instants de repos avant d'affronter la suite, quelle qu'elle fût.

Mais il n'était pas assis depuis deux minutes qu'il aperçut Kenny au bas de la rue. Dès qu'il le vit, celui-ci s'approcha et vint s'asseoir à ses côtés.

– Je t'ai vu, lui dit-il. Tu as sorti Torren de l'arbre.

Doon répondit par un hochement de tête.

– Je savais que tu étais ce genre de personne, ajouta Kenny, les cheveux parsemés de cendres, comme si quelqu'un avait saupoudré sa tête de poivre et de sel.

– Quel genre de personne ? demanda Doon.

– Le genre courageux, répondit Kenny. Quelqu'un de bien. Pas comme l'autre.

– Quel autre ?

Kenny s'adossa au tronc de l'arbre et étendit ses jambes.

– Celui qui appelait à la guerre. Celui qui a les yeux clairs.

– Tick, répondit Doon.

– C'est ça. Je savais qu'il était mauvais, du jour où je l'ai vu dans le bois.

– Ah bon ? Dans le bois ? Et c'était quand ?

– Un jour… Il traînait … Et il avait les mains emmitouflées dans des sacs.

– Doon se tourna pour regarder Kenny dans les yeux.

– Des sacs ? Mais pourquoi ? Que faisait-il dans les bois ?

– Il ramassait des plantes, dit Kenny.

– Quel genre de plantes ? demanda Doon le cœur battant.

– Ben je n'étais pas tout près… Je ne peux rien affirmer, mais ce qui est sûr c'est qu'il ramassait quelque chose qu'il ne voulait pas toucher. Comme du sumac.

– Du sumac ? Et pourquoi aurait-il ramassé du sumac ?

– J'ai entendu ce qui s'est passé, dit Kenny. Je sais pour les feuilles sur les marches de l'hôtel. Ils ont pensé que c'était un des nôtres qui avait fait ça… Mais ça m'étonnerait.

Les idées se bousculaient dans la tête de Doon. Il se remémorait certaines choses : la plaque rouge que Tick avait sur le bras quelques jours avant que les feuilles venimeuses n'apparaissent sur les marches du Pionnier, la façon dont il avait supervisé le nettoyage sans pour autant y participer lui-même, les traces noires sur son cou le matin où le graffiti haineux, « retournez dans votre caverne », avait été découvert sur la façade et, enfin, la façon dont il attisait la haine des gens d'Ember en répétant sans cesse l'histoire de ces deux attaques.

Ce fut comme si les brumes qui obscurcissaient jusqu'alors son esprit se dissipaient d'un coup. Tout devenait clair. Tick avait besoin de cette colère et de ces outrages. Plus les gens seraient indignés et plus ils auraient envie de se battre. Et plus il y aurait de guerriers volontaires, plus Tick aurait de gens sous ses ordres. Tick voulait le pouvoir. Tick voulait la gloire. Il aspirait à la guerre pour prendre la tête des opérations. Il avait levé une armée en attaquant son propre peuple.

Doon en avait le souffle coupé. Ses mains étaient moites et tremblantes. Il avait soudain conscience que cela changeait tout. Les gens de Sparks n'avaient pas attaqué le peuple d'Ember. Leurs craintes et leurs suspicions les avaient certes rendus méchants et égoïstes, mais – exception faite des mots injurieux tracés sur la grand-place – ils n'avaient pas attaqué. Et sans le graffiti sur le mur du Pionnier et les feuilles de sumac sur les marches, il n'y aurait probablement pas eu d'émeute sur la grand-place. Et sans l'émeute, les responsables du village n'auraient certainement pas décidé d'expulser le peuple d'Ember.

Doon se leva d'un bond qui fit sursauter Kenny.

– Qu'y a-t-il ? demanda-t-il inquiet.

– Tu viens de m'apprendre quelque chose d'important, répondit Doon.

Il tendit la main et aida Kenny à se lever tout en marmonnant : « il faut, il faut… »

Que fallait-il donc ? Il fallait qu'il parle à quelqu'un. Il fallait qu'il explique.

– Il faut que j'y aille, dit-il à Kenny avant de tourner les talons et de se diriger vers le centre du village en réfléchissant à qui il devait parler et ce qu'il devait lui dire.

La guérisseuse était devant sa maison, Poppy à ses côtés, quand Lina et Mme Murdo arrivèrent. La petite se précipita à leur rencontre en poussant de petits cris aigus.

– Wyna ! Feu ! Za vu ! Za vu feu !

– Vous êtes blessées ? demanda Mme Hester.

– Seulement éreintées, répondit Lina.

– Et sales, ajouta Mme Murdo.

– Sale, sale, répétait Poppy en trottinant à côté de Lina et en tirant sur sa chemise.

Torren était assis dans le canapé, les pieds dans une bassine d'eau.

– Qu'est-ce qui t'arrive ? lui demanda Lina.

– J'ai des brûlures aux pieds, répondit Torren.

– Aux pieds ? Mais comment t'es-tu fait ça ?

– Tu n'as rien vu ? demanda Mme Murdo.

– Vu quoi ?

Mme Murdo lui raconta l'incident qui avait bien failli tourner au drame.

Je ne sais vraiment pas ce que Doon faisait dans la tour, dit Mme Murdo, mais c'est une chance pour Torren qu'il s'y soit trouvé.

Lina jeta un regard accusateur sur le jeune garçon.

– Doon m'a raconté que tu l'avais accusé sans raison. Tu n'as pas honte ? Maintenant qu'il t'a sauvé la vie ?

Torren ne répondait pas. Il fixait ses pieds.

– Tu as menti, poursuivit Lina. Tu as accusé Doon d'un acte qu'il n'avait pas commis.

Torren, le dos rond, s'enfonçait dans les coussins du canapé.

– Ce n'est pas lui qui a saccagé les tomates ! Jamais il ne ferait une chose pareille. Pourquoi as-tu dit que c'était lui ?

– C'était une erreur, répondit Torren d'une toute petite voix.

– Alors qui a fait ça ?
– Quelqu'un d'autre.
– Qui ?
– Quelqu'un… Je ne peux pas le dire.
– Tu en as déjà dit suffisamment, répondit Lina. Même si tu ne révèles pas qui a fait ça, tu dois dire que ce n'est pas Doon.

Elle fouilla l'indescriptible désordre qui régnait sur la table et mit finalement la main sur un morceau de papier.

– Tiens, dit-elle à Torren en lui tendant une feuille et un stylo. Écris là-dessus que tu as menti à propos de Doon et signe.

La mine renfrognée, Torren s'exécuta puis il tendit le papier à Lina qui se dirigea aussitôt vers la porte.

– Je retourne au village. Je n'en ai pas pour longtemps. Je serai de retour pour le dîner.

Ce soir-là, après le dîner, Lina fut intarissable. Mme Murdo et Mme Hester étaient curieuses de savoir à quoi ressemblaient les Espaces Vides, comment était la ville ou encore comment se passait la vie des errants. Maddy, assise près de la fenêtre, une tasse de thé à la main, intervenait de temps à autre, mais, dans l'ensemble, elle laissait à Lina le soin de raconter leur escapade. Torren était allongé dans le canapé, les pieds enveloppés dans deux gros bandages. Il faisait mine de ne pas s'intéresser à la conversation, mais il ne pouvait s'empêcher de poser quelques questions ici ou là. Le plus souvent, elles avaient trait à Caspar.

– Je ne comprends pas, dit-il. Pourquoi vous êtes rentrées toutes les deux et pas lui ?

– Il n'avait pas terminé ce qu'il avait décidé de faire, répondit Lina. Sa mission…

– Mais c'est quoi sa mission ? s'énerva Torren. Vous devez bien le savoir.

– Oui… On sait… répondit Lina en lançant un regard hésitant à Maddy.

– Ton frère, poursuivit Maddy, cherche quelque chose qu'il ne trouvera jamais. Quand il aura compris ça, il rentrera à la maison.

– Mais que cherche-t-il au juste ? demanda Torren en se redressant sur ses coudes et en se tournant vers Maddy.

– Il cherche un trésor, répondit-elle. Un trésor qu'il serait incapable de trouver, même s'il l'avait sous les yeux.

– Il a oublié ses lunettes ? demanda Torren.

– Non, mais il a des problèmes de vue même quand il porte ses lunettes.

Lina avait peu d'estime pour Torren, mais elle le prenait un peu en pitié et, ce soir-là, elle lui apporta plusieurs fois un verre d'eau parfumée au miel et lui donna le petit camion rouge qu'elle avait trouvé en fouillant dans une maison. Poppy en déduisit que c'était la fête du jeune garçon et, elle aussi, lui apportait régulièrement des choses pour jouer : cuillers, chaussettes, patates. Quand il fut l'heure d'aller se coucher, elles le portèrent dans le cabinet médical, puis Lina monta au grenier avec Mme Murdo et Poppy.

Mme Murdo détacha ses cheveux qui tombèrent sur ses épaules en épaisses mèches collées par la suie.

– J'ai quelque chose à te dire, déclara-t-elle à Lina.

Lina se crispa, tout en sachant parfaitement que Mme Murdo n'avait pas l'habitude de parler pour ne rien dire.

– J'ai vu ce que tu as fait, dit Mme Murdo. Une chose remarquable. Courir comme ça, seule, au-devant du danger. C'était très courageux.

– Je sentais que je devais le faire, répondit Lina.

Mme Murdo leva les sourcils d'un air interrogateur. Mais Lina était trop épuisée pour tenter d'expliquer comment il fallait parfois se forcer à agir de façon positive pour changer le cours des choses et trop lasse pour raconter comment elle avait d'abord espéré que quelqu'un agisse à sa place, et que, devant l'immobilisme général, elle avait finalement décidé de se lancer. Aussi garda-t-elle le silence, se contentant d'un haussement d'épaules.

Mme Murdo passait un peigne dans ses cheveux.

– Je pense que nombre d'entre nous pensaient la même chose que toi, finit-elle par dire. Mais personne n'a eu le courage de passer à l'action. Sauf toi.

– Je ne me sentais pas courageuse. J'étais terrorisée, répondit Lina.

– Ça n'en est que plus courageux.

Un sentiment de fierté réchauffa le cœur de Lina, comme une petite flamme. Non, pas une flamme, une ampoule. C'était mieux comme ça. Une petite ampoule brillait au fond de sa poitrine.

– Je crois que je n'ai jamais été aussi fatiguée de ma vie, dit Mme Murdo. Et demain, une dure journée nous attend.

– Demain ? demanda Lina qui avait oublié pendant un instant que tout n'était pas réglé.

– Eh bien oui, demain nous saurons s'ils ont toujours l'intention de nous expulser.

Le quatrième conseil municipal

Le vent nocturne balaya les derniers restes de fumée et, au matin, le ciel était d'un bleu éclatant et l'air si frais qu'il semblait frissonner. Les rayons du soleil étaient doux, plus pâles qu'auparavant. Le changement de saison se précisait.

Un messager en provenance du village se présenta au Pionnier ce matin-là. Doon, qui se trouvait être le premier levé, était tombé sur lui alors qu'il s'apprêtait à entrer.

– Dis à ton peuple que les conseillers du village de Sparks veulent rencontrer les gens d'Ember aujourd'hui même, à midi, déclara le messager. La réunion aura lieu ici, dans la salle de bal.

Doon passa le message à quelques personnes, qui firent de même et, bientôt, tout le monde fut au courant ; à midi, la salle de bal était noire de monde. Doon était aux côtés de son père, au milieu de la foule. De toutes parts lui parvenaient des chuchotements inquiets. Les gens s'attendaient à de mauvaises nouvelles. Doon entendit Miss Thorn murmurer à son voisin qu'elle était si nerveuse qu'elle en avait mal au ventre. Lui aussi était anxieux. Il avait les mains moites.

Quelques minutes après midi, Mary Waters et Wilmer Dent entrèrent dans la salle de bal. Ils étaient accompagnés de quatre hommes qui portaient un brancard sur lequel Doon aperçut une silhouette enroulée dans une couverture. L'épaisse barbe grise qui dépassait de la civière indiquait qu'il s'agissait de Ben Barlow. Mme Hester marchait à côté du malade, accompagnée de Mme Murdo, de Lina et de Poppy. D'autres villageois suivirent et se mirent en rang dans un coin de la salle. Doon reconnut parmi eux des commerçants et des chefs d'équipe (dont Chugger) ainsi que de nombreuses familles de Sparks, parmi lesquelles les Parton, avec Kenny qui trottait derrière ses parents.

Doon leva la main pour signaler sa présence à Lina, qui vint se placer à côté de lui.

– Est-ce que Ben est gravement touché ? demanda doucement Doon.

– Je crois bien, répondit Lina en murmurant. La guérisseuse dit qu'il a été touché à l'épaule et que le choc lui a presque arraché le bras.

– Écoute, il faut que je te dise quelque chose d'important.

Et, tandis que les responsables du village et les brancardiers qui transportaient Ben montaient sur la scène, il raconta à voix basse ce qu'il avait découvert à propos de Tick.

– C'est pas vrai ? ne cessait de répéter Lina à l'écoute du récit de Doon. Je n'arrive pas à y croire. Comment a-t-il pu ?

– La nuit dernière, poursuivit Doon dans un souffle, je suis allé trouver Tick et je lui ai dit que je savais. Il m'a répondu que…

Il s'interrompit car Mary Waters venait de lever une main en l'air pour réclamer l'attention de tous. Un silence pesant, que Doon ne souhaitait pas rompre, avait soudain envahi la salle. Tous les regards se tournèrent vers l'estrade. Les hommes avaient posé le brancard au sol, une extrémité calée sur une chaise afin que Ben soit suffisamment incliné pour voir la salle. Il avait un bandage sur un œil et regardait l'assistance en plissant la paupière de l'autre.

Quand Mary prit la parole, sa voix puissante chevrota légèrement.

– Nous sommes ici pour évoquer des sujets graves, déclara-t-elle en préambule. Ben a été sérieusement blessé hier, mais il a insisté pour venir. Nous souhaitions tous vous parler de façon directe.

Elle marqua une pause.

– Tout d'abord, j'aimerais vous dire ceci.

L'estomac de Doon se serra.

– Nous avons réalisé que nous ne pouvions décemment pas vous demander de partir, poursuivit Mary. La générosité dont vous avez fait preuve hier nous a rappelés à la nôtre.

Personne ne souffla mot, mais les gens d'Ember se regardèrent en poussant des « ouf ! » de soulagement.

Doon donna un coup d'épaule à Lina. Ils échangèrent un sourire.

– Hier, continua Mary, quand la Terrible a explosé, déclenchant un incendie qui risquait de devenir incontrôlable, une enfant d'Ember a franchi seule la ligne de démarcation qui séparait nos deux communautés. Nous lui en sommes reconnaissants. Elle a montré la voie.

– Li-na ! Li-na ! crièrent spontanément quelques voix éparses parmi lesquelles Lina crut reconnaître celle de Maddy.

Doon la fit sursauter en hurlant « Lina la courageuse ! » tout près de son oreille.

– Je voudrais vous dire, dit encore Mary, que nous avons commis des erreurs et que nous en sommes désolés. Croyez-moi, nos intentions premières étaient bonnes et nous avons fait de notre mieux pour vous aider. Mais quand les choses se sont gâtées, nos cœurs se sont fermés.

– Nous étions inquiets... ajouta Wilmer Dent avec un sourire d'excuse.

Ben l'interrompit. Sa voix était faible et enrouée et il semblait avoir du mal à respirer. Doon se raidit pour mieux l'entendre.

– Nous étions, dit-il d'une voix rauque, à juste titre... préoccupés par... la pénurie... de nourriture. Nous avons simplement... tenté... d'assurer la... sécurité alimentaire de nos... concitoyens. Il s'arrêta, reprit bruyamment son souffle et poursuivit dans un râle. C'est compré... hensible.

Wilmer haussa les épaules, toujours avec le même sourire contrit, et poursuivit.

– C'est juste que nous étions…

– Effrayés, coupa Mary. Nous avons eu peur, autant le dire tout de suite. Nous avions peur que vous ruiniez tous nos efforts. Nous étions en passe de devenir prospères et votre venue nous a fait craindre de retourner en arrière, aux temps des privations.

Il y eut un silence. Personne ne sachant quoi ajouter.

– Finalement, reprit Mary, nous avons préféré évacuer le problème plutôt que d'essayer de le résoudre. Par chance, tous nos projets, les vôtres comme les nôtres, se sont heurtés à la réalité et sont tous tombés à l'eau.

Elle s'avança et balaya la foule du regard. Ses yeux rencontrèrent ceux de Doon. Ils se fixèrent un instant.

– Pas plus tard que la nuit dernière, dit-elle, j'ai appris deux choses qui ont modifié ma vision des choses. La première, c'est que nous ne savons toujours pas qui a tracé ces mots dégoûtants sur la grand-place. On ne saura peut-être jamais qui en est l'auteur. En revanche, nous savons maintenant que les autres attaques à l'encontre du peuple d'Ember, c'est-à-dire les horribles graffiti dont ont été couverts les murs du Pionnier et les feuilles de sumac retrouvées sur l'escalier extérieur, ne sont pas l'œuvre d'un habitant de notre ville.

Les Emberiens se tournèrent les uns vers les autres, l'air ahuri et se mirent à murmurer confusément.

– Mais qu'est-ce que ça veut dire ?

– Alors qui ?

– Que veut-elle insinuer ?

– C’est le jeune Doon Harrow qui m’a tout expliqué, déclara Mary et j’aimerais qu’il vous l’explique à vous aussi, s’il le veut bien.

Elle secoua la tête en direction de Doon et l’invita à se lever d’un geste du plat de la main.

Doon s’exécuta et raconta la même chose que ce qu’il avait raconté à Mary la veille au soir, quand il s’était rendu chez elle.

– Ce n’est pas possible ! Ce n’est pas vrai ! hurla quelqu’un.

Doon crut reconnaître la voix d’Allie Bright, qui était le bras droit de Tick.

– Et pourtant c’est vrai, répondit Doon. Tick me l’a avoué lui-même cette nuit. Il a même dit que c’était une stratégie payante. Il savait qu’il y aurait la guerre et il avait besoin d’une armée puissante pour la mener. « Quand les gens se sentent agressés, m’a-t-il dit, ils deviennent fous. Et les gens en colère font de très bons soldats. » Aussi a-t-il décidé de créer lui-même ce sentiment de haine. Il m’a également déclaré que l’idée des graffiti lui était venue en voyant l’horrible slogan tracé sur la grand-place.

A ces mots, une clameur s’éleva et emplit la salle de bal. Les gens hurlaient.

– Où est-il ?

Ils tournaient la tête en tous sens à la recherche de Tick. Quelques-uns fendaient déjà la foule pour lui mettre le grappin dessus.

Doon les rappela à l'ordre.

– Calmez-vous ! Inutile de le chercher, il n'est pas ici.

L'agitation retomba. Les gens se tournèrent à nouveau vers Doon.

La nuit dernière, quand je suis allé trouver Tick, il était en train de faire ses bagages. Il m'a dit qu'il s'en allait, qu'il ne pouvait pas vivre une minute de plus avec des lâches et des traîtres. Il avait entendu dire qu'un errant passerait par le village aujourd'hui et il avait l'intention de lui demander de l'emmener. Il n'est pas seul. D'autres sont partis aussi. Conformément aux instructions de Tick, ils ont pris la direction de la colonie du grand Sud, où espèrent-ils, l'accueil sera meilleur que celui qu'on leur a réservé ici.

Un immense tapage et des cris de joie accompagnèrent cette annonce. Certains riaient, d'autres hurlaient « bon débarras » tandis que d'autres encore se contentaient de secouer la tête en bougonnant.

Finalement, Mary leva à nouveau les bras, appelant au silence.

– S'il vous plaît ! Du calme ! J'ai encore des choses à dire.

Les gens se turent et écoutèrent.

– J'ai dit que j'avais appris deux choses, dit-elle. La seconde est la suivante : l'incident qui a mis le feu aux poudres et conduit à ce déchaînement de violence ne s'est pas déroulé comme nous le pensions. Ce n'est pas Doon Harrow qui a détruit les cageots de tomates.

La nouvelle ne surprit aucunement les gens d'Ember, qui n'avaient jamais vraiment cru à la culpabilité de Doon. En revanche, les villageois présents dans la salle semblaient tomber des nues. Doon aperçut Martha Parton clignant des yeux dans sa direction, Ordney le regardant avec des yeux ronds et, derrière eux, Kenny qui lui lançait un sourire radieux.

– Torren Crane est revenu sur sa déposition, reprit Mary. Même s'il refuse toujours de dire qui est le responsable, il a finalement déclaré qu'il n'avait pas vu Doon Harrow écraser ces tomates contre la remise. Nous devons donc poursuivre nos investigations, mais je crois que nous pouvons d'ores et déjà admettre qu'il ne s'agit pas de quelqu'un d'Ember.

De puissants vivats suivirent. Doon était si étonné qu'il faillit en tomber à la renverse. Lina lui saisit le bras.

– Je lui ai fait écrire qu'il s'était trompé, cria-t-elle à l'oreille de Doon. J'ai apporté le papier à Mary la nuit dernière !

Quand les applaudissements se furent calmés, Mary poursuivit.

– Nous devrions garder cet incident en mémoire afin de nous souvenir à quel point il est facile de réveiller nos pires instincts. Les actes de quelques individus malveillants, désireux de jeter de l'huile sur le feu, auront suffi à changer le ressentiment en violence. Il aura finalement fallu un accident pour nous empêcher de nous entretuer.

Elle se tourna vers Ben dont la tête pendait sur le côté et dont les paupières se fermaient.

– Ben a quelque chose à dire. Ben ? Es-tu en état de prendre la parole ?

La guérisseuse, qui se tenait à côté de lui, lui secoua doucement l'épaule. Ben ouvrit les yeux.

– Ben, te sens-tu capable de faire ta déclaration ? demanda Mary.

Il fixa le plafond en fronçant les sourcils. L'auditoire attendait en silence.

– J'ai appris... dit-il finalement, que Doon Harrow... Il s'arrêta, fronçant à nouveau les sourcils. Je voudrais... exprimer ma gratitude... à l'égard du jeune Doon Harrow... Il inspira dans un râle. Pour avoir sauvé... mon idiot de neveu.

– Quoi ? se dit Doon. De quoi veut-il parler ?

Ben se renfrogna, rassemblant ce qui lui restait de forces.

– Mon imbécile de neveu, Torren Crane, grinça-t-il, se trouvait dans le grand pin et... aurait pu être tué...

La voix de Ben se mua en chuchotement, la salle retint son souffle pour l'écouter.

– ... à cause de mon comportement... tout aussi imbécile que le sien.

Doon était stupéfait. Torren, le neveu de Ben ? Pour une surprise... Mais ç'en était une encore plus grande de voir Ben essayer de s'excuser pour ce qu'il avait fait.

Lina donna quelques tapes dans le dos de Doon pour le féliciter. Derrière lui, quelqu'un hurla :

– Pour Doon, hip hip hip !

Trois hourras retentirent dans la salle de bal. Doon restait immobile, un sourire, qu'il jugeait lui-même stupide, figé sur les lèvres.

Mary fit un pas en avant, appelant au calme. Sa voix

se fit à nouveau posée et sérieuse, comme si elle parlait affaire.

– Maintenant, dit-elle, nous devons parler de notre avenir. Vous n'aurez pas tout ce que vous désirez. Nous non plus d'ailleurs. Nous allons certainement encore souffrir, tous autant que nous sommes, ou être en danger. Il y aura plus de bouches à nourrir, mais aussi plus de bras pour faire le travail. Nous serons peut-être un jour à court de nourriture, jamais à court de travail.

Elle marqua une pause, un petit sourire aux coins des lèvres. Son regard passa dans la foule. Quand il le croisa, Doon ressentit presque une caresse rassurante.

– Ce qui compte le plus, dit-elle, c'est qu'à l'avenir, nous refuserons de nous considérer les uns les autres comme des ennemis. Nous renoncerons à la violence, qui est si facile à déclencher et si difficile à contrôler. Nous construirons un endroit où nous pourrons vivre en paix. Si nous nous en tenons à cela, tout est possible.

Quelqu'un applaudit. Doon se retourna et vit son père, les mains levées au-dessus de la tête, approuvant ce qui venait d'être dit par un sincère « bravo ».

– Il y a beaucoup à faire, poursuivit Mary. La route sera longue et difficile, mais nous la ferons ensemble.

Elle marqua une pause. Son visage changea d'expression. Elle esquissa un joli sourire.

– Encore une chose, reprit-elle. A partir de maintenant, on ne dira plus le « peuple de Sparks » ou le « peuple d'Ember » car, dorénavant, nous faisons tous partie du peuple de Sparks.

Un bruissement parcourut la foule. Lina et Doon eurent tous deux un pincement au cœur. Se considérer comme faisant partie intégrante du peuple de Sparks sous-entendait abandonner les derniers vestiges de leur terre d'origine et son nom. Les villageois aussi ressentirent comme un serrement au cœur, mais, dans leur cas, il s'agissait d'une crainte. Ces gens appartenaient à leur communauté maintenant, mais étaient-ils pour autant capables de vivre en paix tous ensemble ?

Chagrin et crainte ne durèrent que quelques secondes. Tout le monde en avait assez. Même si personne ne savait ce qui les attendait, ils imaginaient que ce ne pourrait pas être pire que ce qu'ils laissaient derrière eux et ils étaient tous désireux de tenter leur chance pour un avenir meilleur.

Ils passèrent ensuite aux détails pratiques.

– Pour tout dire, annonça Alma Hogan, la responsable de l'entrepôt général, nous disposons d'une bonne réserve de nourriture. Nous n'aimons pas ne rien avoir d'avance. Pourtant, cette année, une fois n'est pas coutume, nous utiliserons entièrement nos stocks, avec l'espoir de les reconstituer l'année prochaine. Toutefois, la majorité de cette réserve consiste en conserves en saumure, aussi ai-je bien peur qu'à la fin de l'hiver nous mangions plus de légumes au vinaigre qu'autre chose.

Le père de Doon fit remarquer que les résidents du Pionnier auraient tôt ou tard besoin de maisons décentes. Mary répondit qu'ils commenceraient sans attendre la construction de nouvelles habitations dans le pré qui bordait le village. Les meilleurs ouvriers du bâtiment de Sparks prendraient en charge le chantier et transmettraient leur savoir-faire aux Emberiens.

– Ces maisons seront de taille modeste, ajouta Mary. Et nous ne pourrons en construire que quelques-unes d'ici à l'arrivée des pluies. Par conséquent, la majorité d'entre vous doit s'attendre à passer l'hiver ici, au Pionnier.

Clary se leva pour annoncer que son jardin potager commençait à bien produire. En plus des concombres, des melons et des poivrons, elle avait réussi à faire pousser près d'une centaine de potimarrons qui se garderaient bien durant l'hiver. Ce n'était pas grand-chose, mais ça pourrait toujours améliorer l'ordinaire. Les villageois la regardaient d'un air perplexe. Des potimarrons ? Ils n'avaient jamais entendu parler de ça.

– Je les ai cultivés à partir de graines que j'avais emportées d'Ember, expliqua Clary. J'ai pris toutes les graines que j'avais, de toutes les sortes. L'année prochaine je pourrai en planter encore plus.

Mme Murdo déclara pour sa part qu'elle avait beaucoup appris au contact de Mme Hester et qu'elle se portait volontaire comme aide-soignante.

– Il paraît évident que le village a besoin de plus d'une personne pour s'occuper de ses malades et de ses blessés, dit-elle en substance.

– Moi j'ai quelques connaissances en végétaux, déclara Maddy, qui prenait la parole pour la première fois. J'aimerais devenir assistante en jardinage au Pionnier, aux côtés de Clary Laine.

Edward Pocket demanda d'être officiellement investi de la fonction de bibliothécaire. Mary parut surprise par sa requête.

– Mais nous n'avons pas de bibliothèque, avait-elle répondu, légèrement déconcertée.

– C'est absolument exact, avait répliqué Edward. Vous n'avez qu'un informe tas de livres, que j'ai commencé à répertorier et à classer avec, je dois dire, un certain succès. Je vous invite à venir voir par vous-même ce que cela donne.

Ben Barlow ne cessait de sermonner et de lancer de sinistres avertissements à propos des fléaux qui pouvaient s'abattre sur les cultures, des épidémies et des carences en vitamines. Mary lui répondit qu'il serait toujours temps de s'occuper de tout ça quand ces éventualités se produiraient.

Petit à petit, les gens se sentaient de plus en plus impliqués dans ce nouvel ordre communautaire et, surtout, se demandaient comment le préserver. Ils posaient d'incessantes questions.

– Que se passerait-il en cas de dispute ? Comment trancherait-on ? Est-ce que les Emberiens allaient à nouveau prendre leur déjeuner dans leur famille d'accueil ? Auraient-ils assez de nourriture pour le dîner et pour le petit déjeuner ? Que se passerait-il s'ils avaient besoin d'autre chose que de la nourriture, comme des chaussures, du savon ou des chapeaux ?

– Le problème, déclara Miss Polster, c'est que nous

ne possédons rien. Donc nous ne pouvons pas commercer avec vous au marché. Nous ne possédons rien qui soit susceptible de vous intéresser.

Doon envisagea immédiatement une solution au problème.

– Si, nous possédons quelque chose, déclara-t-il sûr de son fait.

Miss Polster le regarda médusée. Elle n'était pas habituée à être ainsi contredite.

– Nous possédons une chose dont vous avez besoin, ajouta Doon. Des allumettes ! Il nous en reste beaucoup. Nous pourrions les utiliser comme monnaie d'échange pendant un moment. Disons deux allumettes contre une paire de chaussures.

Des éclats de rire et des applaudissements parcoururent la foule. C'était une excellente idée. Ben déclara qu'à son avis, une paire de chaussures devrait valoir au moins cinq allumettes, mais personne ne fit attention à lui.

– Tout cela devra être examiné plus avant et mis en place dans les jours qui viennent, déclara Mary. Un processus qui nécessitera d'aplanir les différends et d'accepter certaines privations. Mais nous avons déjà souffert de privations, nous pouvons en supporter encore quelques-unes.

Wilmer soupira.

– C'est juste qu'on espérait ne pas être obligés d'en arriver là, dit-il sur un ton abattu.

Mary le fusilla du regard.

– On l'a déjà fait, lui répéta-t-elle. Et on le refera.

29
Trois visites inattendues

Lina abandonna rapidement l'idée de convaincre Mme Murdo de déménager au Pionnier. De toute façon, comme, tôt ou tard, elles auraient leur propre maison, elles pouvaient bien rester chez la guérisseuse jusque-là. En outre, Mme Murdo semblait si impatiente de faire ses premiers pas en tant qu'aide-soignante qu'il semblait injuste de vouloir l'éloigner du cabinet médical.

Lina et Maddy s'employèrent à récolter et à mettre en conserve les légumes du jardin. Tous les matins, elles cueillaient des paniers de tomates, de haricots, de poivrons, de maïs et de courges. L'après-midi, elles tranchaient les tomates avant de les étendre au soleil pour les faire sécher, elles écossaient les haricots secs pour les mettre en pots, faisaient cuire les poivrons avant de les plonger dans l'huile d'olive ou encore attachaient ensemble des bouquets d'herbes et les pendaient à un clou pour les faire sécher. Poppy était constamment dans leurs jambes, pour « aider », ce qui consistait essentiellement à émietter des feuilles sèches ici ou là et à cogner sur les bocaux avec une cuiller. Même Torren, dont les pieds allaient mieux, choisissait souvent de passer son temps avec Lina et Maddy. Il affirma qu'il savait tresser l'ail ; aussi lui confièrent-elles un panier de gousses et il fit une tresse.

Un après-midi, alors que Lina et Maddy écossaient des haricots verts pour le dîner, Lina entendit devant la maison le craquement des roues d'un pick-up, suivi, l'instant d'après, par le souffle d'un bœuf. Avant qu'elle ait pu dire un mot, Torren avait bondi et s'était précipité vers la porte d'entrée. « Tiens, tiens, se dit Lina, est-ce bien qui je crois ? »

Effectivement. Il s'agissait bien du pick-up délabré de Caspar et de son propriétaire, un brin crasseux lui aussi. Il mit pied à terre, la moustache tombante. Torren courut à sa rencontre en hurlant.

– Caspar ! Caspar !

Celui-ci lui répondit par un sourire fatigué.

– Salut petit frère, dit-il finalement en tapant dans le dos de Torren quand celui-ci se fut jeté dans ses bras.

Il se dirigea ensuite vers la maison. Lina et Maddy arrivèrent pour l'accueillir. Quand il les vit, il s'arrêta et leur lança un regard noir.

– Bande de lâcheuses, dit-il simplement.

Il ne semblait pas posséder l'énergie suffisante pour leur faire davantage de reproches. Il entra dans la maison d'un pas lourd et s'affala sur le canapé. Torren se laissa tomber à ses côtés.

– Ça fait un bon moment que je t'attends. Pourquoi

n'es-tu pas rentré avec elles ? demanda Torren en agitant la main en direction de Lina et Maddy.

– J'avais un travail important à faire, répondit Caspar. Un travail auquel elles ne voulaient pas participer.

– Et ce boulot ? demanda Maddy, qui se tenait près de la porte. As-tu mis la main sur ce que tu cherchais ?

Caspar ne la regarda même pas. Il ferma les yeux et se laissa tomber en arrière dans le canapé.

– Mes chiffres, dit-il, ont besoin d'être corrigés. Ils étaient absolument exacts, mis à part un petit détail.

– Lequel ? demanda Maddy.

– Pas la bonne ville, répondit Caspar les yeux toujours clos. J'ai retravaillé mes chiffres. Demain je prends la route du Nord.

Maddy et Lina échangèrent un regard entendu.

Caspar tourna la tête et jeta un coup d'œil à Maddy.

– Je suppose que tu ne viens pas avec moi, demanda-t-il un peu penaud.

– Non merci, répondit Maddy. J'ai l'intention de rester ici où quelque chose avec un vrai potentiel est en train de se mettre en place.

Torren coupa court à la discussion en donnant un petit coup de coude à son frère.

– Tu m'as rapporté quelque chose cette fois ? demanda-t-il anxieux.

Caspar ouvrit les yeux et regarda le plafond pendant un instant.

– Oui. J'ai quelque chose pour toi.

– C'est quoi ? s'étrangla Torren. Je peux l'avoir maintenant ?

– C'est dehors, dans le pick-up, répondit Caspar. J'en ai trouvé une pleine caisse. Très insolite. Tu peux en prendre une.

– Une quoi ? Allons la chercher, dit Torren qui se ruait déjà vers la porte.

Caspar se leva péniblement et sortit de la maison. Lina le regarda fouiller dans ses coffres. Il en sortit quelque chose qu'elle reconnut immédiatement, bien qu'elle n'en ait pas vu une depuis longtemps. C'était comme tomber sur un objet ayant appartenu à un ami disparu.

– C'est quoi ? demanda Torren.

– Une ampoule, répondit Caspar. J'en ai trouvé une caisse. Il y en avait quarante-huit à l'intérieur. Toutes neuves.

– Ça fait quoi ? demanda Torren, le nez collé à l'ampoule, comme s'il allait découvrir quelque chose de vivant à l'intérieur. Il donna même quelques coups d'ongle au globe de verre, comme pour réveiller ce quelque chose.

– Ça donne de la lumière, répondit Caspar. Mais à condition d'avoir de l'électricité.

– Mais on n'en a pas.

– Exact, répondit Caspar d'un ton las. Donc tu la gardes précieusement, au cas où un jour on en aurait.

Torren rentra s'installer à sa place favorite, sur le rebord de fenêtre, sans cesser de faire tourner l'ampoule dans ses mains. Lina le regardait et pensait à Ember. Les gens avaient réussi à créer de l'électricité par le passé, ils réussiraient sûrement à en créer à nouveau.

Quelques jours après le départ de Caspar, un autre visiteur se présenta à la porte de la maison de Mme Hester. Lina était dans la cour, en train de casser des noix avec une pierre. Tout d'abord, elle vit quelqu'un qui s'approchait de la porte, une silhouette voûtée qui marchait lentement et légèrement de travers. Elle se leva, la personne semblait avoir des difficultés à actionner le loquet du portail. En s'approchant pour l'aider, elle réalisa qu'il s'agissait de Ben Barlow. Son bras blessé était bandé et immobilisé, sa veste était jetée sur ses épaules, une manche vide pendait sur le côté. C'était pour ça qu'il semblait marcher de guingois.

– Bonjour, lança Ben. Je me demandais si Torren était dans les parages.

– Il est là, répondit Lina. Je vais le chercher.

Elle le trouva assis sous un arbre au fond du jardin, mangeant un morceau de pain.

– Ton oncle est venu te voir, lui dit-elle.

– Mon oncle ? répondit-il incrédule.

Il semblait à la fois heureux et craintif. Quoi qu'il en soit, il se leva d'un bond et fourra son bout de pain dans sa poche.

Quand Ben vit Torren approcher, il fronça les sourcils, puis, comme s'il avait soudain décidé de se ressaisir, il lui sourit gentiment.

– Bonjour neveu. Comment vas-tu ?

– Bien, répondit Torren d'un air circonspect.

– Tant mieux, ajouta Ben en passant sa main valide dans sa barbe.

Lina se demanda si c'était vraiment tout ce qu'il avait à dire.

C'est Torren qui rompit le silence.

– Ton bras est toujours immobilisé ?

– Oui, répondit Ben, mais plus totalement.

Il recommença à froncer les sourcils en direction du ciel, puis eut une meilleure idée et s'assit sur le banc.

– Eh bien, je me suis dit que j'allais venir te voir… Ça fait un moment que je ne t'ai pas vu.

– Des années, répondit Torren.

– Euh, peut-être bien. J'ai été très occupé, tu sais… Membre du conseil est une occupation à plein temps… Des tas de décisions à prendre… Des tas de sujets à aborder…

– Mmh, mmh, dit Torren.

Lina pouvait voir qu'il se posait exactement la même question qu'elle : pourquoi est-il venu ?

– Parfois on prend la bonne décision… Et parfois non.

– J'imagine, dit Torren.

Ben réajusta son bras bandé. Lina remarqua que sa barbe n'était pas aussi parfaitement taillée que d'habitude. Pas facile de faire ça avec la main gauche… Elle était pratiquement certaine que Ben n'avait pas de femme, en tous cas, jamais personne n'avait sous-entendu qu'il en eût une.

– Eh bien, poursuivit Ben. T'en as eu de la chance de descendre de cet arbre…

– C'est sûr, répondit Torren.

– Je dois l'avouer, dit Ben. Tout est de ma faute. Ce feu.

– On dirait, répondit Torren.

– Un accident... Mais un accident qui n'aurait jamais dû arriver...

– Mmh, mmh.

Ben se remit sur ses pieds avec une douloureuse lenteur.

– Bien, dit-il. J'ai eu bien du plaisir à discuter avec toi. On devrait se voir plus souvent. Essayer de se connaître. Tu devrais passer me rendre visite un de ces jours, même si, c'est vrai, je suis rarement à la maison.

– Tu es très occupé, dit Torren.

– C'est vrai, ajouta Ben avant de retourner au portail d'un pas mou.

Une fois passé la porte, il fit un signe de sa main valide par-dessus son épaule sans se retourner. Lentement, il disparut en direction du village.

– Il est venu pour s'excuser, confia Lina à Torren quand Ben fut parti. Il regrette son geste. J'imagine qu'il se sent aussi coupable de ne pas être un bon oncle... De ne pas t'avoir proposé de vivre avec lui.

– Vivre avec lui ? dit Torren avec une horrible grimace.

– Eh bien je pensais que tu n'étais pas heureux de vivre ici avec Mme Hester. Tu n'as jamais l'air heureux.

– Je suis trop content de vivre ici, répondit Torren avec un mouvement d'humeur.

Il s'assit sur le banc que Ben venait de quitter et sortit le morceau de pain de sa poche. Quelques petits oiseaux sautillaient non loin. D'un air absent, Torren leur jeta des miettes. Il semblait songeur.

– Je me plais bien ici, dit-il à Lina avant de la regarder avec des yeux ronds, comme s'il venait lui-même de s'en rendre compte.

Le lendemain, Doon passa chez la guérisseuse. Il portait un sac. Kenny était avec lui. Il se tenait légèrement en retrait et lançait des regards curieux dans la pièce par-dessus l'épaule de Doon.

– Il faut que je vous montre ça, déclara Doon à Lina. Je l'ai fabriqué grâce au cadeau que tu m'as rapporté.

– Doon est un génie ! ne put s'empêcher d'ajouter Kenny. Vraiment ! Il m'a déjà montré.

Doon posa le sac sur le rebord de fenêtre. C'était juste après le dîner, mais comme les jours avaient sérieusement raccourci depuis quelque temps, il faisait presque nuit. Mme Hester avait déjà allumé deux bougies. Mme Murdo, Maddy et elle, étaient assises à table et écossaient des flageolets. Poppy était avec elles, réduisant en miettes les cosses qu'elle avait pu attraper. Toutes les quatre se levèrent pour voir ce que Doon avait apporté.

Torren vint aussi, mais il était plus soucieux de montrer à Doon ce que lui avait offert son frère que de regarder ce qu'il avait apporté.

– J'ai eu un cadeau de Caspar, dit-il fièrement.

– Super ! répondit Doon qui n'avait pas écouté.

En le regardant, Lina constata qu'il était très excité par ce qu'il transportait dans son sac. Ses yeux brillaient à la lueur des bougies et ses mains s'agitaient nerveusement sur la ficelle qui fermait le balluchon.

Quand il l'eut enfin défaite, il plongea sa main à l'intérieur et en sortit un petit engin de bois et de métal. « Une sorte de machine », pensa tout de suite Lina. Il y avait une bobine de fil et, à l'intérieur, elle reconnut l'aimant qu'elle lui avait donné. L'appareil était aussi muni d'une manette semblant être destinée à tourner. Lina, qui n'avait jamais éprouvé un grand intérêt pour les appareils, était un peu déçue.

Il paraissait évident que Torren l'était aussi.

– Tu veux que je te montre ce que Caspar m'a ramené ? demanda-t-il.

– Une minute, lui répondit Doon, toujours concentré. Laissez-moi vous montrer ça d'abord.

– Ça fait quoi ? demanda négligemment Lina.

– C'est une nouvelle sorte d'ouvre-boîte ? dit Mme Murdo.

– C'est pas un mixer ? ajouta Mme Hester.

– Une perceuse, non ? tenta Maddy.

– Rien de tout ça, répondit gaiement Doon.

Kenny, les yeux brillants du secret partagé, répéta à voix basse :

– Non, rien de tout ça.

– Vous n'allez pas le croire, déclara fièrement Doon, mais cette chose sert à fabriquer de l'électricité. J'ai déniché les instructions de montage dans un livre intitulé : *100 expériences scientifiques faciles à réaliser*, mais je ne pouvais pas essayer parce que je n'avais pas d'aimant, et que je ne savais même pas ce que c'était. Et puis, Lina m'en a apporté un ! Et, l'autre jour, je me suis souvenu de ce que j'avais lu.

Il saisit la petite machine et la posa sur la table.

– Il suffit de tourner la manivelle. Ce qui fait tourner l'aimant ; ce qui produit de l'électricité qui circule ensuite dans la bobine. C'est censé être suffisant pour allumer une ampoule. Le problème, c'est que je n'ai pas réussi à le vérifier faute d'ampoule. Les seules que j'ai trouvées étaient grillées.

Torren se mit à sauter en l'air et à cogner le bras de Doon.

– Mon cadeau. Mon cadeau de Caspar ! Mon cadeau de Caspar ! hurla-t-il avant de foncer dans le cabinet médical.

– Qu'est-ce qui lui pr... ? demanda Doon, aussitôt interrompu par Lina.

– Doon ! Le dernier cadeau que Caspar lui apporté est une ampoule. Toute neuve.

Torren ressortit du bureau de la guérisseuse en tenant l'ampoule au creux de ses mains. Il marchait d'un pas raide, avançant avec d'infinies précautions.

– Tu ne vas pas la casser, hein ? demanda-t-il à Doon. Ton expérience ne va pas la faire éclater, n'est-ce pas ?

Doon contemplait l'ampoule comme s'il s'agissait de la chose la plus extraordinaire qu'il ait vue de sa vie.

– Ne t'inquiète pas, je ferai très, très attention, répondit-il à Torren en avançant délicatement les mains vers le globe de verre. Tu peux m'aider si tu veux. Tiens l'ampoule comme ça.

Il montra à Torren comment installer l'ampoule, puis attacha deux câbles électriques à son culot métallique.

– Maintenant, éteignez les bougies.

Lina les souffla. La pièce fut plongée dans le noir.

Doon actionna la manivelle.

Dans un premier temps, rien ne se produisit, sinon que l'aimant tournait au centre de la bobine. Doon accéléra le mouvement. Encore et encore jusqu'à ce que, finalement, une faible lueur apparaisse dans l'ampoule et que le filament commence à rougeoyer. La faible lueur s'intensifia, se fit rayon puis l'ampoule brilla de tous ses feux, jetant dans la pièce obscure une faible, mais constante lumière blanche.

Lina poussa un cri perçant. Poppy aussi, mais plus pour imiter sa sœur qu'autre chose. Mesdames Hester et Murdo s'extasièrent un instant en silence avant de se mettre toutes deux à applaudir. Kenny, béat d'admiration, un immense sourire aux lèvres, regardait successivement l'ampoule et le visage de Doon. Torren était trop concentré pour faire le moindre bruit, mais ses yeux s'arrondissaient et il avait l'air de plus en plus ébahi.

Doon tourna la manivelle durant trois bonnes minutes, jusqu'à ce que son bras fatigue. La guérisseuse hocha la tête d'émerveillement. Mme Murdo se détourna pour cacher ses larmes tandis que Torren tenait toujours étroitement l'ampoule bien qu'elle fût devenue très chaude. Lina regarda la lumière illuminer les visages autour de la table. Le cœur débordant d'espoir, de joie et d'amour, elle fixa la petite ampoule qui brillait comme une promesse dans la nuit.

JEANNE DUPRAU

L'AUTEUR

Jeanne DuPrau est l'auteur de nombreux livres éducatifs aussi bien pour les adultes que pour les enfants. Elle a également été professeur et éditeur. Désormais, elle écrit et travaille dans sa maison de Menlo Park, en Californie, où elle possède un grand jardin et un petit chien. Elle est l'auteur de *La Cité de l'ombre*, paru en 2004 dans la collection Folio junior.

Le peuple d'En-Haut fait suite à *La Cité des ombres,* son précédent ouvrage, mais il se lit comme une histoire à part entière. Les romans de Jeanne DuPrau très inspirés et pleins d'imagination et constituent un univers très original. Ils doivent aussi beaucoup à son amour de la littérature fantastique. L'auteur aime tout particulièrement *Les Chroniques de Narnia,* de C.S. Lewis, qui figurent parmi ses livres favoris.

TABLE DES MATIÈRES

Si vous avez le goût du fantastique,
découvrez d'autres « univers »
dans la collection FOLIO **JUNIOR**

« A LA CROISÉE DES MONDES »
La trilogie de Philip Pullman

LES ROYAUMES DU NORD
(A LA CROISÉE DES MONDES / VOL. 1)

Philip **PULLMAN**
n° 1051

LA TOUR DES ANGES
(A LA CROISÉE DES MONDES / VOL. 2)

Philip **PULLMAN**
n° 1052

LE MIROIR D'AMBRE
(A LA CROISÉE DES MONDES / VOL. 3)

Philip **PULLMAN**
n° 1205

« Les Chroniques de Narnia »

La célèbre saga en sept volumes de C.S. Lewis

Le Neveu du magicien

C.S. **Lewis**
n° 1150

L'Armoire magique

C.S. **Lewis**
n° 1151

Le Cheval et son écuyer

C.S. **Lewis**
n° 1152

Le Prince Caspian

C.S. **Lewis**
n° 1153

L'ODYSSÉE DU PASSEUR D'AURORE

C.S. **LEWIS**
n° 1154

LE FAUTEUIL D'ARGENT

C.S. **LEWIS**
n° 1211

LA DERNIÈRE BATAILLE

C.S. **LEWIS**
n° 1212

Mise en pages : Aubin Leray

Loi nº 49-956 du 16 juillet 1949
sur les publications destinées à la jeunesse
ISBN 978-2-07-063198-8
Numéro d'édition : 173703
Numéro d'impression : 101247
Dépôt légal : septembre 2010
Imprimé en France par CPI Firmin Didot

